**이렇게 일만 하다가는**

# 이렇게 일만 하다가는

당신이 잊고 있던 보딩패스에 관하여      장성민 지음

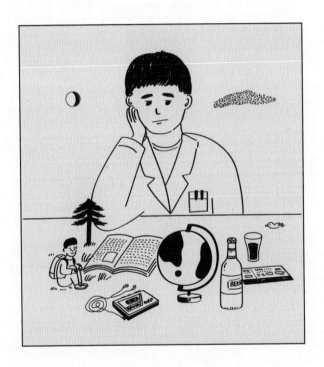

위고

## 여는 글
## 피곤해서 혹시나 하고 들어간 약국

제가 일하는 약국에는 하루에 백 명 정도의 손님들이 약을 사러 옵니다. 그분들은 모두 나름대로 절박한 불편함을 안고 있습니다. 머리가 아프거나 속이 쓰리거나 팔다리가 쑤시다거나, 아니면 우울하고 무기력하고 잠을 잘 수 없다거나, 입안이 헐었거나 무좀이 생겼다거나, 콧물이 흐르고 기침이 나오고 목이 칼칼하다거나, 변이 너무 자주 나오거나 나오지 않는다거나.

저는 그분들의 요구를 충족시키는, 또는 충족시킬 거라는 믿음을 주는 약을 조합하여 건네드리고, 대가로 돈을 받아서 밥을 먹고, 아이를 키우며 살아가고 있습니다. 예, 어찌 보면 지루한 일입니다. 그리고 그 대부분의 약들이 사실은 소용없는지도 모릅니다. 약을 멀리하고 산을 가까이해야 건강하다는 것은 당연한 일입니다. 그러나 왼쪽 아래 어금니가 몹시 쑤시는 어느 저녁에 당신은 제가 있는 약국을 찾을 것입니다. 저는 하루 종일 지었던 웃음을 다시 한 번 지으며 당신을 안심시키고, 당신에게 작은 종이갑에 든 빨간색 알약을 권할 것입니다. 그 종이갑에는 약의 성분과 그 약을 제조한 회사와 통증이 빠르게 사라진다는 광고 문구가 쓰여 있을 것이고, 당신은 저와 그 종이갑을 믿고 약을 삼킬 것입니다. 치통은 줄어들고 당신은 이제 잠을 좀 잘 수 있습니다. 내일도 일이 많으니까요. 당신과 제가 살아가는 곳은 이런 사소한 믿음을 전제로 굴러가고 있습니다.

한번은 멈춰버린 손목시계를 들고 할머니 한 분이 약국에 찾아오셨습니다. 아무래도 시계에 약이 떨어진 것 같다고. 정말 죄송하지만 저희는 생물체를 대상으로 한 약만 취급하고 있다고 말씀드렸습니다. 하지만 할머니는 왜 같은 약인데 시계약은 팔지 않느냐며 짜증을 내시더니 이렇게 물었습니다.

"당최 시계 약국은 어디 가믄 있는겨?"

불만스러운 얼굴로 할머니가 나가신 뒤 약국 문을 닫을 때 문득 이런 깨달음이 제게 찾아왔습니다. 그래, 이제부터 시계약도 좀 팔자. 좀약도 팔고, 구두약도 팔고, 강약중강약도 팔자. 어두운 눈을 하고 하루 종일 약국에 처박힌 스스로를 불쌍히 여기는 일은 그만두자. 웃음도 팔고, 울음도 팔고, 감동도 짜증도 팔자. 다 팔아버리고 껄껄 웃자. 그래서 제가 가진 소중한 것들을 모두 꺼내 약을 짓기 시작했습니다.

일 년의 시간이 지났고 약이 지어졌습니다. 이제 당신은 우연히 들른 변두리의 한 약국에서 저를 만납니다. 피곤해서 혹시나

하고 들어오긴 했지만 사실 당신은 별 기대 없는 가벼운 마음입니다. 주변의 온갖 쓸데없는 강요에 지친 당신에게 저는 조용히 이 약을 권합니다. 당신은 처음 들어보는 약 이름에 호기심이 생겨 병을 들고 찬찬히 살펴봅니다. 고개를 들어 저를 한 번 쳐다보고, 병을 한 번 흔들어보며 이 약이 주는 믿음을 가늠해봅니다.

　당신의 호기심이 승리한다면 먼 나라의 들꽃 같은 향이 나는 첫맛에 쌉쌀한 뒷맛이 더해진 이 약은 예상치 못한 위로를 안겨줄 것입니다. 혹시 아무런 효과를 느끼지 못한다 해도 당신은 제 약을 보고 당신만의 약을 만들 용기를 얻을 수 있을지 모릅니다.

　자, 이제 병을 여세요.

# 차례

# 1부

**인생에 설득되는 기분**

## 재미있는 대답을 해줄 수 없어 미안하지만

_논넷, 라오스

추수가 끝난 논에 뜨거운 햇살이 쏟아지고 있었다. 나는 머리를 비우고 아무도 없는 들판을 지치도록 쏘다녔다. 시골길에는 표지판이 없어 해를 보고 걸었는데, 다행히 해가 지기 전에 마을이 보이는 곳까지 올 수 있었다.

서쪽 하늘은 차례로 익어가는 방울토마토처럼 수십 가지의 붉은 빛으로 빛나고 있었다. 들판 가운데 잎이 듬성듬성한 서낭나무 같은 게 보여 그 밑에 앉아 담배를 꺼냈다. 하늘에는 붉은 빛과 잿빛의 구름이 한 치의 양보도 없이 치열한 전투를 벌이고 있었는데, 결국은 둘 다 어둠에 묻힐 운명이었다. 오래 걸은 다리가 쉬는 동안 오래 쉰 머리는 잡생각을 토해내고 있었다. 가끔 개 짖는 소리가 멀리서 들려올 뿐, 탁 트인 들판은 적막했다.

한참의 시간이 흐른 뒤 한 남자가 내 쪽으로 걸어오는 것이 눈에 들어왔다. 조용한 시간을 방해받고 싶지 않아 나는 노을 쪽을 향해 앉은 그대로 가만히 있었다. 남자는 목에 커다란 사진기를 걸고 틈틈이 멈춰 서서 셔터를 누르며 다가왔다. 사진기가 있고 노을이 있는데 셔터를 누르지 않기란 어려운 일이다.

"실례, 저 앞에 보이는 마을이 돈넷 타운이 맞겠지?"

"글쎄, 나도 그렇기를 바라는데. 많이 걸었나 보네?"

"점심 먹고 가볍게 걷기 시작했는데 어느새 저녁이 되었더라구."

"나도 비슷해. 담배?"

내가 한 대를 건네자 그가 내 옆에 앉았다.

"막스라고 해. 오스트리아에서 왔어."

"성민이야. 서울에서 왔고."

해가 산 너머로 모습을 감출 때까지 우리는 나무 밑에 말없이 앉아 짚더미가 드문드문 쌓인 들판과 그 위로 내려앉는 노을을 바라보았다.

"아름다운 곳이네."

"그래. 나도 이런 마을에 산 적이 있지."

어렸을 때 한동안 영월에 살았는데 겨울이면 친구들과 추수가 끝난 들판에 나가 높게 쌓인 짚더미 위를 건너뛰며 놀았다. 놀다가 배가 고파지면 짚불에 고구마를 구워 먹었다. 근처 밭에서 대파를 뚝뚝 꺾어 불에 달궈진 돌 위에다 구우면 양파링 같은 스낵이 되어 군고구마와 잘 어울렸던 기억이 난다. 그렇게 소중한 시절을 함께했는데 지금은 연락이 오가는 친구가 하나도 없다니 이상한 일이다.

"저녁이나 먹으러 갈까? 맥주 생각이 간절한데."

"좋지. 나도 목이 마르던 참이야."

마침 그가 묵고 있는 곳은 내 숙소 부근이었다. 우리는 같이 걸으며 노을 앞에 앉아 있을 때와는 사뭇 다른 얘기들을 나누었다. 막스는 서른다섯 살의 프리랜서 사진가로 멕시코인 아내와의 길지 않은 결혼 생활을 얼마 전에 끝내고 여행길에 나섰다고 했다.

"결혼할 때는 내가 없으면 죽을 것 같다고 하더니 일 년 만에 웬 놈을 만나 나가버렸어. 그런데 이게 또 이상하게 안도감이 드는 거야."

"그건 아무것도 아니야. 나는 말이지… 아니, 이런 얘기는 그만두자."

"그러자."

같이 쿡쿡 웃으며 숙소로 돌아와 샤워를 하고 식당으로 갔다.


'시판돈'은 라오스 말로 '4천 개의 섬'이라는 뜻을 가진 메콩 하류의 삼각주 지역이다. 수만 년 동안 메콩이 운반해온 흙과 퇴적물이 강 가운데에 수많은 섬을 만들어냈다. 그중 크고 경치가 좋아 여행자들이 많이 찾는 섬이 돈뎃과 돈콩인데 우리가 만난 곳은 돈뎃이었다.

이전에 왔을 때는 민박이 몇 군데 있는, 전기마저 안 들어오는 오지였는데 10여 년 사이에 전기는 물론 게스트하우스와 여행자 식당, 인터넷 카페가 들어서서 제법 그럴듯한 관광지로 변모해 있었다. 한번은 중국 단체관광객이 깃발을 따라다니는 모습까지 보았다.

마을에는 희미하지만 돈 냄새가 풍기고 있었다. 아이들이 먹을 것을 바라고 여행자를 따라오는 일도 없어졌고, 다들 신발도 제대로 신고 있었다. 문 앞에 오토바이를 세워놓은 집도 많아졌다. 하지만 이전에 무엇보다 인상 깊었던 사람들의 환한 웃음과 친절한 태도는 거의 사라지고 없었다. 섬 사람들이 미소를 거두어들이기로 결정하기까지는 많은 일들이 있었을 것이다. 자본주의와 함께 섬에 들어온 외국인을 귀한 손님으로 반기기보다 관광서비스의 소비자로 대하는 쪽이 더 자연스럽다는 생각도 든다. 그러나 잃어버린 것은 역시 아쉬웠다. 매일 그런 미소를 마주칠 때면 꼭 여름방학에 놀러 간 할머니 집 같았기 때문이다.

나루터에 있는 여행자 식당은 종일 걸은 인간들에게도 그다지 맛있다는 느낌이 들지 않는 음식을 내주었다. 좋은 목에 있는 식당은 맛있기 어렵다고 하는데, 그 식당은 자리가 기막히게 좋았다. 정성과 재능이 메마른 볶음밥을 맥주로 그럭저럭 넘기고 바로 앞 강변으로 나갔다.

떠내려 온 나무를 모아 공기가 드나들 수 있게 쌓고(모닥불은 무엇보다 설계가 중요하다), 밑에서부터 마른 나뭇잎을 꾸준히 태워 올리며 적절한 타이밍에 부채질을 해서, 꽤 근사한 모닥불을 피워 올렸다. 어두워가는 강변을 돌아다니며 나무를 더 모으고 맥주가 떨어져 사 오고 하는 동안 강가의 밤이 천천히 깊어갔다. 검게 흐르는 메콩의 압도적인 존재감, 빽빽이 빛나기 시작하는 별들 그리고 멀리 강 건너 노랗게 아른거리는 전등 빛이 깊고 낮은 소리로 밤을 노래하고 있었다.

"한국에선 무슨 일을 해?"

"그만두기 전까지는 약국에서 일했지. 돌아가면 뭘 할지는 모르겠어  당신은?"

"잡지사 의뢰로 사진을 찍을 때도 있고 혼자서 여행 다니며 사진 작업을 할 때도 있어. 일이 없으면 배드민턴 클럽에서 시간을 보내고."

"재밌게 들리네."

"그런 편이지. 어때, 약사 일은 재미있어?"

"약을 조제하는 일이 세상에서 제일 신나는 일은 아니지. 근데 누구나 돈은 필요하잖아."

"저런, 서른다섯이라고 했지? 아직 젊은데 다른 일을 찾아보지그래?"

"그렇지 않아도 이제부터 찾아보려고."


몇 시나 되었는지 제법 밤이 깊었을 때 뒤쪽에서 자갈을 밟는 소리가 들려 돌아보니 흔들리는 손전등 두 개가 우리 쪽으로 다가오고 있었다. 어둠 속에서 불에 끌리는 것은 나방이나 사람이나 마찬가지인가 보다.

"안녕? 같이 불 좀 쬐어도 될까?"

"어서 와. 우리야 환영이지."

"저쪽에서 보니까 강가의 모닥불이 아주 그럴듯해서…."

"이쪽으로 앉아."

"고마워. 나는 욜란다, 이쪽은 니케라고 해."

"성민 그리고 막스야."

그녀들은 독일에서 의대에 다니는 학생들로 한 달 정도 라오스와 태국을 여행하고 있다고 했다. 돈뎃에 오늘 도착했는데 밤을 그냥 보내기 아쉬워 산책 나왔다가 모닥불을 발견해 기뻤다며 웃었다.

욜란다는 긴 금발에 하늘거리는 크림색 원피스를 입었고, 니케는 짧고 검은 머리에 카키색 건빵바지와 검은색 긴팔 셔츠 차림이었다. 둘 다 젊고 아름답고 스타일이 좋았다. 할 일이 없으면 일단 모닥불부터 피우고 볼 일이다.

욜란다는 선과 명상에 관심이 있었다. 이런저런 책도 읽어보고 인도의 명상 클래스에도 들어가보았지만 명상의 포인트가 뭔지는 솔직히 잘 모르겠다고 했다.

"나도 잘 모르지만 어쩌면 모른다는 것이 포인트일지도 몰라."

"그건 무슨 말이야?"

"일단 가만히 앉아서 머릿속에 일어나는 일들을 지켜봐. 그러면 자연스럽게 여러 가지 생각이나 의문들이 떠오르고 흘러가겠지?"

"그렇겠지."

"명상은 그것들을 따라가거나 문제를 해결하려 애쓰지 않고 그냥 계속 지켜보는 거야."

"음⋯."

"그런데 우리 마음은 자꾸만 해답이나 해결책을 찾으려고 하기 때문에 그냥 보고만 있는 게 쉽지 않아. 그럴 때 사용할 수 있는 도구가 '모른다'인 거지."

백주를 한 모금 들이켜면서 나는 '왜 잘 알지도 못하는 일에 대해서 뭔가 안다는 듯이 지껄이고 있을까' 잠깐 생각했다. 그녀의 크림색 원피스 때문일 확률이 높지만 모른 척 계속했다.

"어떤 생각이나 의문에 휩쓸려 가려 할 때마다 당신은 '모르겠다'라고 대답하는 거야. 그 말을 칼처럼 사용하는 거지. 그렇게 휩쓸림을 끊고, 다시 지켜보기 모드로 돌아오는 것. 그것이 내가 알고 있는 명상이야."

"와, 꽤 명쾌한 설명인걸. 그런데 과연 그게 다일까? 차크라 집중이나 호흡법 같은 것도 중요하지 않을까?"

"모르겠어."

그녀는 내 말을 알아들었는지 나를 보고 조용히 웃음 짓고 나서 꺼져가는 모닥불을 가만히 바라보며 한동안 말이 없었다. 나는 굵직한 유목 하나를 집어 불 위에 던져 넣었다. 수천 개의 불똥이 살아 있는 듯 흔들리며 위로 솟아올랐다. 딱딱, 피융피융, 덜 마른 나무 타는 소리가 밤의 메콩 강변에 울려 퍼졌다.

"혹시 명상과 관련된 일을 해?"

한참 후에 명상 실험이 끝났는지 욜란다가 물었다.

"전혀. 나도 어디서 주워듣고 몇 번 해봤을 뿐이야."

"그럼 한국에서 무슨 일을 해?"

내가 무슨 일을 하는지 궁금한 사람이 많은 날이었다. 그다지 재미있는 대답을 해줄 수 없어서 미안한 기분이 들 정도였다.

"지난 13년 동안 약국에서 일을 했지."

"그래? 우리 어머니도 약사야. 일은 재미있어?"

"그럼 너도 알겠지만 약국 일이라는 게 출근할 생각만 해도 들뜨는 일은 아니잖아. 좁은 곳에서 복닥거리면서 매일 이런저런 불평불만을 들어야 하고. 일의 내용에도 거의 변화가 없어. 뭐 그런 걸 안정적이라고 부르는 사람도 있겠지만."

"몇 살이야?"

"서른다섯."

"그럼 뭔가 재밌는 일을 찾아봐. 인생은 짧다는데 하기 싫은 걸 하면서 보내면 아깝잖아. 내가 보기엔 명상 강사 같은 걸 하면 잘할 것 같은데."

"그건, 음, 모르겠다."

우리가 둘만 아는 농담을 하며 킥킥거리자 소곤소곤 이야기를 하고 있던 막스와 니케가 이상한 듯 쳐다보았다.


다음 날은 막스가 이른 아침부터 마을 주변을 돌아다니며 사진 작업을 한다고 해서 따라다니며 조수 역할을 하고 옆에서 사진도 찍으며 하루를 보냈다.

막스에게는 특별한 순간을 잡아내는 재능이 있었다. 그가 사진기를 들이대면 먼 곳의 왜가리가 날개를 퍼덕이며 날아오른다든가, 가게 앞에서 키우는 올빼미가 문득 고개를 갸우뚱해 보인다든가 낚싯대를 드리우고 있던 어부가 갑자기 월척을 잡아올린다든가 하는 일들이 일어났다.

막스는 표범처럼 모든 준비를 갖춘 채 길목을 지키고 있다가 먹잇감이 다가온 순간 놓치지 않고 움켜쥐었다. 재능만큼 행운도 필요한 일 같았지만 막스는 내내 즐거워 보였다. 악어처럼 코랑 눈만 물 위로 드러내고 헤엄을 치는 어린 물소를 카메라에 잡아냈을 때는 이 사진 하나로 오늘의 모든 수고가 사라지는 것 같다면서 어린애처럼 기뻐했다.

그날 저녁 우리는 욜란다, 니케와 함께 밥을 먹으러 갔다. 볏짚으로 지붕을 얹은 서양 음식을 하는 식당에서 음식을 기다리고 있을 때, 누군가가 막스에게 다가와 아는 체를 했다. 아르헨티나 출신의 아구스틴이라는, 마르고 큰 키에 약간 건들대는 친구였다. 막스와는 라오스 북부에서 만나서 같이 여행을 한 적이 있다고 했다. 막스가 아구스틴을 모두에게 인사 시키고 우리는 같이 저녁을 먹었다.

아구스틴은 영어가 능숙하진 않았지만 한정된 단어와 스페인어를 섞은 괴상한 표현으로 모두를 웃기며 저녁 내내 신이 나서 떠들었다. 덕분에 같은 수의 젊은 남녀들 사이에 깔려 있던 알 듯 모를 듯한 긴장감이 걷히며 테이블의 분위기도 모처럼 밝게 달아올랐다. 우리는 서로 놀리고 농담을 던지기 시작했다. 수다쟁이 아구스틴의 등장에 모두가 조금씩 안도하는 것 같았다.

"한국에서 왔다고? 나도 알젠틴(그는 자기 나라를 그렇게 발음했다)에서 의류 도매를 할 때, 한국 사람들과 사업을 했지. 결국 망했지만."

"한국 사람들이 남미에서 의류업을 많이 한다고는 하더라. 어땠어?"

"재미없는 일벌레들이던데. 놀 줄도 모르고. 한국 분위기가 원래 그런가 보지?"

그는 한국인들과의 사업에서 그다지 좋은 인상을 받지 못했는지 초면부터 깔보는 듯한 말을 했다. 어쩌면 한국 업자에게 밀려서 사업이 망했는지도 모른다.

"아니, 한국 사람들도 잘 놀아. 다만 일할 때는 일을 하지."

나의 뼈 있는 대답에 옆에 있던 막스는 킥킥댔지만, 아구스틴은 알아채지 못했는지 상관하지 않는지 자기가 '알젠틴'에 있을 때 즐겁게 지냈던 이야기를 다시 떠들기 시작했다. 이야기마다 예쁘고 화끈한 여자들이 빠지는 법이 없었다. 그러다가 어떻게 해서인지 또 그 질문이 나오고 말았다.

"한국에서는 뭘 하나?"

"약국에서 일해."

"재미있나?"

"별 재미는 없는데 그냥 일이니까 하는 거지."

"쯧쯧, 역시 일벌레들의 나라로구만. 젊은 친구가 재미도 없는 일에 뭣하러 붙어 있어?"

"너는 무슨 일을 하는데?"

"어렸을 때는 테니스를 쳤지. 지금은 주로 여행을 다니고 가끔 테니스 가르치고, 좋은 여자를 만나면 따라다니고. 그렇게 살아."

"재미있어?"

"물론, 매일 애처럼 노는 거니까."

그렇게 계속 놀다가 국가 채무 모라토리엄만 몇 번째냐고 물어보려다가 그만두었다. 그도 나름대로 조언을 해주었는데 너무 예민한 반응인 것 같기도 하고.

　어찌되었든 몇 번째 계속해서 똑같은 패턴의 충고를 듣다 보니 왠지 약사 같은 건 빨리 때려치우는 게 나을 것 같다는 생각이 들었다. 그 일을 그만둬야 뭔가 재밌는 일을 찾아 더 좋은 인생을 살 수 있을 것처럼.

　하지만 다른 지역에서는 사람들과 처음 만났을 때 내 직업 이야기가 나오면 반응이 좀 달랐던 것도 기억하고 있었다. 재미있냐고 묻거나 다른 일을 찾아보라는 사람보다는 '그렇게 안 보인다' 라든가(무슨 뜻이냐?), '공부 열심히 했나 보다' 라든가 '안정적인 직장을 가져서 얼마나 좋냐' 라는 사람이 많았다.

　사람들은 손 닿는 곳에 있는 것들을 끌어모아 자기의 세계를 만들며 살아간다. 하지만 한 인간이 열심히 일하는 이유가 단지 놀 줄 모르기 때문이라는 아구스틴의 확신처럼 주위의 확언이나 평가는 종종 의심스러운 기준에 근거하고 있다. 한 곳에서는 너무나 당연한 진리가 다른 곳에 가면 엉뚱한 소리가 되는 일도 생긴다. 나의 세계를 서둘러 좁게 한정할 필요는 없다고 생각했기 때문에 책을 읽고 여행하는 일을 소중하게 여기며 살아왔다. 그 결과 나의 세계가 대단히 넓어지고 내가 인간적으로 성숙했는가 하면 또 그런 건 아니지만 일단 내 손에 닿는 것이 그 정도였다.

다음 날부터 우리 다섯은 매일 만났다. 자전거를 빌려서 거대한 폭포에 다녀오기도 하고, 배를 빌려서 핑크색 민물돌고래를 보러 가기도 하고, 강가에서 수영도 하며 놀았다.

아구스틴은 배를 빌릴 때 만난 스페인 여자와 하룻밤을 즐기고 나서도 다음 날 점심에는 어김없이 우리 테이블로 와 슬그머니 끼어들었다. 욜란다와는 몇 번 만나 명상을 같이 했지만 젊고 아름다운 그녀와 있으면 이쪽의 명상이 잘 안 되어 곤란했다.

아구스틴은 계속 놀거리를 찾아내고, 정보를 모아와 우리에게 들이밀었고, 니케와 욜란다는 그 정보를 신중하게 걸러냈다. 막스는 늘 모두가 즐거운 시간을 보내고 있는지 챙겼고, 〈무한도전〉의 유재석처럼 다른 사람의 장점을 끌어내거나 멤버들 간의 사소한 갈등을 조정하는 역할을 했다. 나는 무슨 역할을 했는지 모르겠지만 뭔가 하긴 했을 것이다. 안쓰러워 충고를 해주고 싶은 상대라든가.

대학생들의 연합 캠핑 같은 즐거운 일주일을 보내고, 내가 먼저 한국으로 돌아갈 때가 되었다. 새벽에 배를 타고 나가야 했기 때문에 전날 저녁식사를 같이 하면서 모두에게 작별인사를 했다. 우리는 이메일과 전화번호, 페이스북 아이디를 나누었고 기회가 되면 꼭 자신의 '마을'로 놀러오라고 서로를 초대했다. 언젠가 다시 만나서 또 이렇게 놀자는, 이루어질 수 없다는 걸 모두 알고 있는 바람을 누군가 입에 올렸고, 우리들은 약간 머쓱해하며 헤어졌다.

6시, 자명종 소리에 일어나 배낭을 메고 나루터로 가는 길은 어둑하고 쓸쓸했다. 고향 마을을 떠나 서울로 가는 청년의 새벽길 같은 느낌도 들었다. 배가 막 떠나려 할 때 희끄무레한 나루터 길로 누군가 급히 다가오는 게 보였다. 자다가 일어나서 머리가 뻗친 막스였다. 그는 나와 눈이 마주치자 아무 말 없이 통통거리며 떠나는 작은 배를 향해 멀리서 한 손을 높이 들어 보였다. 나도 오른손을 들어 그에게 답했다. 떠나가는 젊음의 끝자락을 붙잡기라도 하려는 듯, 우리는 서로에게 손을 높이 들어 올린 채 어슴푸레한 새벽 강가에서 헤어졌다.

일 년쯤 지난 어느 날, 가끔 이메일로 연락이 오가던 막스에게서 소포가 하나 왔다. 열어보니 노을 풍경을 표지로 한 사진집이었다. 제목은 '4000 Islands', 작가는 'Max Herlitschka'. 책에는 우리 다섯이 시간을 보낸 돈뎃 마을의 그리운 풍경이 하나하나 소중하게 담겨 있었다. 131페이지에는 우리가 처음 만난 나무 아래 앉은 내 뒤통수도 찍혀 있었다.

나는 여전히 약국에서 일하고 있었다. 약국 문을 열어야 하는 바쁜 아침에 나는 아파트 신발장 앞에 멍하니 서서 그 사진들을 오랫동안 바라보았다. 4000개의 섬이라니, 참 멋진 이름이구나, 생각하면서.

# 빠딜의 복권

_부킷라왕, 수마트라

보통 마흔쯤 되면 세상을 보는 틀을 잘 바꾸지 않는다. 내 틀은 나에게 너무나 완벽하고 익숙해 나와 틀을 거의 구분할 수 없기 때문에 그걸 바꾸기보다 세상을 그 틀에 맞추어 보는 쪽이 편하다. 틀에 그려진 무늬 정도나 가끔 바꿔준다면 유연하게 산다는 말을 듣는다. 로봇이 자기 운영체제를 바꾸는 게 당연히 쉬울 리 없다.

빠딜을 만난 것이 대단한 우연은 아니었다. 그는 내가 묵은 게스트하우스의 주인이었고, 열흘 정도 지내다 보니 자연스레 서로 이야기를 나누는 사이가 되었다. 여행을 하다 보면, 현지인들이 친한 척 접근하여 친분 관계로 뭔가를 팔거나 사기를 치는 경우가 종종 있다. 여러 번 당하고 나면, 누구를 어떻게 알게 되어도 마음을 아주 열지는 않고 가벼운 관계만 맺었다 끊는 일이 잦아진다. 몇 살인지, 결혼은 했는지, 아이는 몇인지, 종교는 있는지, 벌이는 괜찮은지, 자기 나라에 대해서 어떻게 생각하는지, 이 정도 대화가 오고가면 보통 서로 더 이상 기대하지 않는다. 그런데 빠딜은 나에게 그 이상을 요구했고, 그 만남을 통해 나는 세상을 보는 틀이 밑바닥부터 흔들리는 경험을 했다.

수마트라는 한반도의 두 배쯤 되는 크기에 인구는 남한만큼 되는 인도네시아의 섬이다. 폭동이나 대규모 학살, 쓰나미, 화산 폭발 같은 오명으로 매스컴에 오르내렸지만 개발을 비켜난 열대 해변, 넓게 펼쳐진 밀림과 야생동물, 거대한 산과 호수를 가진 아름다운 땅과 맛있는 음식, 친절한 사람들, 저렴한 물가로 배낭여행자에게는 더없이 좋은 곳이기도 하다.

수마트라의 주도인 메단에서 북서쪽으로 100킬로미터 정도 떨어진 곳에 오랑우탄들이 모여 사는 정글이 있고, 그 입구에 아름다운 정글 마을 부킷라왕이 있다. 부킷라왕은 강을 따라 윗마을과 아랫마을로 나뉜다. 나는 배낭을 메고 한참을 걸어 윗마을까지 올라가서 제일 깨끗해 보이는 리버사이드 게스트하우스에 방을 잡았다.

게스트하우스 주인 빠딜은 남부러울 것 없는 삶을 살고 있었다. 아침에 일어나면 일단 마리화나부터 한 대 피운다. 그는 마리화나가 아직 가지고 있으나 편의상 닫아놓은 신체와 정신의 감각을 활짝 열어 마치 어린아이가 된 것처럼 모든 것을 새롭고 신기하게 느낄 수 있게 해준다고 말했다. 하늘의 구름을 보다가 자기만 아는 줄 알았던 어떤 모양을 발견해 놀라고, 꽃이 보여주는 미묘한 색감의 변화에 빠져들며, 새들을 보고 있는 것만으로 그들이 서로 미워하고 있는지 사랑하고 있는지 알 것 같다는 것이다.

곧 정글의 냄새를 품은 바람이 겨드랑이 밑을 지나고, 사람들이 하루를 시작하는 소리가 마을을 가득 채운다. 새로운 날

이다. 세상의 놀라움을 구경하다가 직원이 부르는 소리에 정원으로 내려가보면 아침식사가 차려져 있다. 제철 과일과 막 구운 따뜻한 빵, 진하고 화려한 맛을 내는 만델링 커피. 식사를 즐기고 나서 빠딜과 아내는 아침 산책을 나선다. 자그마한 마을의 산책길에서 만나는 이들은 대개 그의 친구들이다.

"어제 잘 들어갔어?"

"그럼. 아들 많이 컸더라."

"아유 말도 마. 요즘 얼마나 까불어대는지."

"그건 그렇고 오마르네 마누라가 또 도망갔다며?"

"쉿! 이건 비밀인데, 사실 말이야…."

이런 대화가 20미터마다 한 번씩 이어지며 마을에 관한 최신 소식이 자연스레 업그레이드된다. 한 번의 만남에 30분 정도가 소요되기 때문에 작은 마을이지만 산책은 한나절이 걸린다. 그러다 보면 대개 그들 중 누군가가 부부를 점심식사에 초대한다. 자기들 먹는 밥상에 숟가락만 두 개 더 얹는 소박한 초대.

점심을 먹고 아내는 연구 중인 프로젝트를 위해 돌아가고, 빠딜은 다시 친구와 함께 집 앞에 놓인 의자에 앉아 또다시 마리화나를 피운다.

약대에서 배운 것과 여행하며 주위들은 정보에 따르면, 질에 따라 다르기는 하지만 보통 마리화나의 약효는 서너 시간 지속된다. 현재까지 알려진 바로는 신체적 중독성은 없고, 공격성이 강해지지도 않는다. 몸이 한없이 무기력해지는 대신 정신이 극도로 민감해져 뻔하게 여겼던 주위의 일들이 갑자기 흥미로워진다. 평소에 흘려듣던 음악이 문득 가슴속을 파고든다거나 어느 가게에 걸린 반 고흐의 복제화를 보고 그의 마음을 이해할 것 같다거나 하는 식이라고 한다. 흡연자는 자신의 상태가 신기하고 대견해 자꾸만 웃음이 나온다. 그 모습이 비흡연 관찰자에게는 그저 눈 풀린 마약쟁이로 보일 것임은 쉽게 짐작할 수 있다.

그리하여 빠딜은 아내 몰래 복권에 당첨된 공처가처럼 멍청하게 웃으며 또 다른 친구가 운영하는 카페까지 걸어가 아이스커피를 한잔 마신다. 그가 오면 주인이 알아서 틀어주는 노래는 도어스나 밥 말리, 아니면 수마트라에서 유명한 바탁 음악이다. 카페에 들르는 사람들과 잡담도 해가면서 저녁까지 음악을 즐기거나 너무 더우면 집으로 돌아가 모기장 안에서 낮잠을 잔다.

저녁이 되면 마을은 매번 예상치 못한 활기를 띤다. 음향 기기를 갖춘 식당마다 동네 청년들의 아마추어 밴드가 연주를 시작하고, 그보다 작은 식당에서는 불법 복제된 최신 영화가 세계의 대도시와 동시에 상영된다. 젊은 남녀들은 한껏 차려입고 거리를 걸으며 서로에게 은근한 눈길을 던진다. 동네 개들도 괜히 들떠선 늑대처럼 '워어어우우' 합창을 한다.

빠딜은 무엇을 할까? 그는 마을을 돌아다니다가 가장 재밌어 보이는 이벤트에 한몫 끼어든다. 춤판일 때도 있고, 정치 토론일 때도 있고, 강가의 모닥불일 때도 있다. 그렇게 신의 축복 속에서 또 하루를 보내고 나서 그를 너무나 사랑한다는 미인 아내와 잠자리에 든다.

마흔한 살. 매니저를 두고 운영하는 게스트하우스의 주인이

자 동네에서 존경받는 오피니언 리더, 윗마을 청년들을 모아 만든 FC리버사이드의 구단주, 빠딜. 자기 소유 건물에서 제일 좋은 옥상 펜트하우스를 매니저인 조카에게 내주고, 부부는 그보다 작은 방을 쓰며, 그러고도 남는 방을 손님에게 빌려주는 통큰 남자.

"꽤 근사한 이야긴데."

"그렇지? 나도 가끔 놀라."

"뭔가 더 원하는 건 없나?"

"아내는 아이가 있었으면 하는데 곧 생기겠지. 난 이대로도 좋고."

"프랑스에 가보는 건 어때?"

그가 답답해하는 과외 선생 같은 눈으로 나를 물끄러미 보더니 대답했다.

"이미 가봤지. 별거 없던데. 냄새나는 거리에, 말도 안 되는 물가에, 사람들은 불친절하고. 하긴 그럴 수밖에 없겠어. 하루 종일 그렇게 일만 하다 보면. 돈은 벌지 몰라도 그렇게 살 필요가 있나?"

"한국에 와보면 놀라겠군."

"말은 들었지."

나는 인간이 가질 수 있는 진짜 부유함은 자유로운 시간과 그 시간을 즐길 능력으로 판가름 난다고 믿어왔는데 그런 기준으로 치면 그는 내가 만나본 가장 부유한 인간이었다. 하루 종일 일하면서 머릿속에 일 생각만 가득한 부자는 얼마든지 있다. 나는 그런 부자들보다는 빠딜의 삶에 끌렸다.

그때 키가 작고 다부져 보이는 젊은이가 그에게 뭔가를 물으러 왔다. 빠딜은 한참 동안 듣더니 조용히, 그러나 자세하게 뭔가를 지시했다. 경쟁 마약 조직의 세력 확장을 저지할 대책을 세운 건지도 모른다. 아니면 그저 다음엔 어느 팀이랑 공을 찰까 의논한 것일지도 모르고.

빠딜은 쉬운 단어와 간단한 표현에 과감한 손동작을 섞어 머릿속에 그림을 그려주는 듯한 매력적인 영어를 구사했는데 인도네시아어로 말할 때는 거기에 무게감이 얹혀 비토 콜레오네의 정글 버전 같았다.

"사업이 잘되나 보지?"

최대한 무심하게 한번 던져보았다. 실제로 게스트하우스는 위장이고 마약 조직을 운영하고 있을지도 모른다.

"난 자세한 건 몰라. 조카가 알아서 하고 있으니까. 방은 다섯 개뿐이지만 대개 가득 차고, 인도네시아는 먹고 마시고 피우는 것이 싸니까 그럭저럭 괜찮은 거겠지."

영리한 대응이다. 전혀 걸려들지 않는다.

"똘똘한 조카를 두었던데. 꽤 싹싹한 친구야. 일은 잘해?"

"자기 일처럼 하지. 그러는 게 당연하고."

"그건 또 무슨 얘긴가?"

빠딜은 공부를 못하는 학생이었다. 부킷라왕 근처 보호록이라는 소도시에서 학교를 다녔는데 줄곧 반에서 꼴찌나 꼴찌에서 두 번째를 했다고 한다. 빠딜은 말했다.

"앞에서부터건 뒤에서부터건 하려면 확실하게 해야지."

그는 처음부터 교사의 이야기를 잘 이해할 수 없었고, 애초에 공부라는 것에 관심도 없었기 때문에 일찌감치 모든 과목을 포기하고 잠을 자거나 딴생각을 하면서 학창 시절을 보냈다. 아무도 그를 쫓아내지 않았기 때문에 일단은 고등학교를 졸업하게 되었다. 졸업 후, 앞에서 1, 2등 하던 친구들은 자카르타에 있는 대학으로 유학을 떠났고, 다른 아이들이 인근 대학교에 진학하거나 기술을 배울 때에도 그는 아무 일도 하지 않고 집에서 빈둥대며 지냈다고 한다. 부모의 걱정이 이만저만이 아니었을 것이다.

몇 달째 놀고 있던 어느 날, 부킷라왕에서 호텔을 경영하는 그다지 가깝지 않은 친척 아저씨가 그를 불렀다. 그렇게 부모의 밥을 축내느니 자기 호텔에 와서 일을 해보면 어떻겠느냐는 것이었다. 와보니 호텔이라는 것이 바로 지금의 게스트하우스였는데, 명색은 매니저지만 근로 조건은 머슴 수준이었다. 아침부터 저녁까지 방을 청소하고, 정원을 손질하고, 예약을 받고, 손님을 픽업하고, 클레임을 해결하고, 홈페이지를 관리하는 일인데, 월급은 없고 먹여주고 재워주는 조건. 가끔 친척 아저씨의 기분에 따라 용돈을 조금 받거나 손님들이 준 얼마 안 되는 팁으로 필요한 것을 사면서 살았다. 친구들은 그에게 바보 같은 짓이라고, 당장 그만두라고 했지만 그는 왠지 이 마을이 좋았다. 게다가 정해진 일만 마치면 나머지는 자유 시간이었기 때문에 비슷한 처지에 있는 친구들을 새롭게 사귀고, 술과 춤과 마리화나를 배우면서 서서히 마을의 일부가 되어갔다.

그렇게 일하면서 그는 다른 일을 해볼 생각도, '이러다 나이만 들면 어쩌지' 하는 걱정도 별로 하지 않았다고 한다. 뭔가 바보 이반 같은 이야기다. 그렇게 20년쯤 지내던 어느 날, 친척 아저씨가 그를 부르더니 그동안 정말 수고가 많았고 덕분에 자기도 식당 사업을 키우는 데 전념할 수 있었다며 보답으로 게스트하우스 건물을 빠딜의 명의로 넘겨주더라는 것이다. 이것 역시 성경책 어딘가에 나올 것 같은 이야기다.

이 사람들이 세상을 보는 틀은 내 것과 너무 달라 도무지 이야기에 현실감이 없었으나, 그 친척 아저씨란 사람이 여전히 바로 옆에서 큰 식당을 운영하며 살고 있고, 나도 직접 만나보았기 때문에 믿지 않을 도리가 없었다.

게스트하우스의 소유권은 넘겨받았지만, 건물이 낡고 운영 자금이 부족해 처음에는 운영이 잘되지 않았다고 한다. 새삼 사업을 키워볼 생각도 없었고, 그저 '지난 20년간 하던 대로 하면 되겠지' 하던 빠딜은 그 무렵, 마을로 여행 온 프랑스 출신 여교사 마리를 만났는데, 둘은 한눈에 반해 뜨거운 사랑에 빠져들게 된다. 빠딜은 미련 없이 게스트하우스 문을 닫고, 유럽과 아시아를 오가며 꿈같은 연애 기간을 보낸 후, 결국 둘이 결혼을 하게 되면서 마리가 부킷라왕으로 옮겨 왔다. 마리는 파리에 작은 아파트를 하나 가지고 있었는데, 그것을 매각한 자금으로 게스트하우스를 깔끔하게 리모델링하고 부부 공동소유로 바꾼 뒤 관리를 하니 이전보다 운영 사정이 훨씬 나아지기 시작했고, 결국 지금에 이르게 되었다는 것이다.

"그런 다음에 내가 뭘 했을 거 같나?"

"공부 못하는 조카?"

"빙고! 일을 가르치고 운영을 맡긴 지 아직 일 년이 채 안 됐어. 일은 빨리 배우는 편이야."

"그럼 당신은 이제 일을 전혀 안 하는 거야?"

"웬걸, 마을 사람들의 이런저런 이해관계를 조정해주기도 하고, 아내의 정글 보호 프로젝트를 돕기도 하지. 하지만 가장 중요한 건 내 삶을 즐기는 일이야."

"그 일은 잘되고 있는 거 같고. 그럼 20년 후에 또 조카에게 물려줄 생각인가?"

"20년 후를 누가 알겠어?"

"그렇군."

"한 대 피우겠나?"

"고마워."

갑자기 담배가 당기게 만드는 이야기였다. 바보 이반이 대부가 되고 아브라함이 되어 신의 축복을 받는 세계가 거기 있었다. 강 건너 정글 쪽에서 원숭이가 깍깍대는 소리가 들려왔다. 어둠은 정글 한 귀퉁이에 자리한 마을을 조금씩 착실하게 점령해가고 있었다.

마을을 떠나기 전날, 점심을 먹고 숙소로 돌아오는 길에 커다란 오동나무 근처에서 빠딜을 다시 마주쳤다.

"친구, 내일 떠난다며?"

"맞아. 그동안 고마웠어. 이야기도 새미있었고. 떠나려니 너무 아쉬워."

"언제든 또 오면 되지. 다음엔 아내와 아이도 데려오지그래. 아이들에게 좋은 곳이야."

"그럴게."

내 연락처와 이메일 주소를 건네주며 나도 그를 초대했다.

"한국에 한번 놀러와. 내가 끝내주는 한국 음식을 대접할 테니까."

"한국은 재미있는 곳인가? 요즘 우리 동네에서는 한국 드라마가 인기던데."

"재미있는 일도 많지. 재미없는 일도 많고. 여기랑은 좀 달라."

"이제 돌아가면 뭘 할 건가?"

"그야 다시 일터로 돌아가겠지. 약국에서 아침부터 저녁까지 약을 조제하고 팔고, 그런 일이야."

"아, 약사시로군. 학교 다닐 때 공부 잘했나 보네?"

"꼴찌는 아니었지."

그가 마리화나와 종이를 꺼내 왼쪽 무릎에 올리더니 한 대를 말기 시작했다. 효율적이고 리드미컬한 손놀림이 그의 흡연 연륜을 보여주고 있었다. 입에 무는 쪽은 얇고 반대쪽으로 갈수록 조금씩 굵어지게 내용물을 조절하면서 그가 말을 꺼냈다.

"자네 이걸 아나? 세상에는 세 가지 종류의 인간이 있다네. 먼저 멍청한 인간이 있어. 그리고 영리한 인간."

"그야 그렇겠지."

그가 종이 한쪽 끝에 길게 침을 바르며 말을 이었다.

"영리한 인간은 멍청한 인간을 먹고 살아."

"흐음."

"가령 멍청한 인간들이 뭔가를 열심히 만든다고 치면, 그걸 계획하고 관리하고 결과물을 분배하는 자들이 영리한 인간들이야. 그래서 대개는 그들이 먼저 먹지. 남은 것을 멍청한 인간들이 나눠 먹고."

불을 붙여 한 모금 깊게 빨아들였다가 멈추고, 한참 후에 천천히 내뱉더니 그가 말을 이었다.

"그런데 그 영리한 인간을 먹고 사는 족속들이 있어."

"그게 누군가?"

"바로 운 좋은 인간이야."

나는 마른침을 꿀꺽 삼키며 이야기가 계속되길 기다렸다. 뻔한 듯하면서도 묘하게 흥미로운 이야기였다. 그는 서두를 생각이 없는지 또 한 모금 깊이 빨아들여 숨을 참다가 한참 후에 뱉어냈다.

"영리한 인간이 아무리 애 쓴다고 운 좋은 인간을 이길 수 있을 것 같나?"

"이길 수 없을까?"

"잠깐은 이기는 것 같아도 어쩐지 금세 판이 뒤집어지고 말거든. 그래서 어느 집단이라도 우두머리나 편하고 좋은 자리는 운 좋은 인간들이 차지하고 있지."

'그래, 여긴 어차피 인도네시아니까' 하고 말하려다가 생각해 보니 요즘 한국의 꼬락서니도 비슷하게 흘러가는 것 같아 가만히 고개를 끄덕였다.

"그런데 그 운 좋은 인간은 누구일 것 같나?"

"잘 모르겠는데. 최소한 나는 아닌 것 같군."

그가 마지막 모금을 빨고 '이해도 못하는 멍청한 놈에게 괜히 말하느라고 헛수고 하고 있구나' 하는 느낌으로 길게 내뱉었다.

"그건 바로 멍청한 인간이야. 그들 중 누군가지. 하지만 영리한 인간이 운이 좋은 경우는 없어. 그렇게 해서 삼각 구도가 완성되는 거라네."

"아니, 뭐가⋯."

뭔가 말하려고 했는데 말문이 막혔다. 시답지 않은 궤변 같은, 하지만 묘하게 설득력 있는 그의 말을 이해보려고 나의 머릿속 뉴런망은 전력을 다해 돌아가고 있었다.

"여러 나라 여행자들이 여기에 와서 말하는 것을 들어보면, 그들은 하나같이 '우리나라 대통령은 진짜 멍청하다니까. 정치 감각으로도 지적 수준으로도 그야말로 상병신이지. 이상하게 운이 좋아서 대통령이 된 거야'라고 말하지."

'박근혜? 김영삼?' 생각을 가다듬는 데는 나름의 시간이 걸렸다. 그는 꽁초를 버리고 일어서며 말했다.

"너무 영리하게 살려고 애쓸 필요 없어, 친구. 나를 보라고."

"학교 다닐 때 내내 그런 생각을 하고 있었나, 철학자 선생?"

"더 재미있는 생각도 많이 했지. 다음에 만나면 또 이야기하자구. 그럼 잘 가게."

이 말을 마치고 그는 예의 멍청해 보이는 공처가 웃음을 지으며 어딘가로 천천히 걸어갔다.


나는 가능하면 영리한 인간 쪽에 서고 싶어 하며 그때껏 살아왔다. 대학 때는 학생운동을 했고, 사회에 나와서는 사회적 약자를 배려하고 평등한 기회를 보장하며 정의가 실현되는 사회를 언제나 지지했지만, 동시에 나는 영리한 인간 쪽에 서 있고 싶었다. 그것이 내가 추구할 길이라고 생각했다.

'좋은 이야기지만 시스템이 약한 나라에서나 통하는 거지', '한국이나 유럽의 사정은 다르지', '영리하면서 운 좋은 사람도 수없이 있지 않은가?' 하는 반론들이 빠딜이 사라진 후에야 비로소 하나둘 바쁘게 머릿속에 떠올랐다. 방심하고 있던 내 자아는 한 번의 칼질에 깊은 상처를 입었고, 이제야 반격을 통해 회복에 나서려는 것이었다. 진정 여유로운 삶이 영리한 인간들의 세계에 있는 것이 아니라면 나는 어디를 뒤지고 다녀야 하는 걸까? 아니, 뒤지려는 노력 자체가 문제였을까? 세상을 보는 틀이 흔들리며 내 머릿속은 복잡해졌다. 그러나 그것과는 별도로 마음속 어딘가에서 '중요치 않아. 생각은 나중에' 하는 희미한 목소리도 들려왔다.

생각을 하지 않는 한 나는 영리하지도 멍청하지도 않았다. 나는 한동안 푸른 잎을 뒤척이는 오동나무 그늘 아래에 멍하니 서 있었다.

## 와이 아 유 리브?

_스리나가르, 잠무 카슈미르

카슈미르는 비단과 카펫 그리고 말발 좋은 상인으로 유명한 지역이다. 1947년 영국으로부터 독립하면서 쪼개진 나라와 운명을 같이하듯 카슈미르도 인도령 '잠무 카슈미르'와 파키스탄령 '아자드 카슈미르'로 쪼개져 숱하게 분쟁을 겪으며 지금에 이르렀다.

스리나가르는 잠무 카슈미르의 주도로 최근까지도 테러와 무장봉기, 학살 등으로 인도 사람들의 기억에 상흔으로 남아 있지만 본래 경치가 아름답고 날씨가 시원해서 고대 왕족의 여름 휴가지이자 사람들이 선망하는 관광지였다고 한다. 깊은 밤 고요한 호수에 배가 떠다니고 명상하는 여인의 머리 위로 달빛이 비치는 광경을 묘사한 시로 유명한 곳이기도 하다.

이름도 아름다운 '달 레이크'에는 지금도 한창때를 추억하며 좀처럼 오지 않는 관광객을 기다리는 하우스보트들이 줄지어 떠 있다. 한때는 인도 귀족 자제들이 남들의 부러워하는 눈을 뒤로하고 밤낮으로 풍류를 즐겼을 법한 고급 하우스보트들도 요즘엔 분쟁 지역 따위는 내 알 바 아닌 몇몇 배낭족 말고는 손님이 없어, 뭣 모르는 외국인 젊은이들이 싼 값에 '힐링을 하는'

게스트하우스가 되어버렸다.


여자친구와 나는 인도 북부의 라다크에 머물다가 달 레이크 하우스보트의 소문을 듣고 길을 나섰다. 밤이면 인도와 파키스탄의 포탄이 허공을 오간다는 비포장 산길을 고물 버스에 의지해 스리나가르까지 찾아간 것이다. 도중에 까길이라는 마을의 난민촌 같은 숙소에서 하룻밤을 잘 때 얼핏 몇 발인가 대포 소리를 들은 것도 같지만 피곤해서 이내 잠이 들었다. 여자친구는 "포탄보다는 버스 쪽이 더 위험한 거 같은데" 하고 중얼거렸다.

달빛이 비치는 저녁, 달 레이크는 비현실적으로 아름다웠다. 노란 불빛이 희미하게 흔들리는 검은 물 위로 조각배가 노 저어 지나가고 멀리서 들려오는 낭랑한 기도 소리는 밤과 어우러져 호수로 퍼져나갔다. 작은 파도가 뱃전에 찰싹이고 향기 섞인 바람이 간간이 불어오는 테라스에서 거짓말처럼 차가운 킹피셔 맥주는 지친 몸의 깊숙한 곳까지 적셔 들어갔다. 출렁이는 배 위에서 끝이 보이지 않는 호수를 끝없이 보고 있을 때, 제복을 입은 집사가 나타나 한 손을 가슴에 대고 허리를 살짝 굽혀 인사했다.

"디너가 준비되었습니다, 썰."

"아, 그렇군요."

여자친구와 나는 어느새 분위기에 젖어들어 늘 이렇게 저녁을 먹어왔다는 듯 우아하게 일어나서 그를 따라갔다. 반바지에 티셔츠를 입고서.

"이쪽으로 앉으시죠, 마담, 썰."

"고마워요."

식당은 화려한 카슈미르 전통 양식의 인테리어와 장식품, 곳곳에서 조금씩 흔들리는 촛불이 어우러진 우아한 빛으로 가득했다. 기다란 마호가니 테이블 양 끝에 앉아서 요리사의 서빙을 받으며 양고기 커리와 난을 먹고 후식으로 차까지 마시고 나니 조금씩 피로가 몰려들었다. 요리사에게 감사를 표한 뒤 우리는 침실로 돌아가 아기 요람처럼 편안하게 흔들리는 침대 위에서 금세 잠에 빠져들었다.


다음 날부터 며칠 동안 호수 밖으로는 아예 나가지도 않고 시간이 되면 챙겨주는 아침과 저녁을 먹으며 뱃전 테라스에서 조용히 책을 읽고 맥주를 마시고 음악을 들으며 지냈다. 가난뱅이지만 기회를 만나면 이 정도 여유는 즐길 줄 안다는 자기만족. 예상치 못한 행운이 믿기지 않았고, 이곳을 찾아낸 나 자신이 기특했다.

한국에서 가져간 책 중에 류시화의 인도 여행기를 특히 재미있게 읽었다. 책도 읽는 장소와 궁합이 맞을 때 머릿속에서 더 선명하게 피어나는 것 같다. 인도에 대한 애정이 넘치는 저자는 자신이 여행 중 겪은 이야기들을 아름답게 소개하고 있었는데, 그중 우연히 마주친 인도 사람들의 철학자 같은 태도에 대한 일화들이 인상 깊었다.

예를 들면, 수돗가에서 세수를 하고 얼굴을 닦으려고 옆에 꺼

내놓은 화장지를 지나가던 사내가 둘둘 말아가지고 가기에 왜 내 화장지를 가져가느냐고 항의하자 사내가 "이게 왜 네 소유냐? 잠시 네 손에 있는 것이지" 하고 대답하며 유유히 갈 길을 갔는데 어쩐지 할 말이 없어져 버렸다는 '수돗가 철학자' 이야기. 그리고 노점상이 천 루피를 불렀던 물건을 깎고 깎아 70루피에 사고 자신의 노련함에 감탄하며 돌아서는데 "아 유 해피? 당신이 행복하다면 나도 행복하다. 하지만 당신이 행복하지 않다면 그건 당신의 문제다"라고 조용히 속삭였다는 '노점상 철학자' 이야기 같은 것이다.

나도 인도에서 그런 경험을 한다면 어떨까 속으로 생각해보며 한가롭게 책을 읽었다. 둘이서 하루 20달러로 호사를 누리다보니 어쩐지 모든 것이 여유롭게 보이는 듯했다. '제대로만 찾는다면 돈으로 살 수 있는 여유도 나쁘지 않구나.' 그 호수 위에서 나는 그렇게 생각했다.

그렇게 기대하지 못한 '힐링의 나날'을 보내다 심심해지기 시작한 어느 아침, 우리는 산꼭대기에 있어 스리나가르 시내와 달레이크가 훤히 보인다는 샹카라차리야 사원에 가보기로 했다. 시카라라고 불리는 노 젓는 작은 배를 빌려 호수를 빠져나온 다음 시장통에서 수제비 비슷한 음식을 사 먹고 산을 올랐다. 그러다가 곧 걸어서 가기는 힘든 거리임을 깨닫고 도로를 찾아 히치하이크를 시도했다.

지나는 차도 별로 없는 데다가 산길에서 난데없이 손을 흔드는 외국인을 시원스레 태워줄 사람은 없는지 히치하이크는 신통치 않았다. 열몇 대를 놓치고 나서 사원을 포기하고 내려갈까 싶을 무렵 낡은 트럭이 길가에 섰다. 트럭 짐칸에라도 괜찮으면 태워주겠다는 것이었다.

짐칸에는 고등학생쯤 되어 보이는 건설 인부들이 이미 여러 명 타고 있었는데 우리가 짐칸에 오르는 걸 도와주기도 하고 짧은 영어로 말을 걸기도 하며 친근한 태도를 보였다. 덜컹이는 트럭 짐칸에서 인도인들이 외국인을 만나면 늘 하는 질문과 대답이 다시 한 번 오고갔다.

"어느 나라에서 왔어?"

"응, 사우스 코리아."

"오오, 사우스 코리아. 일본인이 아니었군."

"결혼은 했어?"

"아니 아직."

"오오, 안 했다고? 그런데 이렇게 같이 여행을 다녀?"

"뭐 그렇게 됐어."

"종교가 있어?"

"없는데."

"그럼 이슬람을 믿어. 삶이 아주 평화로워."

"그래 보이네."

"인도에 대해서 어떻게 생각해?"

"한국보다 훨씬 크고, 사람들도 많이 살고, 아름다운 곳도 많고… 재밌는 곳이라고 생각해."

"오오, 재밌는 곳이라고 생각한대."

뻔한 질문에 적당히 대답할 때마다 자기들끼리 인도어로 감상을 주고받던 젊은 친구들도 궁금증이 어느 정도 가셨는지 조용해지고 한동안 산길을 오르는 트럭의 버거운 엔진 소리만 가득했다. 꼬불꼬불한 산길이라 커브를 돌 때마다 짐칸의 한 귀퉁이를 부여잡고 몸을 제대로 가누기 위해 애를 써야 했다.

그때 구석에 서서 우리를 조용히 지켜보며 아무 말이 없던 젊은 남자 하나가 문득 내 앞으로 다가섰다. 그는 빡빡 깎은 머리에다 작은 얼굴의 반은 차지하는 초롱초롱한 눈을 가진 맑은 느낌의 청년이었다. 그가 입을 열자 엔진 소리를 뚫고 카랑카랑하게 울려나오는 목소리도 범상치 않게 들렸다. 그는 맑은 눈을 나에게 고정한 채 말했다.

"나도 질문이 하나 있어. 와이 아 유 리브?"

갑작스러운 일격이었다. '나는 왜 사는 것일까?' 질문을 되뇌며 머릿속은 바쁘게 돌아갔지만 적당한 대답은 찾아지지 않았다. '태어났으니까 그냥 사는 것일까?', '깨달음을 위해 이런저런 경험이 필요하기 때문에 살아가는 것일까?', '내 인생에도 이루어야 할 어떤 사명이 있는데 내가 아직 찾지 못한 걸까?' 이런 물음들과 함께 '드디어 나에게도 인도의 숨은 철학자와 대면하는 기회가 온 건가? 이 트럭 위에서?' 하는 반가운 마음도 들었다.

한참 생각하다가 내가 대답했다.

"사실 나도 왜 사는지 모르겠어. 아직 해답을 찾고 있다고 할까? 내 대답보다는 너의 대답이 더 궁금한걸."

나는 남자의 맑은 눈망울 앞으로 조금 더 다가갔다. 그러자 그가 대답했다.

"아, 쏘리, 실수야. '웨어 아 유 리브'라고 한다는 게 그만."

"아…, 난 서울에 살아."

"오오, 서울! 들어본 거 같아."

철학자보다는 개그맨을 하면 좋을 황당한 녀석이었다. 새로운 경험을 기다리던 들뜬 기대는 무참히 무너지고 말았다. 그러나 마음속에 한번 던져진 '왜 사는가'라는 질문은 쉽게 사라지지 않았다.

우리는 상카라차리야 사원까지 올라갔다. 산 위에 옅은 안개가 껴서 달 레이크가 다 보이진 않았지만 그 때문에 더 아름다운 풍경이었다. 전망대에 서서 사진을 찍는 관광객들이 많아 주위는 시끌벅적했다. 그때 나는 살아가는 이유가 아름다움이 아닐까 문득 생각했다. 그 순간 나를 둘러싼 세계는 너무도 진실하고 평화로웠고 무엇보다 머릿속이 텅 빌 만큼 아름다웠던 것이다. 저 아래 햇빛을 반사해 여름 해변처럼 반짝이는 달 레이크가 트럭 위의 철학자가 던진 질문에 그렇게 답하고 있었다.

## 이처럼 부지런한 평행우주적 세계

_무앙싱, 라오스

　라오스 북부의 시골 마을 무앙싱에 가게 된 것은 순전히 우연이었다. 스물여덟의 어느 늦은 여름 중국 서부를 여행하고 있을 때, 중국의 멍라와 라오스의 루앙남타가 구식 철도로 연결되어 있다는 것을 우연히 만난 여행사 직원을 통해 알게 되었다. 라오스는 한국과 무비자 협정이 되어 있고, 차비도 쌌기 때문에 '그럼, 한번 가볼까' 하는 가벼운 마음으로 루앙남타행 기차에 올랐다.

　애초에는 루앙남타에서 유명한 사원의 도시 루앙프라방으로 갈 생각이었으나, 그만 심한 몸살감기에 걸려 앓아누워버렸다. 아무래도 중국 국경 마을에서 만난 독일 펑크족들과 맥주를 너무 마신 모양이었다. 숙소에서 만나 같이 저녁을 먹으러 갔는데, 웬일인지 별 이유도 없이 퍼마시고 말았다. 하고 다니는 꼬락서니를 보니 그들에게는 일상인 것 같았는데 나는 왜 거기에 끼어서 새벽까지 마셨는지 알 수 없었다. 가운데만 남기고 박박 깎은 머리, 코와 눈썹에 박아 넣은 피어싱, 검은 옷에 주렁주렁 매달린 체인뿐 아니라 펑크의 냄새를 강하게 풍기는 그들의 자유분방함과 자기 파괴적이고 냉소적인 삶의 태도를 약간 동경

했던 것 같기도 하다.

겪어본 사람은 알겠지만 낯선 곳에서 앓아눕는 건 꽤 서글픈 일이다. 엉덩이 부분이 푹 꺼진 매트리스 위에서 냄새 나는 베개와 지저분한 이불을 덮고 하루 종일 누워 있으면 세상의 잔인함과 마주친 듯한 기분이 된다. 따뜻한 된장국도, 윤기 흐르는 밥도, 시원한 김치도 없다. 아프다고 하소연할 곳도, 찾아주는 친구도, 약은 먹었느냐고 물어봐주는 이도 없다. 그런 것 따위가 무슨 도움이 되는 것도 아니고 귀찮기만 할 뿐이라고 생각했던 것은 그런 가능성이 존재할 때의 사치스런 투정이다.

무슨 병에 걸렸는지도, 얼마나 있으면 나아질지도 알 수 없었다. 나를 걱정해주고 돌봐주는 사람은커녕 아프든 죽든 관심을 가지는 사람조차 없었다. 먼저 자신감, 다음으로 의욕이 사라지더니, 얼마 후에는 곧 나을 거라는 희망까지 사라져버렸다. 주기적으로 찾아오는 두통과 고열, 몸의 떨림을 받아들이며 '어차피 버러지 같은 존재, 그냥 먼지처럼 사라져버리자' 하고 생각했다.

나는 사흘 만에 자리를 털고 일어났다. 혼자서 이겨내는 수밖에 없으니 혼자서 이겨낼 수 있었다. 이제 독해져야 한다. 우선 술과 담배를 모두 끊기로 결심했다. 그동안 너무 방탕하게 지냈다. 아니, 담배는 굳이 끊을 것까지야 없을지 모른다. 담배 때문에 몸살이 난 건 아니니까. 그냥 술은 이제 그만 마시자. 특히 독일 펑크 녀석들과는 마시지 말자. 하지만 만에 하나 좀 마시게 되더라도 최소한 술값 내기는 하지 말자. 몸이 좋아짐에 따라

독한 결심은 그렇게 점점 순해져갔다.

다음 날, 체크아웃을 하고 루앙프라방에 가기 위해 터미널로 향했다. 몸살로 약해진 몸은 뜨겁고 축축한 공기에 금세 축 늘어져버렸다.

터미널에 도착한 것은 정오쯤. 그런데 매표소에서 루앙프라방행 버스가 방금 떠났다고 했다. 다음 버스는 오후 5시에나 있다고. 당장 마을을 떠나고 싶었다. 도저히 그 덥고 시끄러운 버스터미널에서 다섯 시간을 기다릴 수는 없을 것 같았다. 마침 운전사 아저씨가 버스에서 내리기에 다가가 어디든지 괜찮으니 혹시 가까운 곳으로 금방 떠나는 버스가 없는지 물었다. 아저씨는 무앙싱으로 가는 버스가 5분 안에 떠난다고 했다. 그곳은 좀 시원한가 묻자 아저씨는 귀찮은 듯 그렇다고 대답했다.

그렇게 해서 두 시간 후 나는 무앙싱 중앙시장 옆에 배낭을 메고 서 있게 된 것이다. 가끔 차가 지날 때마다 먼지가 높이 솟구쳐 오르는 널찍한 비포장도로에 양옆으로 허름한 건물 몇 채가 띄엄띄엄 늘어서 있었다. 식당이 몇 개 보일 뿐, 흥미를 끄는 것은 하나도 없었다. 가장 높은 건물이 2층. 무앙싱은 그저 그래 보이는 촌구석이었다.

일단 숙소를 구해야 했다. 그래도 배낭여행자가 좀 오는지 시장 지붕을 받치고 있는 나무 기둥 한쪽에 영어로 된 게스트하우스 광고판이 서너 개 붙어 있었다. 그중 '시장에서 50미터'라고 써놓은 곳이 있어 무작정 찾아갔다. 평소처럼 마음에 드는 숙소를 찾을 때까지 돌아다닐 기운이 없었기 때문에 별 기대 없이 게스트하우스 문을 두드렸다. 그냥 싸고 냄새만 좀 덜 났으면 싶었다. 어차피 하루이틀 자고 루앙프라방으로 떠날 생각이었다.

그런데 젊은 여주인의 안내를 받아 들어간 방은 루앙남타의 그 쓰레기 같은 방과는 많이 달랐다. 짙은 색 나무 마루에 양쪽 벽으로 튼튼해 보이는 목재 침대가 하나씩 놓여 있었고, 가운데로 난 커다란 창으로는 넓게 펼쳐진 논이 한눈에 들어왔다. 마침 어디선가 시원한 바람이 불어오는지 초록빛 들판은 생명력을 뿜어내며 술렁거렸다.

창 밑에는 낡은 책상과 의자가 놓여 있었는데, 그 생김새와 배치가 범상치 않았다. 거기에 앉으면 떠나간 여자들에게 원망도 미련도 없는 편지를 쓸 수 있을 것 같았다. 책상 위에는 빈티지 스타일의 놋쇠 주전자와 컵이 놓여 있었고, 황토색 질그릇 받침에 굵직한 양초가 올라가 있었다. 침대 머리맡에는 라오스의 산이 그려진 독특한 색감의 작은 유화도 걸려 있었다. 얼핏 반 고흐 그림 속의 방 같은 분위기가 감돌았다. 깔끔한 욕실 겸 화장실이 딸려 있었고 하루에 두 시간이지만 뜨거운 물도 나온다고 했다.

짐을 풀고 샤워를 하고 나니 기분이 훨씬 나아졌다. 창밖의 세상은 그럭저럭 밝고 따뜻해 보였고 호의적인 미소로 나를 부르고 있었다. 창을 열자 산간 지역 특유의 나무 냄새가 방 안으로 가득 흘러들었다. 논의 경계선을 흐르는 도랑에는 아직 학교도 다니지 않을 것 같은 어린아이들이 물고기를 잡으며 놀다가 웃통을 벗고 창가에 선 나를 보고는 저희들끼리 뭐라고 외치며 깔깔거렸다.

마지막 남은 깨끗한 티셔츠 한 장을 뒤집어쓰고 빨랫감을 커다란 봉지에 담아 방을 나섰다. 천천히 동네도 한 바퀴 돌아보고, 빨래 서비스가 있으면 맡길 생각이었다. 그런데 문 앞 벤치에 앉아 있던 여주인이 그걸 보더니 자기가 해주겠다고 나섰다. 가격도 1킬로그램에 천 원 정도로 비싸지 않았다. 작은 키에 서글서글한 인상의 그녀는 빨랫감 봉지를 들고 숙소 뒤쪽으로 돌아가며 금방 무게를 재고 올 테니 그동안 자기 딸과 있어달라고 스스럼없이 부탁했다. 네 살 난 여자아이의 이름은 꼬옵이었는데 낯선 어른을 무서워하지 않고 잘 따랐다. 엄마를 기다리는 동안 아이가 가르쳐주어 우리는 라오스식 '쎄쎄쎄'를 하며 놀았다.

먼지가 풀풀 날리는 신작로를 아무 계획도 망설임도 없이 걸었다. 목적이 없기에 길을 잃을 리도 없는 한가로운 산책이었다. 집들이 띄엄띄엄 늘어선 거리를 지나 사람들의 일상과 마주치게 되는 골목길을 통과해 옥수수가 빽빽이 늘어선 익숙하고도 그리운 시골길을 걸었다. 근처에 작은 마을들이 있는지 길들은 모두 어디론가 이어져 있었다.

돌아오는 길에는 마을 인근 공터에서 세팍타크로를 하는 청년들을 구경했다. 세팍타크로는 동남아시아 젊은이들이 널리 즐기는 운동인데 배구 코트 같은 데서 대나무를 엮어 만든 작은 공을 서로의 진영으로 넘기는 놀이다. 손을 사용하지 않는 배구 또는 공이 땅에 닿지 않아야 하는 족구쯤이라고 할 수 있다. 그

런데 그 기술이 화려하고 몸동작이 정교하여 오래 보아도 질리지 않았다. 헤딩으로 높이 띄운 공을 강한 오버헤드킥으로 상대 진영에 꽂아 넣는다. 너무나 통쾌하고 멋진 공격이다. 그런데 상대 진영에서는 그걸 또 발로 받아내는 인간이 있어 게임이 계속된다. 어떻게 저런 것이 가능할까 싶을 정도로 신기한 운동이다. 청년들이 나에게도 해보라고 권했지만 당시 내 몸으론 가능할 것 같지 않아 사양하고 길을 더 걸었다.

벌써 해가 지고 있었다. 서쪽 하늘이 붉은 자줏빛으로 물들고 뜨거운 태양도 어느새 부드러운 저녁 공기에 자리를 내주며 돌아갈 채비를 했다. '놀던 아이들은 아무 걱정 없이 집으로 하나둘씩 돌아갔다. 나는 왜 여기 서 있나 생각해봤더니 아무래도 배가 고파서인 것 같았다. 근처에 있는 조그만 여행자 식당에 들어가 피자와 맥주를 시켰다.

비어 라오는 충분히 차갑진 않았지만 갈증을 풀어주었고, 도대체 내 주문이 들어가긴 한 건가 싶을 정도로 오래 기다린 끝에 등장한, 신선한 재료로 만든 뜨거운 피자는 다급한 위장을 달래주었다.

테이블에는 로맨틱하게도 유리 램프에 담긴 양초가 빛나고 있었다. 하나둘씩, 여행자들이 저녁을 먹기 위해 모여들었다. 나는 옆 테이블에 앉은 스포츠머리의 남자와 대화를 나누게 되었는데, 이내 그가 내 자리로 합석했다.

게오르기스라고 자신을 소개한 그는 단단한 체격에 목이 짧은 그리스 남자였다. 원한다면 조지라고 불러도 된다고 했다.

더듬거리는 영어였지만 말하는 걸 좋아하는 친구였다. 여행을 오래 한 베테랑이어서 쓸 만한 정보를 몇 개 얻었다. 그가 다음 날 아침 일찍 트레킹 겸 어떤 산속의 절을 찾아갈 계획이라고 해서 나도 같이 가기로 했다. 7시에 시장 앞에서 출발하자기에 그렇게 일찍 일어날 수 있을지 모르겠다고 했더니 그는 씩 웃으며 물론 일어날 수 있을 거라고 말했다.

저녁 9시 반이 되자 식당 종업원들이 청소를 시작했다. 게오르기스를 포함해 손님들도 자연스레 돌아갈 준비를 했다. 새 친구를 만나면 으레 늦게까지 술을 마셨던 나는 조금 어리둥절했지만, 별 수 없이 계산을 하고 목이 짧은 그리스인과 헤어졌다. 몇 개 되지 않는 가게는 모두들 조용히 하루를 정리하고 있어 무앙싱 타운의 분위기는 더없이 차분하게 가라앉았다. 길에는 아무도 없었다.

숙소에 거의 다 왔을 즈음, 일순간 온 세상이 암흑에 휩싸였다. 정전이 된 것이다. 올려다보니 셀 수 없을 만큼 많은 별들이 밤하늘을 가득 메우고 있었다.

어렸을 적 나는 정전을 좋아했다. TV를 보지 못하는 것은 아쉬웠지만 어른들이 당황하여 양초다 성냥이다 하며 헤매는 순간의 비일상적인 느낌이 좋았다. 실로 오랜만에 맛보는 정전이었다. 이런 오지라면 전기 사정이 불안정하기도 하겠지 생각하며 어둠 속을 걸어 숙소의 문을 열었다. 주인아저씨가 "늦었네요. 잘 때는 촛불을 꺼줘요" 하며 자리 들어갈 때 시계를 보니 10시. "참, 시골 사람들이란" 하면서 방으로 들어가 습관적으로 전등 스위치를 눌렀다. 물론 방은 캄캄했다. 손전등을 찾다가 의자에 다리를 세게 부딪혔다.

욕을 하면서 겨우 책상 위 양초에 불을 켜고 의자에 앉으니 벽과 천장에 아른거리며 흔들리는 노란 빛에 어릴 적 생각이 났다. 식구들이 둘러앉아 밥을 먹다가 정전이 되면 밥상 한쪽에 양초를 켠다. 그러면 반찬이 달라진 것도 아닌데 그 색다른 분위기에 설레어 남은 밥을 맛있게 먹곤 했다. 그렇게 조금 기다리다 보면 지지직 하며 형광등이 깜박이다가 다시 전기가 들어오는 순간도 좋아했다. 어디선가 우리를 돌보는 누군가가 아직 우리를 잊지 않고 묵묵히 자신의 일을 하고 있다는 안도감.

창밖에는 개구리들의 연애가 한창이었고, 달은 은은하게 푸르스름한 빛을 뿜냈다. 어두침침한 방에서 별달리 할 것이 없어 책을 꺼내 촛불 아래 접어둔 페이지를 펼쳤다. 하지만 불빛이 흔들려 책의 내용에 집중이 되지 않았다.

'이젠 전기가 들어올 때도 되지 않았나? 공무원 녀석들은 뭘 하고 있는 거야?' 조금 불평을 하다가 세 페이지도 채 읽지 못하고 졸음이 쏟아져 촛불을 끄고 잠자리에 들었다. 그날 밤에는 깊고도 단 잠을 잤다.


온 동네의 수탉이 울어 젖히기 시작한 것은 다음 날 새벽 5시쯤이었다. 나는 뭔가 심각하면서도 신비로운 꿈을 꾸고 있다가 그 소리에 놀라 눈을 떴다. 동쪽의 창으로 아침 해가 막 떠오르고 있었다. 1층에서는 벌써 누군가 일어나 그릇을 달그락댔다.

이불 속에서 붉게 번져 오르는 하늘을 보며 조금 누워 있다가 결국 완전히 잠에서 깨어 일어났다. 일출을 보는 것도 참 오랜만의 일이다. 수탉들은 아직도 가끔씩 울어대고 있었다. 이불 속에서는 그렇게 짜증나던 닭 우는 소리가 일어나니 거슬리지 않았다. 약속 시간까지 책상에 앉아 책을 꺼내 들었다가 글을 끼적였다가 창을 열고 아침 공기를 맞으며 팔굽혀펴기도 했다가, 그렇게 남는 시간을 어쩔 줄 몰라 했다.


조금 일찍 나가보니 시장에는 이미 묘족, 야오족, 아카족, 리후족 등 각자의 전통 의상을 차려입은 고산 부족의 아낙네들이 각종 채소와 신선한 먹을거리를 펼쳐놓고 북적대고 있었다. 벌써 가져온 것을 다 팔고 돌아가는 사람마저 있었다. 이 새벽에 이게 웬일인가? 나와 내가 아는 사람들이 모두 꿈속에서 헤매고 있을 때, 이토록 부지런한 평행우주적인 세계가 존재해왔다는 것인가? 아니면 오늘이 무슨 특별한 날인가?

"일찍 나왔군, 친구."

뒤에서 게오르기스가 어깨를 툭 쳤다.

"어, 어쩌다 보니 일찍 일어났어."

그와 나는 시장 한구석에서 뜨거운 쌀국수로 아침을 먹었다. 국수의 양이 얼마 되지 않아 아쉬웠지만 내 몸은 뜨끈한 국물을 반겼다.

"어젯밤에는 정전이 되었더라구."

"무슨 정전?"

"몰랐어? 한 10시쯤 됐나, 너와 헤어져 돌아오는 길에 갑자기 불이 다 꺼져버리던데."

"아 그거? 여기는 매일 그래. 전기가 하루에 두 시간밖에 안 들어오거든. 저녁 8시에서 10시."

"그럼 매일 10시면 불이 다 꺼지는 거야, 온 마을이?"

"맞아, 온 마을이. 그나마 두 시간이라도 전기가 들어오는 건 이 근방에서 여기뿐일걸."

"음, 그런 거였군."


게오르기스와 아침을 먹고 끝없는 산길을 걸어 절에 도착한 것은 점심 무렵이었다. 오랜만에 긴 트레킹을 한 데다가 숨 막히는 더위에 지쳐 나의 체력은 이미 바닥을 보이고 있었는데, 나보다 열 살이 많은 게오르기스는 멀쩡해 보였다.

절에서는 스님들에게서 점심식사를 대접받았다. 사실은 대접을 받았다기보다 스님들이 망고나무 그늘에 커다란 접시를 놓고 둘러앉아 밥을 먹고 있을 때, 우리가 계획적으로 주변을 기웃거렸고, 마침내 한 스님이 와서 같이 먹자고 해주어 끼어든 것이다. 게오르기스는 그런 술수에 능했다.

산속에서 뭘 사 먹을 수도 없고 먹을 것을 준비해가지도 않았으니 다행스런 일이었다. 음식은 손으로 조금씩 떼어 먹는 라오스식 찹쌀밥 까우냐우에다 파파야를 채 썰어 양념에 무친 매운 반찬뿐이었지만 나는 깊은 맛을 음미하며 마지막까지 소중하게 먹어 치웠다.

밥을 먹고 나서 절간 그늘에 앉아 게오르기스와 떠들고 있자니 황토색 승복을 입은 동자승 세 명이 우리를 구경하러 왔다. 그들은 우리 옆에 앉아 약간 수줍어하면서 자신들의 이름과 나이—한 명은 여덟 살, 두 명은 아홉 살이라고 똘똘하게 말했다—를 알려주더니 우리의 이름과 나이도 물었다. 스물여덟, 서른여덟이라고 하니 그런가 보다 하는데, 그 나이의 무게를 이해하는 것 같지는 않았다. 게오르기스가 티슈를 꺼내 마술을 보여주니 눈이 휘둥그레져 좋아하면서 그 비밀을 캐내보려고 자꾸만 다시 해보라고 졸랐다. 같이 사진을 찍고, 한 명 한 명 악수를 하고 헤어져 산길을 내려가는데 세 녀석이 한참을 따라오다 길 위쪽 바위에 서서 오랫동안 손을 흔들어주었다.

숙소에 돌아오니 다시 저녁 무렵이었다. 전기가 들어오는 두 시간을 아껴서 사용하기로 했다. 1층에 있는 선풍기 앞에서 몸을 식히고, 따뜻한 물로 샤워를 하고, 가게에서 시원한 음료수를 사다 마시고, 디지털 카메라를 충전했다. 막상 그 밖에는 전기의 효용이 떠오르지 않았다.

10시가 되자 다시 온 세상이 어둠에 잠겼다. 나는 팬티만 입은 채 침대 위에 지친 다리를 펴고 누워 소중한 전등불 아래에서 책을 읽다가, 전기가 끊어지자 책을 덮고 그대로 잠들어버렸다. 그리고 다음 날 아침, 닭 우는 소리에 일어났다. 다음 날도 그다음 날도 그렇게 흘러갔다. 10시에 전기가 끊어지면 세상이 어둠에 잠기고, 사람들은 잔다. 일찍 잤기 때문에 새벽에 첫닭이 울면 자연스럽게 일어나 하루를 시작한다. 별다른 교통수단이 없

으니 많이 걷는다. 낮에는 너무 더워 그늘에서 쉬거나 낮잠을
잔다. 그리고 대개는 부근의 자연에서 얻어진 소박한 음식을 먹
는다. 그곳은 사람들이 그렇게 살아가는 곳이었다.

　무앙싱에 도착한 지 일주일쯤 지나자 나의 체력은 몰라보게
좋아졌다. 서너 시간 걷는 것쯤 이제는 아무렇지 않았다. 새벽
에 일어나는 것은 세상에서 제일 쉬운 일이었다. 매일 아침 가
뿐히 일어나 숙소 옆 논길로 산책을 나가서, 언제 보아도 장엄
한 산촌의 일출을 감상했다. 그럴 때면 머리가 그 어느 때보다
맑아졌다. 뭔가 머릿속의 커튼이 젖혀진 것처럼 사람들의 살아
감과 뒤얽힘, 그 전후 관계가 명쾌하게 이해되는 순간들이 있었
다. 억지로 자연의 리듬에 맞춰 살아가려고 애쓰는 것이 아니라
아무런 노력 없이 밤에 전기와의 결별을 받아들이는 것만으로
그런 일들이 일어났다. 체력, 사고력, 정신력 모든 것이 한 단계
업그레이드되는 느낌이었다. 다만 여전히 좀 심심한 것은 있었
다. 나는 아직 이십대의 젊은 남자였기 때문이다.
　어느 날 저녁, 아무래도 내일은 루앙프라방으로 가는 버스를
타야겠다고 생각하고 잠자리에 들었다. 라오스 비자의 유효 기
간도 이제 며칠 남지 않았다. 그때 나는 저녁 9시 반이 되면 너
무 졸려 알아서 침대로 들어가는 인간이 되어 있었다.
　다음 날 첫닭이 울었을 때, 나는 또 한 번 가뿐히 깨어나 아름
다운 일출을 보러 숙소 뒤편의 논길로 나갔다. 끝까지 갔다가
돌아오는 데 30분 정도 걸리는 좁은 논길은 그날따라 생명의 기

운이 더욱 충만하게 느껴졌다.

아직은 동이 트기 전, 희미한 빛이 조금씩 번져오는 대기를 들이마시며 나는 급할 것 없는 새벽길을 걸었다. 그때 저 멀리에서 이쪽으로 다가오는 사람들의 실루엣이 보였다. 나보다 먼저 그 길을 걷고 돌아오는 사람들이 있었던 것이다. 걷는 자세와 큰 키로 보아 라오스 농부들 같지는 않았다. 해가 떠오르며 조금씩 밝아진 빛이 세상의 모습을 비추었고, 거리가 가까워지면서 우리는 서로를 알아볼 수 있게 되었다. 그들은 바로 중국에서 만났던 펑크족들이었다. 넷이서 술 내기를 하며 새벽 4시까지 마시다가 필름이 끊긴 채로 헤어진 친구들. 가소롭게도 세 펑크는 어느새 단정한 라오스 전통 옷차림에 요가 수련자와 같은 평화로운 눈길을 하고 논길을 걷고 있었다. 한 명이 나를 알아보고 인사를 했고, 모두가 반갑게 지난 이야기를 나누었다. 새벽에 넷이 모인 것은 얼마 전과 같았지만, 이번에는 장소와 이유가 꽤 달랐다.

"무앙싱에 온 지 얼마나 됐어?"

내가 물었다.

"오늘이 3일째야."

"나는 벌써 일주일이 넘었는데 오늘 떠나. 이 마을 어떻게 생각해?"

"잘 모르겠어. 할 것도 없고 해서 금방 떠나려고 했는데 어쩐지 떠날 수가 없네. 며칠 더 있어보려고."

"밤에 술은 안 마셔?"

"게스트하우스 마당에서 한 번 마셔봤는데 흥이 나지 않더라구. 그리고 인생엔 그보다 중요한 일이 많이 있잖아."

"예를 들면?"

"성찰이라든가 자연에 대한 사랑이라든가. 왜 그런 거 있잖아."

"아 그렇지. 물론 있겠지. 그런데 너…, 아니다, 그만두자."

어느 순간 누가 먼저랄 것도 없이 웃음이 터졌고 우리는 배가 아파 눈물이 쏙 빠질 때까지 새벽의 논길에서 웃어댔다. 네 사내는 반가움과 아쉬움과 쑥스러움이 뒤섞인 마음으로 그렇게 만났다가 헤어졌다.

그날 나는 루앙프라방으로 가는 버스에 올랐고, 바로 그 저녁부터 다시 즐겁게 맥주를 마시며 익숙한 일상과 재회했다. 일찍 일어나는 습관도 얼마간 남아 있다가 사라져버렸다. 그러나 전기와 멀어졌던 그 일주일 동안, 몸속에 새겨진 기운찬 느낌은 아직도 내 몸 어딘가에 남아 있을 거라고 믿고 있다. 내가 불편한 상황이라고 생각했던 것이 무엇보다 나를 편하게 만들어주었던 패러독스. 우연과 역설에 몸을 맡기는 것은 여행뿐 아니라 삶을 즐기는 독특한 열쇠일지도 모른다. 오늘 밤 10시에는 우리 집의 모든 불을 꺼봐야겠다. 그렇다고 닭까지 키울 수는 없겠지만.

# 어두운데 어디로 가시려는가?

_선이골

지도로는 멀지 않아 보이던 강원도 화천군 상서면 노동리 선이골. 실제로는 자동차로 꼬불꼬불 세 시간 반이 넘게 걸리는 곳이었다. 마을 입구에 담배와 소주가 제일 잘 보이는 곳에 진열된 작은 가게가 있어 길을 물으며 초코파이를 한 통 샀다. 외딴곳에 가면 초코파이를 사고 싶어진다. 군 훈련소에서 얻은 버릇인 것 같다.

몰고 간 차로는 더 들어갈 엄두가 나지 않는 등산로 입구. 고추밭 옆에 차를 세우고 작은 배낭을 메고 길에 올랐다. 장마는 지났지만 아직 한여름처럼 찌는 듯한 더위는 찾아오지 않은 오후, 산골의 하늘이 열대 바다처럼 투명하게 푸르렀다. 곳곳이 푹푹 팬 가파른 산길을 한 시간 정도 걸어 티셔츠가 땀으로 흠뻑 젖고, '혹시 길을 잘못 들었나?' 할 때쯤 썩어가는 장승이 한 쌍 나왔다. 거기서 조금 더 올라가니 흙과 나무로 지어진 집이 있었다. 몇몇이 힘을 모아 하나하나 손으로 올린 듯 보이는 이층집은 정겹다고 해야 할지 대충 지었다고 해야 할지 난감했다. 문 앞에서 사람을 불러보았으나 인기척이 없었다.

개 짖는 소리를 따라 조금 더 올라가보기로 했다. 비슷한 느낌의 낡은 집이 두 채 더 있었고, 그중 하나에는 '평화학교'라는 나무 팻말이 걸려 있었다. 집 주변을 둘러보다가 뒤쪽 언덕배기에서 내가 찾던 것을 발견했다. 아직 잔디가 자리 잡지 못한, 파르스름한 무덤이었다.

배낭을 내려놓고 언덕 아래쪽을 내려다보니 계곡 가운데로 작은 개울이 흐르고 있었다. 그 왼편으로 해가 잘 들어 따뜻하고 평화로운 기운이 느껴지는 텃밭과 집이, 오른편으로는 가파른 산이 해를 가려 싸늘하고 음산한 다랑이 논이 자리 잡고 있었다. 음양이 대비를 이루며 공존하는 묘한 풍경이었다. 자리에 앉아 담배를 한 대 피우며 말을 건네보았다.

"특이한 곳이네요."

무덤은 말이 없고, 가끔 뒷산에서 뻐꾸기 우는 소리가 들렸다.

약대를 졸업하고 약국에서 처음 일을 배우기 시작했을 때, 나는 금세 이 일이 내 길이 아님을 깨달았다. 어쩌면 이미 점수에 맞춰 약대를 들어갔을 때부터 희미하게 알고 있었고 그 사실을 현장에서 확인하는 것만이 남아 있었는지도 모른다. 내가 공부한 것이 누군가에게 작은 도움이 될 수 있다는 보람이나 어느 정도 독립성을 가지고 일할 수 있다는 점은 좋았으나, 하루 종일 까다로운 환자들의 푸념을 들어야 하는 것, 좁은 공간에서 복닥거리는 것, 꼭 필요하지 않은 뭔가를 필요한 것처럼 포장해야 하는 상황들이 나를 조금씩 지치게 했다. 그리고 결국 거기에 적응하고 나면 내 안의 뭔가가 크게 부서질 것 같은 느낌이 불안

했다. 그래도 내 길이든 아니든 또래 친구들보다 벌이는 좋았기 때문에 위험 요소를 무시하며 몇 년 동안 그 일을 계속했다. 어차피 다른 길을 찾아낸 것도 아니었고.

그러나 이게 아닌데 하면서 끌려가듯 하는 일에는 깊이가 없다. 깊이가 없어서 오래 할 수 있는지도 모르겠다. 그저 '나는 오후 6시 이후의 내 삶에 더 관심이 있소' 하는 마음으로 그 무렵의 몇 년을 보냈다. 그것으로도 부족해 마음이 너무 답답하면 잠깐 일을 그만두고 한두 달씩 배낭여행을 떠나 마음을 풀고 와 다시 직장을 구했다. 하지만 인생에는 이런 것 이상이 있는 게 아닐까 하는 막연한 생각은 사라지지 않았다.

어느 날 친구 집에 갔다 우연히 집어든 책이 『선이골 외딴집 일곱 식구 이야기』였다. 도시에 살던 부부가 도시 생활에서 더 이상 의미를 찾지 못하고, 산골짜기로 들어가 독립적이며 원시적으로 살아가는데, 꽤 행복하다는 이야기. 흔한 귀농 이야기라고까지 할 수는 없으나 아이를 다섯 낳아(역시 원시생활이다) 제도권 교육을 시키지 않고 키운다는 것 말고는 대단히 특이할 것도 없는 이야기를 끝까지 읽은 것은 그 부인이 서울에서 약국을 운영하던 약사 출신이라는 점도 한몫했다. 언젠가 한번 찾아가서 그녀의 솔직한 이야기를 듣고 싶었다. 그러면 대단치 않은 재정적 안정을 쫓는 대신 내가 진짜 가야 할 길의 실마리라도 찾을 수 있을 것 같았기 때문이다.

그런데 인생이 마음대로 되지 않는다는 걸 증명하기라도 하듯, 얼마 후 그녀의 죽음을 알게 되었다. 인터넷 게시판에는 각지에서 밀려든 애도와 함께 '그리도 현대사회를 거부하더니, 산후풍이라는 별것도 아닌 질병으로 아이들을 남긴 채 죽음에 이르고 말았다'고 조소하는 글들도 오르내렸다. 유족 측은 산후풍을 부인했지만 어찌 되었건 마흔다섯은 너무 일렀다. 아는 사이가 아니었음에도 왠지 친한 선배가 세상을 뜬 듯 쓸쓸했고, 아무 근거도 없지만 그녀를 통해 찾을 수 있을 것 같던 내 길의 실마리를 또 한 번 잃어버린 것 같아 실망스러웠다. 이것이 오랜만의 휴일에 내가 산골 무덤가에 앉아 담배를 피우게 된 사연이었다.

한동안 볕을 쬐며 앉아 있다가 배낭을 열어보니 초코파이가 눈에 띄었다. 하나를 까서 무덤 앞에 놓고 담배 한 대에 불을 붙여 돌로 고정해놓은 다음 산길을 내려가기 위해 돌아섰다. 그때 한 시선이 나에게 꽂혀 있는 것을 알아챘다. 얼마 남지 않은 헝클어진 흰 머리에 덥수룩한 흰 수염, 마른 몸매에 창백한 얼굴을 한 초로의 사내는 시체처럼 아무런 표정이 없어 순간 등줄기가 서늘했다. 대낮이 아니었다면 소리를 질렀을지도 모른다. 그러나 이내 정신을 차리고 인사를 건네자 그가 사람이니 걱정 말라는 듯이 고개를 끄덕이며 인사를 했다. 그리고 나는 차를 마시고 가라는 초대를 받았다.

외모와 어울리지 않게 붙임성 있는 손님맞이를 보아 사람이 아쉬웠나 했는데, 그는 이내 딴청을 피우며 손님 따위는 안중에도 없다는 듯 무관심한 태도를 보였다. 뭐라 정확히 표현하기는 힘들지만 초면부터 알 듯 모를 듯한 사내였다.

"안사람과 아는 사이셨나 보오."

"아 예, 그게….."

어둑하지만 정갈한 방에서 나무뿌리를 말려서 만들었다는 차를 몇 모금 마시던 참에 그가 물었다. 주위가 너무나 고요해서일까, 예상치 못한 순간에 불쑥 받은 질문에 당황하며 나는 몹시도 어색해했다.

"금방 어두워질까요?"

"산골에서는 해가 빨리 지지."

"아이들이 안 보이네요."

"당분간 서울 친척네서 지내기로 했네."

다섯 아이들을 맡아줄 친척이 있다니 대단하다는 생각과 함께, 이 가족의 도전은 이대로 멈추는 걸까 의문이 들었으나 내가 참견할 바는 아닌 것 같아 가만히 차를 마셨다.

"서울에서는 무슨 일을 하시는가?"

"약국에서 일하고 있습니다."

내 대답이 반가울 거라고까지는 생각하지 않았지만 그는 대뜸 툭 내뱉었다.

"헛짓거리 하고 다니시는구만."

"네? 아 그게… 맞아요. 헛짓거리는 좀 하는 편이죠."

"약사는 없어져야 해. 의사도 한의사도. 아니 우리나라에서 거들먹거리는 직업 대부분이 없어져야 할 것들이야."

"음, 그렇군요."

남자의 시대에는 어땠는지 모르지만 지금은 의사, 약사가 특별히 거들먹거릴 만한 직업도 아니다. 그러나 그냥 듣고 넘어가기에는 그의 말투가 워낙 단호해서 나는 좀 더 그와 이야기를 나눠보고 싶어졌다. 사람이 아쉬웠던 것은 의외로 내 쪽이었는지도 모른다.

"사실은 제가 여기 진즉에 와보려고 했습니다. 약국에서 일하는 게 제 길이 아닌 것 같다는 생각이 자꾸만 들어서 뭔가 다른 선택을 한 사람에게서 힌트를 얻어볼 수 있을까 하구요. 그러다 사모님의 사망 소식을 들었지만, 어쨌든 한번 와보고 싶었던 곳이라 결국 왔네요."

그는 묵묵부답. 쌉쌀한 차 향기가 좁은 방 안을 떠돌았다.

"또래 친구들보다 돈은 버는데 영 재미가 없습니다. 말 그대로 헛짓거리를 하고 있는 거 같아요."

그는 눈을 들어 나를 바라보았으나 여전히 말이 없었다.

"기존의 생활을 버리려니 두려운 마음이 듭니다. 하지만 그걸 극복해야 변화가 생길 수 있다는 것도 알구요. 선생님은 안정된 생활을 버릴 만한 대안을 찾으신 거죠?"

집 밖에서 뻐꾸기가 울었다. 매미 우는 소리도 갑자기 커졌다. 문득 방 안이 시원해진 듯 느껴졌다. 차 향기가 방 안에 가득 차올랐다. 한참의 시간이 지나고 더는 그의 대답을 기다리지 않고 있을 때, 그가 갑자기 또렷한 눈빛으로 내 쪽을 쏘아보며 입을 열었다.

"난 그런 건 잘 모르는데."

"네?"

"모른다고, 몰라요."

모른다는 말, 그때 그 말 바닥에 있는 그의 마음을 나는 언뜻 느꼈다. 수많은 고민과 질문과 선택 끝에 내려졌을 절박한 결론. 그것이 그의 답이라면 나의 고민은 너무나 얕고 무의미하다는 생각이 들었다. 어쩌면 고민의 해결책을 찾고 못 찾고가 아니라 해결책을 찾으려 헤매는 집착이 문제였는지도 모른다.

결국 우리는 별말도 없이 어두워질 때까지 차를 마셨다. 찌그러진 양은 주전자는 몇 번이고 물을 끓여냈고, 구겨진 신문지속에는 말린 나무뿌리가 잔뜩 있었다. 시간은 얼마든지 있었기 때문에 가만히 차를 마시며, 나는 모른다는 말에 대해서 생각해보았다. 그러다 보니 내 속에서 끊임없이 떠오르는 잡다한 질문에, 그 말은 상당히 유용하고 바람직한 대답처럼 느껴졌다. 흔히들 하는 '에라 모르겠다'라는 게 이런 마음일까 한참 생각하다가 '에라 모르겠다' 하고 결론짓는 식이었다. 무슨 생각이나 질문이 떠오를 때마다 무조건 '모르겠다' 하고 대답하는 단순한 게임.

꽤 오랫동안 나는 마음속의 게임을 하며 동시에 그 게임을 편안하게 지켜보았다. 깊은 산속 남의 방에서 낯선 사람과 단둘이 있다는 사실도 완전히 잊어버리고 있었다. 전기도 없는 산골짜기가 어둠에 잠겨 상대의 얼굴이 잘 보이지 않게 되었을 때에야 비로소 나는 정신을 차리고 배낭을 챙겨 일어섰다.

"차 잘 마셨습니다. 여러 가지로 감사했습니다."

그가 말없이 고개를 끄덕였다.

"그럼 갑니다."

"어두운데 어디로 가시려는가?"

"모르겠습니다."

그렇게 대답하고 꾸벅 인사한 후, 나는 어두운 산길 쪽으로 몸을 돌렸다. 그때 그가 아이처럼 웃음 짓는 모습을 본 듯한 기분이 들었다.

# 2부

우리는 젊었고, 시간과 호기심이라면
바닷가 마을의 미역처럼 남아돌았으니까

# 방콕의 밤처럼 환하게 웃으며

_카오산 로드, 방콕

1993년 겨울 어느 밤, 14개국의 정보를 담은 가이드북인지 여행 일기인지 알 수 없는 책 한 권을 들고, 카오산 로드의 한 구석을 헤매는 소년이 있었다. 세뱃돈을 들고 혼자 가게로 달려가는 다섯 살 아이처럼 들떠 있었고, 한편으론 아주 진지했다. 그는 열아홉 살의 소년이었는데, 스스로는 청년이라고 생각하고 있었다.

카오산 로드는 태국 방콕의 여행자 거리로 지금은 세 배 이상 커졌다지만 당시에도 이미 동남아시아 배낭여행자의 성지 같은 곳이었다. 할인 항공권, 사설 버스, 싸구려 숙소, 길거리 음식, 가짜 신분증, 매춘, 마약, 마사지, 문신업소, 장신구, 여행 물품, 옷가게, 불법 음반, 로컬 시장, 밤새 영업하는 술집 등 여행자에게 필요하거나 그렇다고 상상할 수 있는 모든 것을 카오산은 제공했다. 대개 품질은 의심스러웠으나 가격은 쌌다.

가이드북의 친절하다는 소개와 허술한 지도에 의지해 뒷골목 어딘가에 있다는 '보니 게스트하우스'를 물어물어 찾아갔다. 방콕에서의 첫날은 꼭 거기서 보내는 것으로 고등학생 때부터 정해놓았던 것이다. 늦은 밤이어서 빈방은 없고 3층 도미토리 룸 베란다에 침대 하나가 남아 있었다. 거기밖에 없으니 묵든 말든 마음대로 하라고 했다. 다음 날 아침 자리가 나면 방을 배정해 줄 것을 약속받은 후 베란다 한편에 덩그러니 놓인 침대에 짐을 풀었다. 그리도 친절하다는 종업원들은 이미 모두 그만둔 것 같았다.

여섯 명이 함께 쓰는 방을 겨우겨우 통과해 샤워를 하고 와 침대에 누웠는데 침대 바로 옆 벽에 누군가 이렇게 써놓은 것이 눈에 띄었다. "이 글을 보는 즉시 침대를 떠나라. 빈대가 살고 있다." 경고의 심각성을 뒷받침하려는 듯, 글 옆으로 벌레를 눌러 터뜨린 핏자국이 묻어 있었다. 왠지 몸이 근질근질한 것 같았다. 하지만 방값은 이미 지불했고, 한밤중에 숙소를 찾아다니는 것도 귀찮아서 경고는 그냥 무시하기로 했다. 몸이 피곤할 때는 합리성보다 편리성이 판단의 기준이 된다.

피할 수 없는 인과 법칙에 따라 다음 날, 나는 태어나서 처음으로 빈대라는 생물의 무시무시함을 맛보게 된다. 모기인 줄 알고 밤새 몸을 긁으며 뒤척이다 아침에 일어나보니 엉덩이 위쪽, 양쪽 팔과 종아리에 벌레에 물린 자국이 1센티미터 간격으로 열 몇 개씩 줄지어 나 있었다. 자국은 약을 발라도 좀처럼 없어지지 않는데, 자고 났을 때는 말할 것도 없고, 잠깐 앉아서 쉬기만 해도 점점 개수가 늘어나는 것이었다.

방을 옮겨도, 옷을 모조리 빨아도, 자국은 매일 조금씩 늘어만 가더니 사흘 만에 백 개를 넘어섰다. 눅눅한 방 안에서 팬티

바람으로 빈대 물린 자국을 세다가 여행은 물론 인생 전반에 대한 회의를 느끼며 창밖을 바라보는 날들이 흘러갔다. 하도 뜯겨서 빈혈이 올 지경이었다. 게다가 박멸할 방법을 찾을 수 없어 아무래도 남은 일정은 빈대 일가와 함께해야 할 것 같았다.

같은 숙소에 묵는다는 한국 아저씨 한 분이 내 침대로 찾아왔다. 서른몇 살이라는 아저씨는 카오산 로드에 석 달째 머무르고 있었는데, 값싸고 좋은 숙소와 양이 많은 길거리 식당 등을 잘 알고 있었다. 빈대 이야기를 하자 자기도 겪어봤다고, 까짓것 후춧가루만 뿌리면 없어진다고 말하면서도 슬그머니 뒤로 물러나 앉았다. 한국이 낳은 세계적인 지휘자 정명훈의 주정뱅이 버전처럼 생긴 아저씨는 어린 한국 여행자를 만나게 된 것이 기쁜 듯 쉴 새 없이 떠들어댔다.

"내가 이 나이가 돼보니 젊었을 때 여행을 하고 견문을 넓히는 게 얼마나 중요한지 알겠어."

"여행 많이 하셨나 봐요?"

"많이는 아니고. 방콕에만 세 번짼데 이번엔 사업차 왔어. 카오산 로드에 한국 사람들이 모일 수 있는 숙소를 만들면 어떨까 해서."

"아, 네…."

"건물 하나를 빌려서 위쪽은 숙소로 하고, 1층에는 식당 겸 술집을 차려서 한국 음식을 파는 거야. 2층쯤에 작은 휴식 공간도 하나 꾸며서 한국 책도 좀 갖다놓고 말이지. 숙소는 깨끗하게 관리해서 빈내 같은 거 얼씬도 못하게 하고. 어때, 한국 사람들 좋아할 거 같지 않아?"

"그거 괜찮은데요. 저라면 한번 가볼 거 같아요. 근데 한국 여행자들이 그렇게 많은가요?"

"일 년 새 꽤 많아졌어. 저쪽에 가면 일본 애들이 모이는 곳도 있고, 이스라엘 숙소도 있는 걸 보니까 한국 숙소도 되겠다 싶어."

"그렇군요."

"방콕에는 며칠 있을 거야?"

"하루만 더 있다가 치앙마이로 올라가려고요."

"그래, 내가 보기엔 여기 오래 있어서 좋을 거 없어. 조심해야 돼. 요즘 일본 애들 숙소에 묵는 한국 사람이 서너 명 있는데, 무슨 생각들인지 벌써 한 달째 아무것도 안 하고 밤마다 몰려다니면서 술이나 퍼마시고 대마나 피우고 말이지. 방값 싸고 먹을 거 싸니까 한번 눌러앉으면 헤어나질 못하는 거 같아. 여행자라기보다 거의 폐인이라고 봐야지."

그때 나는 그런 모습을 잘 상상할 수 없었다. 친척 두 분에게 귀국 보증을 부탁해 어렵게 여권을 발급받고, 이삿짐센터에서 짐을 나르며 모은 돈으로 나온 첫 해외여행이었다. 그런 귀중한 시간에 좀 더 많은 곳을 다니며 경험을 쌓는 대신, 냄새나는 뒷골목에 죽치고 앉아 하릴없이 노래나 부르고 술이나 마시면서 한 달을 흘려보낸단 말인가? 이해는커녕 그런 사람들이 있다는 사실 자체를 도무지 믿을 수 없었다.

나는 그 두 달 동안 대만, 태국, 말레이시아, 싱가포르, 인도네시아의 여러 도시들을 방문했는데, 가는 곳마다 박물관, 시장, 대학 캠퍼스, 유명 관광지들을 찾아다니며 감상을 기록하고, 사진을 남기고, 일일이 여행 장부를 기록했다. 한국에 도착하자마자 심한 몸살을 앓았을 정도로 개미처럼 부지런한 여행자였던 것이다. 그런 것이 진정한 여행의 자세라고 믿고 있었기에 빈대조차 나를 막을 수 없었다. 모든 에너지를 쏟아부어 앞만 보고 달려가는 저돌성과 '하면 된다' 정신을 여행을 통해 구현하려고 하던 나는, 어쩔 수 없는 한국의 아이였다.

조심하라는 말에 고개를 끄덕이긴 했어도 솔직히 그런 폐인들을 가까이하고 싶은 생각 자체가 전혀 없었고, 왜 그렇게 사는지 알고 싶지도 않았기 때문에, 나는 계획대로 다음의 스케줄을 소화하기 위해 서둘러 그곳을 떠났다. 빈대 일가는 이후 모든 곳을 나와 함께 여행하다가 아무래도 한국 생활은 힘들 것 같았는지 귀국 전날 홀연히 사라졌다. 편한 것만 찾고, 근성이 부족한 녀석들이었다.


그로부터 8년이 지난 어느 겨울, 나는 수시로 드나들어 이제는 대학 앞 술집 골목처럼 익숙해진 카오산 뒷골목에서 오가는 사람들을 바라보고 있었다. 그때 내가 거기에 있었던 이유는 군대 때문이었다.

나는 어렸을 때부터 군대에 가는 것이 무서웠다. 워낙 조직 생활에 재주가 없다고 생각했고, 권위든 뭐든 누군가가 억누르는 것을 잘 참지 못했다. 군대 생각을 하면 누군가를 쏘아 죽이고 나도 죽든가, 도저히 참을 수 없는 녀석의 방에 수류탄을 던지는 이미지가 연상되어 괴로웠다. 그래서 스물여덟이 되도록 이런저런 이유를 대며 군대를 피하고 있다가 결국 병무청의 최후통첩을 받았다. 절박한 심정으로 몇 해 전 이민 간 가족을 따라 미국으로 도망갈 계획을 세웠다. 스티브 유도 아직 한국에서 인기를 누리던 시절이었다. 친구들과 작별의 인사를 나누고, 여자친구와는 마지막 인도 여행을 함께하고 헤어졌다. 두 달의 여행은 순식간에 끝나버렸고, 그녀는 한국으로 나는 미국으로 가는 비행기에 오른 것이다.

복잡한 마음으로 미국 부모님 댁에 도착은 했으나 오히려 고민은 깊어졌다. 서른이 다 되어 부모님 신세를 지게 된 현실. 6년 만에 가족과 살게 된 것은 반가웠지만 이미 서로 어색해져 있었고, 부모님의 경제 상황도 썩 좋아 보이지는 않았다. 나는 어찌해야 할지 갈피를 잡지 못하고 오락가락하며 그래도 어떻게든 적응할 길을 모색했다. 하지만 많은 사람들이 좋다고 찾아오는 미국 생활이 나는 아무래도 좋아지지 않았다. 입국 직전 인도에 있을 때 911테러가 일어났고, 미국인들은 치와와에게 물린 불도그처럼 흥분해 있었다. 게다가 그 나라 사람들은 영어를 능숙하게 하지 못하는 사람을 친구로 받아들이기보다 그저 외부인이거나 도움이 필요한 존재로만 여기는 듯했고, 한국에서 상상한 것처럼 친구를 사귀고 그곳의 생활을 배워가는 일은 좀처럼 일어나지 않았다.

갑자기 사회적 약자가 된, 비뚤어진 어린 눈에는 낯선 사람들의 친절이 위선적인 태도로, 안정된 사회 시스템은 바보 같은 규칙으로만 보였다. 게다가 몇 년 후 미국에서 만나자고 막연히 약속한, 헤어진 여자친구의 모습이 자꾸만 떠올라 견딜 수 없었다. 한 번 더 그녀를 만나 '헤어질 수 없으니, 미국이 됐든 한국이 됐든, 아니면 인도에서라도 너와 같이 살아야겠다'는 말을 하고 싶었다. 꼭 그래야 한다면 군대라도 가겠다는 각오로 어느 밤에 전화를 걸었다. 그리고 그녀를 다시 만나기로 한 중간 지점이 방콕이었다.

내가 먼저 방콕에 도착했고, 그녀는 직장 일 때문인지 마음을 정하지 못해서인지 좀 늦어지고 있었다. 나로서는 이제 여자친구를 기다리는 것 말고는 아무 할 일이 없었다. 태국에는 이미 여러 번 와본 터라 새삼 왕궁이나 사원을 기웃거릴 일도 없었고, 그럴 기분도 아니었다.

너무도 무료했던 어느 날, 한국어로 된 책이라도 좀 구할 수 있을까 싶어 찾아간 곳이 한국인 숙소 '홍익인간'이었다. 1층은 한국 식당 겸 여행사, 2층에는 만화책과 소설이 상당히 구비된 도서방, 3, 4, 5층은 게스트하우스로 꾸며져 있었다. 오래전 그 정명훈 아저씨의 꿈이 카오산 로드 뒤편 골목에 거의 그대로 실현된 것처럼 보였다. 사장을 찾아보니 정명훈보다는 홍금보에 가까운 인물이었지만, 사장이 몇 번 바뀌었다니 애초에는 그 아저씨가 시작한 일인지도 모른다. 그 무렵, 카오산에는 한국 숙소 두 개, 한국 식당 세 개가 성업 중일 정도로 한국 여행자들이

많이 모여들고 있었다

그날 헌책방과 도서 대여점을 떠돌다 버려진 책들이 흘러든 홍익인간 도서방에서 무묘앙 에오의 책이 내 손에 들어왔다. 에오는 90년대 일본에서 설법을 펼친 원시불교 기반의 철학자인데, 책에서 정신병자와 같은 극단적인 주장을 늘어놓고 있었다. 하지만 어지러운 마음에 와 닿는 것이 있어 나도 모르게 빨려 들어가듯 그의 책을 탐독하기 시작했다. 에오는 이렇게 말하고 있었다.

젊었을 때는 기력이라는 '장난감 연료'를 사용해서 사는 것도 좋을 것이다. 그러나 늦어도 삼십대에는 마쳐야만 한다. 기력을 상실하고, 더욱이 그것이 만성이 되어, 살아가기조차 부족할 정도로 기력이 저하되는 순간, 그때부터가 진짜 탐구의 시작이다.

기력이 가득 차 있는 인간의 탐구 따위는, 그 탐구 대상이 무엇이든 살아갈 기력과 그 동기 부여의 '연료'나 '거름'에 지나지 않기 때문이다. 그 연료가 떨어졌을 때 그것이 탐구의 시작이다. [⋯]

장기적으로 무위할 것,
게으름뱅이일 것,
철저하게 칠칠맞을 것,
무엇을 하여도 귀찮을 것,

살아갈 기력에 쪼들릴 것.


　이런 인간은 단지 살아남고자 하는 충동만 염두에 두는
사회적 입장에서 보면 단순히 무능하거나 바보로 간주된다.
그런데 뜻밖에도 '타오'에서는 바로 이런 인간만이 문을 여
는 것이다.


　그의 메시지는 대체로 비상식적이고 역설적이며 칼처럼 냉정
했다. 사고의 기준을 부숴버리는 가르침에 머리가 아파와 눈을
들었을 때, 모로 누워 만화책을 보고 있던 대걸레 머리의 남자
가 눈에 들어왔다. '이렇게 더운데 레게라니, 멋 부리느라 고생
이 많구나' 생각하며 얼굴을 슬쩍 보았는데, 현욱이였다. 인도
에서 만났을 때는 그냥 지저분한 긴 머리였기 때문에 알아보는
데 시간이 걸린 것이다.
　"야, 현욱아! 너 현욱이 맞지?"
　"어? 성민이 형?"
　우리는 널브러져 책을 읽는 사람들 사이에 서서 얼싸안았다.
　현욱이는 이전부터 치아가 안 좋았다. 라오스로 넘어가던 중
더 이상 여행을 계속할 수 없을 정도로 치통이 심해져, 잠시 여
행을 포기하고 방콕에서 치과 치료를 받고 있다고 했다. 둘 다
별달리 할 일도 없이 방콕에 잡혀 있었고, 무엇보다 외로움에
지쳐, 좀 이른 시간이었지만 1층으로 내려가 맥주를 마셨다. 여
행에서 새롭게 경험한 일, 뜻밖의 사건들, 인도에서 만났던 한

국 사람들 이야기를 주거니 받거니 하다 보니 미국행 이후로 계속 나를 괴롭히던 복잡한 마음이 좀 편해지는 것 같았다.

현욱이는 한 달 동안 독일 여자애와 같이 여행하다가 인도를 떠날 때 헤어졌는데, 그녀가 잘 어울릴 것 같다며 며칠에 걸쳐 직접 대걸레 머리를 해주었다고 했다. 패션 센스가 있는 현욱이는 그 머리에 어울리는 옷차림을 하고 있었는데, 이제는 누가 봐도 하라주쿠의 펑크 보이였다. 그때는 나도 목을 덮는 긴 노랑머리를 하고 구멍 뚫린 티셔츠에 태국 어부 바지를 입고 다녔기 때문에, 우리의 한국말을 듣고 식당에 있던 사람들이 가끔 우리 쪽을 힐끗거렸다. '뭐야, 저런 녀석들도 한국 사람이었어? 쯧쯧' 하는 듯 느껴진 것은 피해 의식만은 아니었을 것이다. 그러거나 말거나 우리는 즐거웠다. 다음 날 나도 홍익인간 게스트하우스로 방을 옮겼다. 책을 보기도, 현욱이와 놀기도 편할 것 같았기 때문이다.


홍익인간에서 아는 사람을 또 한 명 만났다. 인도 다람살라에서 마주친 적이 있는 주마였다. 그녀는 나보다 몇 살 어린 광주 출신의 괄괄한 아가씨로 인도 여행을 끝내고 돌아가는 길에 항공권이 한 달 남아 있다는 이유로 방콕에 와 있었다. 어차피 한국에 가 봐야 한창 추울 테니 따뜻하고 물가 싸고 놀 거리 많은 방콕에 한 달 더 눌어붙겠다는 것이었다.

주마는 사람 사귀기를 좋아하고 잘 친해지는 성격이어서 금세 다른 친구들을 끌어모았다. 중국 유학을 마치고 중국에 있는

한국 기업에 취직했으나 노동 착취에 진력이 나 때려치우고 새로운 길을 찾고 있던 대구 출신의 승은 누나, 방콕이 너무 좋아서 아예 작은 아파트를 빌리려 하던, 늘 로맨스를 기다리는 부산 출신 끈적 군을 데려온 것도 그녀였다.

다음으로 숙소에서 승은 누나와 친해진, 하얀 얼굴에 당찬 예비 초등교사 레몬이 합류했다. 늘 그녀를 졸졸 따라다니던 좀 더 어리고 통통한 현기라는 남자애도 자연스럽게 따라왔다. 키가 크고 마른, 말이 없다가 한 번씩 날카로운 말을 던지던 주홍이라는 친구와 어느 날 끈적 군과 함께 온, 더더욱 말이 없던 천가라는 사람도 있었다.

우리는 그 한 달 동안 아무 일도 하지 않았다. 최소한 내가 아는 바로는 그랬다. 아무것도 보러 가지 않았고, 어떤 새로운 곳도 찾지 않았다. 건설적인 일이라고는 손톱만큼도 하지 않았다. 각자 게으름을 생산하고 서로 그것을 전염시켰다.

아침에 일어나면 '오늘은 어떻게 보낼까?' 하고 뭔가 궁리 비슷한 것을 했지만, 뭔가 일을 벌이기에는 너무 더웠고, 지쳐 있었다. 온종일 홍익인간 옥상 해먹에 누워 하늘을 바라보다가 낮잠에 빠지거나, 아무것도 사지 않으면서 동네 시장과 골목을 빈둥빈둥 걸어 다니는 것이 전부였다. 그러다 보면 결국 어김없이 저녁이 왔다. 그리고 날이 저물면 우리가 반드시 모이는 곳이 있었으니, 홍익인간 옆 길거리 술집이었다.

750밀리리터 맥주가 1100원, 고등어구이가 1500원, 돼지고기나 해산물 꼬치가 한 접시에 1200원 하는 그 술집은 등받이 없는 플라스틱 의자와 낮은 테이블을 길거리에 늘어놓고 장사를 했는데 아줌마의 요리 솜씨가 좋았다.

보통 현욱이와 내가 먼저 자리를 잡고 맥주를 마시다 보면 멤버들이 자연스레 모여들어, 벌써 몇 번째 하는 똑같은 여행 이야기를 다시 한 번 반복하거나 한국에 돌아가면 어떤 음식을 먹고 싶은지, 아니면 오늘 하루가 얼마나 의미 없이 지나가버렸는지, 그런 쓸데없는 이야기를 하며 술을 마셨다. 모두들 돈이 많지 않았기 때문에 술을 많이 마시지는 못했다. 적당히 취하면 자리에서 일어나 봉지에 담긴 파인애플이나 바나나 팬케이크, 아이스크림 같은 길거리 간식을 하나씩 사 들고 각자 자기의 숙소로 흩어지는 것이었다.

방콕의 그 한 달은 짧지 않았다. 사실 그 어느 때보다 밀도 있는 시간이었다. 뭔가 그럴듯한 일을 하고 있을 때는 느낄 수 없었던 순간순간의 세밀한 감각을 나는 조금씩 인식하게 되었다. '아 나는 지금 침대에 누워 천장의 무늬를 보고 있구나', '샤워기에서 흘러나오는 물의 비릿한 냄새가 강해지는 걸 보니 오늘 밤에 비가 오려는 걸까', '그래, 그때 그 여자애와 옷을 벗고 침대에 누워 있을 때 이 음악이 들려왔었지'. 아무짝에도 쓸모없는 사소한 감각들이었지만 그것이 내 감각임은 분명했다.

같은 처지에 있는 친구들이 소중하게 느껴지기 시작했다. 허물없는 동네 친구들 사이에나 있을 법한 친밀감이 우리 사이에 쌓여가고 있었다. 하지만 친밀감의 반대급부로 카오산에 있던 다른 한국 사람들이 우리들을 이상한 눈길로 보거나 배척하는 일도 일어났다. 우리가 마약과 난교 파티를 벌인다는 소문마저 돌았다. 어느 날인가는 한국 남자애 둘이 우연히 우리 술자리에 끼어 술을 마셨는데, 다음 날 길거리에서 마주치자 슬그머니 옆 골목으로 피해 가기도 했다.

그러나 우리는 거의 신경 쓰지 않았다. 그저 매일 아침 일어나 오늘 하루는 또 어떻게 보낼까 생각하며 어슬렁대다가 정신을 차려보면 저녁이 되어 있고, 하는 수 없이 길거리 술집에서 맥주를 마시는 생활을 반복할 뿐이었다. 무엇에도 상관하지 않으며, 그저 하루하루를 흘려보내는 일은 8년 전에 내가 생각했던 것만큼 나쁘지는 않았다. 성공을 위해, 아니 그저 실패하지 않기 위해 계속 앞으로만 나아가던, 여행마저도 사우디에 간 건설 일꾼들처럼 맹렬하게 달려들던 인간들이 어느 순간 그 행진의 이유에 의문을 제기한 것이다. 보기에 따라서는 여행자라기보다 폐인에 가까울 수 있다는 것은 알고 있었다. 그러나 나는 레이스를 벗어난 경주마처럼 편안했다.

드디어 한국에서 여자친구가 왔고, 일주일 후 나는 순순히 한국에 돌아가 군대에 가기로 결정했다. 내 삶은 모두 그곳에 있다는 것을 인정할 수밖에 없었다. 방콕에서 만난 친구들과의 한 달이 그것을 증명하고 있었다. 하릴없는 시간을 나눌 수 있는 친구들의 존재. 삶이라는 것이 결국은 이 하릴없음을 나누는 것일 텐데, 한국에 있는 모든 것을 두고 다른 곳에서 살아갈 자신이, 이유가 없었다.

여자친구와 공항으로 가는 택시에 올랐을 때, 친구들은 모두 택시를 둘러싸고 소리를 지르고 차를 두드리며 우리의 행운을 빌어주었다.

나는 나를 비롯해 그 누구에게도 총부리를 겨누지 않고 군대 생활을 마쳤고 이후에도 그 친구들을 오래 만났다. 몇 명은 내가 한동안 살던 평택까지 찾아왔는데, 방콕 이야기를 할 때면 저마다 그리운 눈을 했다. 그 쓸모없던 것 같던 시간이 우리의 일상을 견디게 해주었다.

세월은 쉬지 않고 흘러갔다. 여자친구와는 한동안 같이 살다가 결혼을 했다. 너무 건실해진 거 아니냐며 누군가가 축사를 했고, 다 같이 건배를 했다. 결혼보다는 신혼여행을 부러워하던 친구들.

주마는 직장을 다니다 말다 하며 여행을 계속하다가 따라다니던 남자애와 결혼한 다음, 다시 직장을 다니다 말다 하고 있다. 승은 누나는 발리와 중국에서 직장운을 시험해보다가 지금은 한국에서 그 운을 시험해보고 있다. 포항 어딘가에서 초등학교 선생님을 하고 있는 레몬은 한동안 주홍과 사귀었는데, 지금은 헤어졌다고 한다. 끈적 군은 결국 꿈꾸던 태국 미인과 결혼하여 충주 어딘가에서 바를 운영하는 사진작가가 되었으며, 천가라는 분은 소설가가 되었다고 한다.

현욱이는, 그 녀석은 우리보다 조금 일찍 세상을 떠났다. 2년 가까운 여행을 끝내고 돌아온 후, 대학원까지 마치고 원하던 회사에 합격했고, 가끔 만날 때마다 좋아하는 여자가 바뀌는 걸로 보아 잘 지낸다고만 알고 있었는데, 잠깐 연락이 끊긴 사이에 더 먼 여행을 떠나고 만 것이다. 심한 감기로만 알고 있었던 것이 급성 폐렴으로 진행되었고, 집에 혼자 있다가 갑작스런 쇼크로 호흡기가 막혀, 발견되었을 때는 치료 가능한 단계를 지나 있었다고 했다. 그렇게 한 달을 더 고생하다가 떠났을 때, 그의 나이는 서른넷이었다.

장례식장에는 친척, 학교 친구, 동아리 친구, 회사 친구들이 많이 모였다. 사진 속의 현욱이는 방콕의 밤처럼 환하게 웃고 있었다. 우리 중 몇몇이 영정 앞에서 고개를 숙이고 인도에서 가져온 향을 하나씩 피웠다.

우리는 현욱이의 부모님과 누나를 안고 조금 울었고, 장례식장을 빠져나와 많이 울었다. 사람들이 바쁘게 지나는 영동세브란스 장례식장과 고속버스터미널 사이의 공터 한편에 서서 우리는 서로를 끌어안은 채 오랫동안 흐느낌을 멈추지 못했다. 우연히 만나 젊은 시절의 한 자락을 같이 보냈을 뿐이지만, 나는 더없이 밝던 그 잘난 녀석을 꽤 좋아했다. 지금도 매일 아침마다 부스스한 머리를 하고 눈을 비비며 현욱이와 나누던 대화를 기억한다.

"형, 일어났어?"
"어, 잘 잤냐?"

90

"아 씨, 오늘은 또 뭐 하지?"

"너 치과 안 가냐?"

"어제 갔다 왔잖아."

"음, 그럼 일단 아침이나 먹을까?"

"나 속이 안 좋은데."

"그래? 그럼 국물만 마셔. 내가 면 먹어줄게."

"형이 내는 거지?"

"어 그게, 생각해보니까 배가 별로 안 고프네."

이러고 있다 보면 친구들이 하나둘 모여들어 똑같은 애기를 반복하곤 했다. 게으름뱅이에, 철저하게 칠칠맞고, 무엇을 해도 귀찮고, 살아갈 기력에 쪼들렸던 그때, 우리는 어쩌면 타오의 문을 살짝 열어본 것인지도 모른다.

# 스무 명이 자는 방

_펑타이, 베이징

　지금은 미국에 사시는 어머니가 언젠가 해주신 이야기인데, 당신이 어렸을 때는 사람들의 대화에 '난리' 이야기가 빠지지 않았다고 한다. 예를 들면 먼 친척이 다니러 왔을 때 "안녕하셨어요?"라는 평범하고 밋밋한 인사 대신에 서로 손을 움켜쥐며 "난리 때는 어떻게 피하셨수?" 하고 인사를 시작하는데, 그때부터 자신이 어떤 일을 겪었는지, 어떤 고비를 넘기면서 살아남게 되었는지가 봇물 터진 듯 흘러나왔다고 한다. 그러면 상대 쪽에서도 그에 못지않은 이야기를 풀어내기 때문에 대화 내내 감탄하고 경악하고 서러워하다가 결국 눈물바다가 되어 인사가 끝나기까지 몇 시간을 어른들 곁에서 땅바닥에 그림을 그리며 놀아야 했다고. 목숨이 오고 가던 이야기를 나누는 일, 그야말로 진짜 인사, 원형에 가까운 인사였을 것이다.

　매번 '난리' 이야기가 그리도 중요한 걸 보니 원래 어른들의 인사 예절에는 '난리'라는 것이 필수 요소인가 보다 하고 1951년생 어린 어머니는 생각했다고 한다. 한번은 새집으로 이사를 가서 집들이를 하는데, 손님들이 널찍한 안방을 보고는 한결같이 "난리 때 같으면 스무 명은 잤겠구먼"이라든가 "아니, 스무

명이 뭐야 서른 명까지는 끼어 자겠네" 하며 우신가신 칭친했다
고 한다. 향을 따지고 구조를 따지고 동네 집값 얘기를 하는 게
아니다. 단지 벽으로 둘러싸인 한 공간의 넓이, 그로 인해 또 하
룻밤을 버텼던 기억의 공유. 그것이 당시의 집들이 예절이었다.
고작 60년쯤 전의 일이다.

스무 명이 함께 자는 방에서는 여러 가지 일들이 벌어졌을 것
이다. 미움과 기득권 다툼부터 동맹, 우정, 성적인 긴장, 마지막
일지 모르는 이별 그리고 어쩌면 사랑까지, 인간관계의 모든 것
이 압축되어 그 방에서 일어났을 것이다. 전쟁이 끝나고 43년
후인 1996년, 세 번째 배낭여행에서 나도 우연히 그런 방에 들
어선 적이 있다.


당시 내가 여행지를 고르는 기준은 '한국 밖으로 나가는 가장
싼 방법'이었는데 마침 중국으로 가는 페리가 운행을 시작하여
그것을 탔다. 중국을 횡단한 다음 돈이 된다면 인도나 이란까지
가볼 작정이었다.

인천에서 배를 타고 톈진을 지나 베이징에 도착하니 해가 지
고 있었다. 베이징 역을 나서자 노을의 불그레한 빛이 잿빛 하
늘에 섞여들어 콘크리트 성냥갑이 늘어선 도시를 무겁게 짓누
르고 있었다. 불타오르는 거대한 공장 지대를 연상케 하는 풍경
이었지만 퇴근 시간의 자전거 물결은 검은 물고기 떼처럼 자유
롭고 힘차게 그 사이를 흘러 다녔다.

나는 일부러 육교 위로 올라가 그 도시를 오래 바라보며 알싸

한 공기를 들이마셨다. 사람들은 바빠 보였고, 외국인에게 무관심했으며, 영어는 '전혀'라고 해도 좋을 만큼 통하지 않았다. 택시를 타고 한국에서 적어 온 호텔의 주소를 내밀었다. 징후아판디엔(京化飯店). 택시는 중심가에서 멀어지는 방향으로 자꾸만 달려갔다. 늦은 밤, 다행히 방은 남아 있었다.

"가장 싼 방으로 주세요."

그것이 도미토리 20인실. 숙박비는 하룻밤에 한국 돈으로 2200원이었다. 길쭉하게 넓은 방에 철제 2층 침대 열 개가 양쪽 벽을 따라 줄지어 놓여 있고, 바닥에는 붉은 카펫 비슷한 것이 깔려 있었다. 몇 명이 바닥에 둘러앉아 맥주를 마시고 있었고, 세 가지 다른 음악이 카세트플레이어 여기저기서 흘러나왔다. 하나뿐인 화장실 앞에는 큰 수건으로 맨몸을 감싼 서양인 여자가 차례를 기다리고 있었다.

방에서는 오래 묵은 옷가지의 냄새가 가득했지만 활기차게 북적거렸고, 최소한 따뜻했다. 무거운 배낭을 내려놓고 침대에 눕자 피로감이 몰려들었다. 맥주 생각이 들었지만 밖으로 다시 나가고 싶을 만큼은 아니었다.

차례를 기다려 샤워를 하고 왔을 때는 금방 잠이 들 것 같았는데, 밤늦게까지 잠을 이루지 못했다. 뒤척일 때마다 침대가 삐걱대는 소리, 킥킥대며 떠드는 소리, 코 고는 소리, 누군가 1분마다 쿵쿵대는 소리, 모든 것이 불편했다. 피곤한 몸으로 잠을 잘 수가 없으니 부정적인 생각이 장작더미 위로 떨어지는 가랑비처럼 마음을 적셔갔다. '따뜻한 바닷가가 있는 조용한 나라로 갔더라면 좋았을 텐데' 하고 괜히 중국 탓을 해보다가 새벽녘에야 잠이 들었다.

다음 날 아침, 식사도 할 겸 도미토리를 나와 동네를 한 바퀴 돌아보았다. 징후아판디엔이 있는 펑타이 지역은 베이징 남쪽의 구시가지였는데 멀지 않은 곳에 강이 흐르고 있었다. 강가의 공원이나 상점 앞 공터마다 태극권을 수련하는 아줌마, 아저씨들과 붉은 손수건을 목에 두르고 학교에 가는 아이들, 도로마다 가득한 자전거로 분주한 아침이었다.

아직 문을 열지 않은 서점 앞에 차려진 길거리 번개 식당, 만둣국과 꽈배기가 깜짝 놀랄 만큼 맛있어서 감탄을 하며 먹었다. 가격도 믿을 수 없게 쌌다. 합쳐서 한국 돈 200원 정도. 돌아오는 길에 작은 가게가 있어 저녁에 마시려고 맥주를 두 병 샀다. 750밀리리터 칭다오 맥주가 한 병에 300원. 오 마이 갓! 그때부터 신경을 쓰고 둘러보니 내가 서 있는 곳은 싸고 맛있는 길거리 음식의 천국이었다. 중국식 크레페인 치엔빙이 80원, 양꼬치가 열 개에 400원, 속이 꽉 들어찬 고기 호빵이 80원, 아이 머리통만 한 군고구마가 100원이었고, 그 밖에도 아직 정체는 알 수 없지만 나의 탐험을 기다리는 길거리 음식의 신세계가 끝도 없이 펼쳐져 있었다.

나는 대번에 그 마을이 마음에 들었다. '아, 좋은 곳이다.' 삶을 긍정하는 마음이 젖은 장작을 태우는 연기처럼 뭉게뭉게 피어올랐다. 긍정적인 마음을 가지면 우주가 나서서 도와준다는 우리 부녀회장님의 말씀도 있듯이 그로부터 며칠 동안 재미있는 친구들을 많이 만났다.

우선 필리핀 배낭족 제이크. 그는 필리핀 사람치고는 키와 덩치가 크고 서글서글하게 잘 웃는 삼십대로, 머리가 약간 벗겨지기 시작하고 있었지만 자신의 외모에 상당한 자신감을 가진 남자였다. 자기가 재수 없게 이상한 나라에서 태어나서 그렇지 유럽이나 미국에서 태어났으면 돈과 명예, 여자들이 엄청나게 따랐을 거라고, 어찌 보면 슬프고 루저스러운 이야기를 아무렇지 않게 늘어놓았다. 그리고 섹스에 대해 얘기하는 걸 좋아해서 시간이 날 때마다 "그러니까 여자는 말이지" 하면서 나에게 여러 가지 기술적인 부분을 디테일하게 지도해주고 싶어 했다. 한국에서 영어강사를 하면 돈도 벌고 여자도 많이 사귈 수 있다는데 정말 그러냐기에, 나도 알고 싶으니 꼭 와서 강사를 해보라고 말해주었다.

다음으로 중국 유학 중인 영국 공산당 당원 데이비드. 그는 항상 쾌활하고 농담을 잘하는 통통한 남자로 한없이 가벼워 보이다가도, 정치 이야기가 나오면 끝을 볼 때까지 물고 늘어지는 토론꾼이었다. 일 년째 중국에 머물면서 중국어를 어느 정도 할 줄 알았고 남한과 북한 문제에도 관심이 많아 어떤 면에서는 나보다 더 객관적이고 자세한 정보를 가지고 있었다. 나와는 정치적인 견해나 세계관에서 통하는 점이 있었기 때문에, 우리는 그 방에서 벌어지는 정치 토론에 자주 끼어드는 환상의 콤비가 되었다. 토론 서두에 내가 영어에 서툰 것을 보고 상대방이 약간

안일한 의견을 내면, 일단 데이비드가 호되게 한 방 날리고, 내가 다시 실례를 들어가며 반박하는 게 우리 방식이었다. 아시아와 유럽은 동일한 사회 발전 곡선의 다른 지점에 있는지, 서로 다른 방식의 발전을 하고 있는지에 대한 토론으로 프랑스팀, 호주팀, 스페인팀을 연파하고 술을 마시러 갔을 때는 안주가 따로 필요 없을 정도로 신이 났다.

그와 식당에 가면 매번 똑같은 상황에 처했다. 일단 중국인 점원이 나에게 와서 뭘 시킬 거냐고 묻고, 나는 데이비드에게 영어로 내 요구를 전달하고, 데이비드가 중국어로 음식을 시키고 나면, 점원이 우리를 번갈아 힐끗거리며 주문을 받아 가는 삼각 소통이랄까, 삼류 소통이랄까 하는 것이었다.

데이비드는 그 방에 오래 머물며 좀 친해진 여행자들의 별명을 떠오르는 대로 지어 부르는 버릇이 있었다. 덴마크 남자는 '안데르센'이었고, 아일랜드 남자는 '포테이토'였다. 스위스에서 온 여자라는 이유만으로 내내 '하이디'라고 불리는 데 격분한 한 여행자는 데이비드를 영국에서 온 남자라는 뜻으로 '존'이라고 부르며 맞서 피해자들의 환호를 불러일으키기도 했다.

그리고 마초 일본인 후지타와 그의 여자친구 에미코. 후지타는 말랐지만 양팔과 뒷목까지 문신을 하고 삐딱하게 내려 보는 듯한 시선을 가진, 야쿠자 분위기를 풍기는 남자로 일본에서는 트럭 운전을 한다고 했다. 야간 운전을 20일 정도 쉬지 않고 하면 아시아를 세 달 동안 돈 걱정 없이 여행할 수 있다고 나에게 자랑을 했는데, 여자친구 에미코는 그에게 푹 빠져 있는 듯, 한 시도 떨어지지 않았다.

그다음에 만난 남자는 약간 멍한 눈빛에 늘 우울해 보이는 마크라는 미국인 뮤지션이었는데, 내가 서태지 노래를 듣고 있을 때 다가오더니 그 한국 노래는 표절 같다고 의혹을 제기했다. 그가 들려주는 비스티 보이즈를 들어보니 과연 비슷한 점이 있었다. 하지만 내가 그 노래를 들으면서 행복한데 설사 일부가 표절이어도 그다지 상관없지 않겠느냐고 말하자 대단히 흥분하며, 카피라이트의 중요성을 무시하는 아시아 문화의 나이브함이 결국 얼마나 심각한 문화적 침체를 가져오게 되고 말 것인지 내 옆 침대에 걸터앉아 꽤 오랫동안 역설했다. 하지만 나는 중간 정도에서부터 그의 빠른 영어를 따라가지 못했기 때문에, 정확히 어떤 문화적 침체를 가져오게 되는지는 끝내 알 수가 없었다.

마지막으로 루비오라는 이탈리아 청년이 있었다. 검은 곱슬머리에 매끄럽고 까무잡잡한 피부, 늘 신경 써서 차려입는 딱 붙는 옷차림은 기름이 좔좔 흐르는 느낌을 주었다. 그는 붙임성이 좋아 아는 사람이 많았다. 술을 마시면 말이 많아지고, 허풍이 셌다. 그 방에 꽤 오래 머물면서, 지치지도 않고 새로 들어오는 여자들에게 접근했지만 주위에서는 한 번도 성공하는 꼴을 보지 못했다는데, 술자리에서는 언제나 여자들이 너무나 따라다녀 피곤하다고 너스레를 떨었다. 그는 가끔 어디론가 사라졌다가 며칠 만에 돌아왔는데, 어디에 다녀오는지는 아무도 몰랐다. 사실은 돈 많은 중국 사모님의 정부인지도 모른다는 수군거림도 있었다.

친구들을 사귀게 되자 매일 밤 이런저런 파티가 이어졌다. 한 친구가 떠난다고 이별 파티, 다른 친구가 왔다고 환영 파티, 처음 본 누군가의 생일 파티, 아니면 그냥 비가 온다고 레인 파티. 거의 2주 동안 매일 밤, 누군가 뭔가 자리를 만들어서 심심할 틈이 없었다.

만리장성에 한 번 간 것 말고는 관광지에 다니지 않았기 때문에, 낮에는 제이크가 한국 비자 신청하는 걸 도와주러 한국 대사관에 가기도 하고, 데이비드가 북한 학생들을 인터뷰하는 데 따라가기도 하고, 후지타 에미코 커플과 함께 베이징 최고 오리 집을 찾아가거나 아니면 그냥 방에서 마크가 추천하는 언더그라운드 음악을 들으며 시간을 보냈다. 계획보다 우연에 의존하는 여행이 재미있을 때가 많다는 것을 나는 배워가고 있었다.

어차피 다음 날 꼭 해야 할 일이 없다는 것, 서로에 대한 호감을 마음껏 드러낼 만큼 젊다는 것, 그리고 술값과 음식 값이 싸다는 것, 이런 점들이 의외로 커다란 해방감을 주었다. 천 원이 안 되는 돈으로 매일 밤 마음껏 마시며 친구들과 떠들어댈 수 있다니, 어떤 사람에게는 천국에 근접한 모습일지도 모른다. 완벽하게는 아니지만 도스토예프스키 소설에 등장하는 러시아 귀족들의 하릴없는 일상 같았다. 늦은 밤까지 파티를 하고 다음 날 점심 무렵에 일어나 다음 무도회까지 약간 지루해하며 기다리는 느긋하고 평화로운 날들, 그리고 아무 실제적 소용 없이 그 자체를 목적으로 하는 토론의 밤들. 그러나 모든 흐름은 언젠가 변하고 만다. 계기는 사소한 일이었다.

어느 깊은 밤, 한참 곤하게 자고 있는데 옆 침대의 제이크가 나를 쿡쿡 찔렀다.

"뭐야?"

잘 때 늘 착용하는 귀마개 한쪽을 빼자 그가 손가락을 입에 대고 거의 귀에 닿을 듯 조그맣게 속삭였다.

"쉬잇, 들어봐, 저 소리."

"뭔데 그래?"

"조용히 하고 들어보라니까."

귀찮지만 그가 시키는 대로 양쪽 귀마개를 빼고 귀를 기울여 보았다. 평소와 다름없이 여기저기서 코 고는 소리, 누군가 쿵쿵대는 소리, 한쪽 벽에 달린 스팀 난방기가 가끔씩 수증기를 치익 하고 내뿜는 소리, 그 소리들 사이로 낯선 소리가 들려왔다. 언뜻 아기의 울음이나 고양이 소리 같기도 했지만 그와는 좀 다르게 규칙적이면서 어딘지 모르게 온 신경을 집중하게 하는 이상한 소리였다. 그 묘한 소리에 박자를 맞추기라도 하듯 침대가 삐걱이는 소리까지 들려왔을 때, 잠은 한순간에 날아가 버리고 머릿속이 맑아졌다.

'이건 분명….'

누군가 매우 가까이에서 섹스를 하고 있었다. 남자는 가끔 끙끙댈 뿐이었지만 여자는 작은 신음 소리를 규칙적으로 내고 있었다. 섹스는 절정을 향해 가고 있는 듯 삐걱거림과 신음 소리가 점점 빨라지기 시작했다. 모두들 자는 척하고 있었지만 어느 순간 코 고는 소리가 뚝 끊겨 있었다. 사람들이 귀를 기울이는 소리가 나에게까지 들리는 것 같았다. 그들이 섹스를 하고 있는 곳은 내 왼쪽 옆의 옆 침대 2층이었는데 그 침대의 주인은 루비오였다.

얼마나 그러고 있었을까. 입을 가렸는지, 아니면 아예 절정이랄 게 없었는지 마지막 순간은 기다림의 크기에 비해 조용히 끝나버렸고, 이내 여자가 2층 침대를 내려와 방을 나갔다. 남자는 아무 일 없었다는 듯 코를 골기 시작했다.

쇼가 끝나자 다시 여기저기서 코 고는 소리가 이어졌지만, 어떤 사람들은 오래 뒤척였다. 몇몇은 담배를 피우러 나갔다. 그대로 누워 있다 보니 문득 내가 외로운 젊은 남자라는 사실이 서러웠다. 오랫동안 잠이 오지 않았다.


그 밤이 계기가 되었을까. 다음 날부터 여러 가지 사건이 일어났다. 우선 루비오가 짐도 그대로 둔 채 며칠 동안 돌아오지 않았다. 어디선가 꿈같은 시간을 보내고 있는지도 몰랐다. 아니면 사모님 남편의 부하들에게 붙잡혀 드럼통을 타고 해저 여행을 하고 있는지도.

다음으로 제이크는 마이코라는 새로 온 일본 여자와 사귀기 시작했다. 둘은 늘 붙어 다녔고 제이크는 더 이상 기술 지도를 해주러 오지 않았다.

후지타가 하이디에게 추근대다가 에미코에게 들켜 모두의 앞에서 짝 하고 따귀를 맞았다. 에미코는 다음 날 떠나버렸는데 부근 침대에 묵던 스페인 남자와 같이 가는 걸 누군가 봤다는 소문이 돌았다. 후지타는 작별 인사도 없이 사라졌다.

마크는 술주정이 늘어 모두의 골칫거리가 되었다.

그리고 나는, 데이비드에게 고백을 받았다. 나름대로 많은 경험을 해보았다고, 세상에 새로운 것은 별로 없다고 자만하던 스물세 살 남자의 밑천이 드러나는 순간이었다.

"성민, 니가 어떻게 생각할지는 몰라도, 이 말은 꼭 해야겠어. 계속 너를 지켜보고 있었어. 내 마음을 좀 알아줘."

같이 타고 가던 시내버스 뒷좌석에서 그가 이런 말을 꺼냈을 때, 나는 그가 장난을 치고 있다고 생각하고 웃었다. 그러나 그의 괴로운 표정, 온몸의 용기를 쥐어짠 듯한 태도는 낯이 익었다. 바로 내가 여자들에게 고백했을 때의 그 절박함이었던 것이다. 그는 간절한 눈으로 나의 대답을 기다리고 있었다.

남자에게 사랑 고백을 받고서야 알게 된 것은, 그때까지 나는 맞닥뜨리는 상황에 따라 지니고 있는 매뉴얼 중 하나를 꺼내 따라 하며 살고 있었구나 하는 자각이었다. 매뉴얼이 없을 뿐 아니라 들어본 적도 없는 상황 앞에서 나는 너무나 무력했던 것이다.

"아 그래, 니가 게이라는 건 들었어."

더듬거리며 이 말을 한 것이 전부였다.

다음 날부터 나는 데이비드를 피해 다녔다. 대학교 1학년 때 나를 피해 다니던 간호학과 친구의 마음을 그제야 알 것 같았다. 짝이 되고 싶거나 되고 싶지 않은 마음은 이성으로는 넘을 수 없는 본능적인 걸림돌이었고, 어떤 노력으로 극복될 수 있는 것이 아니었다.

정신을 차려보니 편하게 이야기할 수 있는 친구가 아무도 남아 있지 않았다. 같이 마시며 떠드는 동안은 평생 친구가 될 것 같았지만, 그렇게 간단히 우리는 흩어지고 말았던 것이다. 어느 날 나도 서쪽으로 떠나는 기차표를 샀다. 떠나기 전날 밤 호텔 마당 한쪽의 부속 식당에서 서너 명이 이별 파티를 열어주었다. 술자리 분위기는 어쩐지 무겁게 느껴졌다. 맥주를 한 병씩 마시고, 서로 연락처를 나누고, 꼭 연락하고 지내자고 약속하고 나자 더 이상 할 얘기가 없었다. 맥주는 차가웠고 창밖에서 부는 바람 소리도 그랬다. 흐린 밤이라 달은 보이지 않았다.

그때 데이비드가 식당으로 들어섰다. 약간 망설이던 그는 가방에서 뭔가를 꺼내 나에게 전해주며 좋은 여행이 되라고 말하고 식당을 나섰다. 나는 또 다시 당황하여 고맙다는 말을 겨우 했을 뿐이었다.

포장지를 뜯어보니 『론리 플래닛』이라는 여행 가이드북의 중국편이었다. 한국에서 가져온 가이드북이 쓸모없는 엉터리라고 불평한 적이 있었는데, 그걸 기억하고 있었던 것이다.

나는 친구들과 헤어져 혼자 밤거리를 걸었다. 앨범도 없는 신인 밴드였던 언니네이발관은 "멀쩡하던 기분이… 언제나처럼 집에 돌아오는 길에 별 이유도 없이 왜 이리 허전할까" 하고 귓속에서 노래하고 있었다. 쌀쌀한 거리는 쓸쓸했고, 첫날 그토록 나를 사로잡았던 길거리 간식들의 냄새도 괜히 거슬렸다. 지칠 때까지 동네를 돌아다니다가 조용히 도미토리로 들어가는 길에, 손이 무거워 내려다보니 반짝이는 붉은 표지의 『론리 플래

닛』이 들려 있었다.

방에 들어섰을 때, 무언가가 나의 눈길을 끌었다. 방 한구석 우리가 늘 모여서 맥주를 마시던 그 자리에, 얼굴을 모르는 예닐곱 명이 모여 똑같이 맥주를 마시며 웃고 있었던 것이다. 마치 타임머신을 타고 2주 전으로 돌아가 그 방에 들어서는 듯한 착각이 들었다. 그러나 그들은 같이 한잔하자고 나를 불러주지 않았다.

6·25 때의 그 방도 그랬을까? 아마 그랬을 것이다. 한방 안에선 모두 가족 같다가도 방을 나선 후, 몇은 죽고 몇은 사라지고 몇은 잊혔을 것이다. 그 친밀함과 애틋함, 그토록 달콤했던 순간들은 다 어디로 사라진 것일까. 아무도 배웅하지 않는 새벽, 배낭을 메고 스무 명이 자는 방을 빠져나와 기차역으로 향하며 나는 궁금했다.

서쪽으로 향하는 스물몇 시간, 차창 밖의 풍경은 단조롭고 지루했다. 언니네이발관은 다시 "어제와 다른 것은 없어. 그렇지만 기분이 그래. 내일이 와버리면 아무것도 아냐" 하고 노래하고 있었다. 기차가 목적지에 도착했을 때, 나는 여행의 어떤 점이 나를 그렇게 끌어당기는지 약간 이해한 듯한 기분이 들었다. 나는 막 스물네 살이 되려 하고 있었고, 인생에 대해서도 조금 알 것 같은 마음이었다. 아주 조금. 앞으로도 이런 일의 반복이 기다리고 있겠지, 하는 마음. 그러나 어찌 됐든 거기에 몸을 맡기는 수밖에 없겠지, 하는 마음.

다시 20년이 지났고, 문득 생각이 나 인터넷을 뒤져보니 싱후 아판디엔의 20인 도미토리는 아직도 그대로 영업을 계속하고 있는 모양이다. 나는 이제 마흔넷이 되려 하고 있고, 여전히 인생에 대해서는 조금만 알 것 같은 마음이다.

# 인간의 맛

_무킷라왕, 수마트라

　고등학교 1학년 때 세계사 수업을 담당하던 교사가 있었다. 부리부리한 눈에 성긴 머리카락, 불룩한 배를 한 삼십대 남자였는데 약간 쉰 목소리로 쉴 새 없이 떠들고 분필을 칠판에 두드려 부러뜨리거나 귀가 울릴 정도로 고함을 치면서 수업을 했다. 워낙 보수적인 서생 타입의 교사가 많은 학교였기 때문에 입시학원 강사 흉내를 좀 내는 정도로도 그는 개성이 강하다는 평가를 받았고 심지어는 학생들에게 인기가 있는 축에 들기까지 했다. 하지만 튀는 스타일과는 달리 그의 역사 해석은 대개 평범하고 고루해서 내 취향은 아니었다. 학기 초의 호기심이 사라지고 나자 그저 '좀 시끄럽구나, 빨리 끝나면 좋을 텐데' 하면서 그의 텅 빈 열변을 한 귀로 흘리곤 했다. 그래도 한번은 그의 수업에 충격을 받은 적이 있었다. 아니, 충격이라는 표현은 과분한지도 모르겠다.

　그날 그가 꺼내든 주제는 인종과 성별 간의 서열 문제였다. 그의 말에 따르면 이 세상에는 세계인의 관점에서 본 인종적인 서열이 존재한다는 것이었다. 그 세계인의 관점이란 것에 의문을 갖기 이전에 그런 서열이 버젓이 사람들의 입에 오르내린다는 사실과 고등학교 세계사 담당 선생까지 그런 이야기를 한다는 데 일단 놀랐다.

처음에는 그가 그 서열이란 것을 통해 인간의 현실 판단이 얼마나 자의적이고 편견에 가득한지를 보여주려는 건지도 모른다고 생각했다. 그렇지 않고는 왜 그렇게 오리엔탈리즘의 똥물을 뒤집어쓴, 적나라한 자기비하의 이야기를 떠벌이는지 알 수가 없었기 때문이다. 그러나 뚜껑을 열어보니 그저 썩은 냄새가 진동할 뿐이었다.

"제일 서열이 앞서는 것은 물론 백인 여자다."

그가 당연한 사실인 것처럼 공표하자 아이들이 술렁거렸다.

"그다음은 백인 남자. 레이디 퍼스트라는 거 들어봤지? 그게 백인 남녀 사이의 관계를 나타내는 말이라고 생각하면 돼."

굳어 있는 청중들에게 침을 튀기며 그가 계속했다.

"바로 그다음이 동양인 여자인 거야."

이 대목에서 우리 반 여자애들은 이걸 과연 좋아해야 하는 건지 모욕으로 받아들여야 하는 건지 헷갈리는 표정으로 서로 눈치를 보고 있었다.

"이 정도면 높은 거야. 백인 애들이 어느 정도 끼워주는 거잖아. 백인 남자가 동양인 여자를 좋아하는 것도 그래서 그런 거라구."

'역시 당신 수준이 그렇지' 하는 생각에 슬슬 짜증이 나기 시작했으나 다음엔 어떤 말이 나올까 궁금해서 나는 여전히 집중해서 듣고 있었다.

"그다음 순위가 누굴까? 동양인 남자? 전혀 아니지. 그나음은 흑인 여자다 이거야. 그리고 그 뒤는 흑인 남자고. 동양인 남자는 어디 있느냐? 흑인 남자보다도 뒤, 맨 꼴지에 떡하니 자리를 잡고 있는 거야. 알겠냐? 이 멍청한 녀석들아?"

그로부터 같은 반 여자애들에게 잘해주어야 한다는 결론을 이끌어내는 것이 그의 천진함이랄까 천박함이랄까, 아무튼 그는 그런 선생이었다.

더욱 우울했던 것은 수업이 끝난 뒤 아이들이 화를 내거나 반박을 시도하기보다는 어느 정도 수긍하는 태도를 보였다는 사실이다. 한 명이 "아무리 그래도 흑인 남자보다는 우리가 낫지 않을까?" 하고 선생의 논리에 이의를 제기하면 다른 한 명이 "흑인하고 사귀는 백인 여자는 봤는데 동양인하고 사귀는 백인 여자는 못 봤어"라고 선생을 옹호하는 식이었다. 그러나 논쟁은 주로 동양인과 흑인과의 자리다툼에 대한 것으로 백인이 인종적 편견의 수혜 인종임은 분명해 보였다.

인종 간의 서열이라니 워낙 말 같지 않은 이야기라 그대로 잊어버리고 말았다고 말할 수 있으면 좋겠지만 그런 서열 의식의 현실적인 존재와 그것을 알리는 선생의 당당한 태도, 아이들의 침울한 수용은 이후에도 여러 번 형태를 바꾸어 반복되었고 나름대로의 영향을 나에게 남겼다.


이십대 초반 배낭여행을 다니며 그러한 인종적 열등감이 아시아 여러 지역에 퍼져 있다는 사실을 알게 되었다. 서양인 배낭여행자들이 대부분이던 배낭여행 초창기에는 동남아시아 숙소나 식당에서 몇 명 안 되는 동양인이 불리한 대우를 받는 일이 있었다. 전망 좋은 방은 서양인들을 위해 비워놓고 일본인이나 한국인이 먼저 와도 일단 그보다 못한 방을 주는 것이다. 똑같은 돈을 받으면서도 그랬다. 어떤 식당 주인들은 밖에서 잘 보이는 널찍한 자리에 백인들을 앉혀놓고 그 옆에 서서 수다 떨기를 좋아하는 것 같았고, 그러는 동안 침침한 구석 자리는 동양인 여행자나 현지인들 차지였다. 아시아에서도 그러니 미국이나 호주 같은 서양 문화권으로 이민 간 사람들의 쓸쓸함은 얼마나 심할까 싶었다.

태국이나 필리핀의 휴양지에서는 백인 남자와 현지인 여자 커플을 많이 볼 수 있었다. 심지어는 은퇴한 백인 늙은이들이 손녀뻘 되는 아가씨의 허리에 손을 얹고 해변을 활보하는 모습도 흔하게 볼 수 있었다. 관광지 풍경의 자연스러운 일부로 느껴질 만큼.

한번은 육십대 호주인 남자와 사귄다는 스물몇 살 태국 아가씨와 이야기를 나눠볼 기회가 있었다. 그녀는 돈 때문이기도 하지만 그 남자가 매너가 좋고 스마트하게 생겼기 때문에 만나는 거라고, 게다가 백인과 다니면 영어도 배우고 여기저기서 대우도 받는다고, 나이는 숫자일 뿐이지 않느냐고 말했다. '세상은 넓다'라는 생각이 들었다. 내 눈에는 그 호주인이 스마트라는 단어와는 인연이 먼, 거만하고 못생긴 늙은 뚱보로만 보였기 때문이다. 서열의 내면화는 시각 정보를 받아들이는 기준까지 변화시킬 수 있는 것일까? 모두가 겉으로 드러내지 않아 내가 잘 몰랐을 뿐이지 인종 간 서열이라는 괴물은 이토록 넓고 확고하게 퍼져 있었던 것일까?

그러다가 부킷라왕에 가게 되었다. 역시 세상은 참으로 넓었다. 거기에는 또 다른 인종적 생태계가 펼쳐지고 있었기 때문이다. 부킷라왕은 인도네시아 수마트라 북부 정글 초입에 있는 작고 아름다운 마을이다. 야생 오랑우탄을 볼 수 있는 곳으로 유명해 세계 여러 나라에서 여행자들이 끊임없이 찾아온다. 그러나 막 스무 살이 된 나에게 인상 깊었던 것은 오랑우탄이 아니라 연인들이었다. 마을 곳곳에서 사랑이 저절로 피어나는 것처럼 보였다.

정글에서 불어오는 태고의 바람을 마시며, 맑고 시원한 강가의 돌밭이나 나무 사이로 난 아름다운 길에서 수많은 연인들은 사랑을 속삭였다. 그런데 그중 부킷라왕 남자들과 서양인 여자들 사이의 사랑이 유난히 눈에 자주 들어왔다. 일주일 정도 지내면서 보니 마을에서 만난 청년들의 반 이상이 유럽 출신의 여자친구를 사귀어보았거나 사귀고 있거나 결혼해서 살고 있었다. 자신보다 키가 큰 백인 여자와 손을 잡고 거리를 지나는 마을 청년들을 흔히 볼 수 있었다. 밤이면 마을의 허름한 식당이나 바의 구석은 사랑을 속삭이는 커플로 넘쳐났다. 그러나 백인 남자와 부킷라왕 여자 커플은 그다지 눈에 띄지 않았다.

로컬 밴드의 보컬인 에뚜라는 친구는 최근 5년 동안 스무 명이 넘는 유럽 여자랑 사귀었지만 누구와도 결혼하지 않고 지금 생활을 계속 즐기고 싶다고 했다. 사랑이야 오고 가는 게 아니 겠느냐고 하면서. 누군가 누구를 사랑하는 일에 있어 인종 따위 는 부차적인 문제라는 건 당연하지만 이 마을에서 벌어지는 연 애 패턴, '세계인의 관점'을 당당하게 역행하는 이 현상은 솔직 히 신기했다. 최근 10년간 부킷라왕 남자가 백인 여자와 결혼한 경우만 3백 쌍을 넘어선다고 들었는데 내가 만나본 것만도 열 커플이 넘는 걸 보면 믿지 않을 수 없는 사실이었다.

부킷라왕은 작은 마을이다. 이런 일은 도대체 어떻게 벌어진 것일까? 인류학자도 연애 전문가도 아닌 나는 강이 내려다보이 는 카페에 앉아 곰곰이 생각해보았다.

먼저, 마을 청년들은 외부인에게 친절했다. 뭔가를 팔거나 이 익을 얻어내기 위한 비굴한 친절이 아닌 계산속 없는 순수한 친 절함. 최소한 내겐 그렇게 보였다.

다음으로, 그들은 맘에 드는 이성에게 적극적으로 대시했다. 그런데 그 구애하는 태도에는 상대가 당연히 자기 마음을 받아 줄 거라는 자신감이 묻어 있는 듯 보였다. 상대의 조건-백인이 라든가, 돈이 많은 나라에서 왔다거나, 자신보다 키가 크다거 나 등-따위에는 도통 신경을 쓰지 않고 그저 맘에 드는 여자에 게 자기의 이야기를 들려주고 기타를 치고 노래를 부르며 자신 의 마음을 받아달라고 속삭이는 것이다. 이곳에선 백인 여자를 동경하면서도 왠지 주눅이 들어 있는 동양 남자들은 보기 힘들 었다. 그렇다고 마을 청년들의 외모가 특별히 뛰어난 것도 아니 다. 그냥 인도네시아의 평범한 남자들이다.

마지막으로, 부킷라왕 사람들은 삶에 대해서 생각하고 얘기하는 것을 좋아했다. 평범한 대화 속에서 인생에 대한 만만치 않은 통찰이 번뜩이는 것을 보고 상대를 다시 보게 된 적이 적지 않았다. 인생에 대한 애정이라고 할까? 어쨌든 그들은 다른 삶을 알고, 그것을 살고 있는 것처럼 보였다. 그런 것이 인간의 매력을 만들어내는 걸까.


모르는 게 있을 때는 잘 알 것 같은 사람에게 물어보는 게 제일이다. 나는 어느 날 맥주를 사 들고 에뚜를 찾아갔다. 그는 어둑어둑한 카페 한구석에서 저녁 공연을 위해 기타의 음을 조율하고 있었다. 가장자리가 어지간히 닳아 오래된 친구처럼 보이는 갈색 기타였다.

"에뚜, 같이 한잔하려고 왔어."

나는 맥주 봉지를 들어 보였다. 그는 환하게 웃으며 나를 반겨주었다.

"오, 맥주 좋지."

"오늘은 혼자야? 크리스티나는 어디 갔어?"

"살 게 있다고 시내에 나갔어."

크리스티나는 매일 그와 붙어 지내는 덴마크 아가씨다. 순수하지 못한 내 눈으로 처음 보았을 때 '왜 저런 멋진 여자가 별 볼일 없어 보이는 녀석과 사귀는 걸까? 혹시 뭔가 마약 같은 거라도?' 하고 생각했을 정도로 예쁜 여자였다. 옆 테이블에 자리를 잡고 카운터에서 잔을 가져와 차가운 빈땅 맥주를 두 잔 가득 따랐다. 잔을 부딪치고 나서도 그는 맥주를 홀짝이며 여전히 기타를 안고 이런저런 멜로디를 뚱땅거렸다.

"저기 궁금한 게 있어."

바로 직구를 던졌다.

"왜 여기에 오면 여자들이 사랑에 빠진다고 생각해?"

"그래? 난 몰랐는데."

그는 다시 한 번 기분 좋은 미소를 지어 보였다.

"부킷라왕에서는 다른 데서 잘 벌어지지 않는 일들이 벌어지는 것처럼 보여. 특히 서양 여자들이 이 마을 남자들과 사랑에 빠지는 일이 많잖아. 뭐가 특별한 거야, 이 마을은?"

그는 잠시 생각하더니 입을 열었다. 여전히 갈색 기타를 품에 안고 웃음을 띤 채로.

"근데 왜 그게 알고 싶은 거냐?"

"그게, 솔직히 말하면 나도 여자친구를 한번 사귀어보고 싶어서."

나는 밥차에 줄 선 노숙자처럼, 그는 주걱을 든 자선가처럼, 우리는 각자의 방식으로 웃으며 서로를 쳐다보았다. 이내 그가 입을 열었다.

"여자들은 늘 기다리고 있어. 제대로 손을 내밀 줄 아는 남자를. 그래서 남자의 역할이 중요한 거야. 잘될 때도 있고 안 될 때도 있지만 일단 서로 손을 내밀어야 잡을 수 있겠지."

"그것뿐이야? 겉모습 같은 건 신경 안 써도 되는 거야? 예를 들어 키 차이라든가."

"그건 그냥 따라오는 거야. 외부적인 것에 신경 쓰지 말고 지금의 자신에서 시작하면 돼. 그런 걸 이 동네에서는 이렇게 얘기하지."

왼쪽 눈은 찡그리고 오른손 검지와 엄지 사이로 오른쪽 눈을 강조하는 자세로 그가 말했다.

"스몰 벗 스파이씨."

'씨' 부분을 길게 늘어뜨린, 묘하게 닭살이 돋는 발음을 할 때는 손날을 당수처럼 앞으로 살짝 뻗다가 딱 멈추었다. 그 말을 듣고 나는 왠지 간단하게 납득하고 말았다. 논리적인 납득이 아니라 마음이 그대로 전달된 기분이었다.

"아, 그런 거였군."

우리는 맥주를 마시며 가끔 싱겁게 웃기만 했다. 그는 '재미있는 녀석이로군' 하는 듯이, 마치 동네의 맹랑한 동생을 대하듯이 나를 보며 싱글거렸다.

그의 웃음은 말하고 있었다. 사랑은 인종 간의 차이, 그리고 거기서 파생되는 구역질나는 우월감과 열등감을 넘어서는 것이라고. 그보다는 좀 더 따뜻하고 기분 좋은 것이라고. 우리 모두는 그걸 알고 있고 그걸 즐길 수 있는 사람들이다.

다만 원하지도 않은 경쟁과 서열의 세계에서 살다 보니 길을 잃은 것일 뿐. 그러니 그런 것에 빠져 있을 시간에 먼저 사랑을 하면 된다. 인간의 맛은 겉보기나 세간의 평가보다는 환하게 웃을 줄 아는 마음, 솔직하게 사랑할 줄 아는 능력에서 나온다. 작지만 맵싸한 고추처럼.

그날 밤 나는 우연히 중요한 비밀을 손에 넣은 어린애처럼 그 생각을 하느라 늦게까지 자지 않고 베란다에 나와 있었다. 푸른 빛에 가까울 정도로 하얀 달이 그 모습을 내려다보고 있었고 숲에서는 가끔 도마뱀이 끼끼끼끼끽 하며 소년을 응원하였다.

# 세상에서 나랑 제일 비슷한 인간

_프놈펜, 캄보디아

한낮의 태양은 활활 타오르는 모닥불처럼 위협적으로 화끈거렸다. 온몸은 땀에 젖어 끈적였고, 횡단보도를 건너기 위해 잠깐 뛰면 곧 숨이 막히고 머리가 지끈거렸다. 음료수라도 사 먹으며 잠깐씩 쉬지 않고서는 도저히 시내를 걸어 다닐 수가 없었다. 콜라, 사이다를 하루에 서너 병씩 마시게 되니, 곳곳에 치과가 성업 중인 것도 이해가 간다. 이곳 사람들이 낮잠을 자는 이유도, 그 어떤 문화적 배경에 대한 분석보다 한낮에 거리를 조금만 걸어보면 금방 알 수 있다. '아, 이거는 그늘에 가서 자야 한다'는 느낌이 딱 온다. 그래서 시내 구경을 나선 지 한 시간 만에 모든 호기심이 싹 사라진 채, 나는 어두운 쪽방이 기다리는 카피톨 게스트하우스로 황급히 돌아왔다.

도중에 아이스커피를 사 마신 카페에서 태국으로 넘어가는 뱃길 지도를 손에 넣은 것은 뜻밖의 수확이었다. 1997년 캄보디아에서는 크메르 루즈와 정부군 사이의 내전이 지지부진하게 계속되고 있었고, 베트남에서 들고 나는 루트 한 곳 말고는 육로가 막혀 태국으로 가려면 방법은 비행기뿐이었다. 귀국을 위해서는 태국으로 가야 했지만, 마지막 남은 돈을 태국행 비행기

117

에 써버리면 주머니가 빈다. 한국으로 돌아가면 추울 테고 아직 방학도 남아 있으니 더 놀고 싶었다. 그때 우연히 태국 밀입국 지도를 손에 넣은 것이다.

카피톨 게스트하우스 1층은 로비 겸 식당으로 천장에는 팬이 쉬지 않고 돌아가고, 벽면에는 온갖 여행 정보나 동행을 구하는 종이가 다닥다닥 붙어 있었다. 젊은 여행자들은 외국인에게 방문을 허용한 지 얼마 안 된 프놈펜의 싼 물가에 반해 계획보다 오래 머무르며 할 일 없이 식당에서 북적거렸다.

창가 쪽 테이블에 베트남에서 만났던 이유근 형이 보여 다가가 인사를 나눴다. 같이 앉아 있던 일행은 일본 젊은이들이었는데, 한 명은 짧은 머리와 탄탄한 몸을 가진 J리거 지망생 나가토모, 다른 한 명은 긴 머리에 마른 몸, 날카로운 눈을 한 요헤이라는 친구였다.

흐느적거리는 실링팬이 휘저어 보내는 뜨듯한 공기 아래서, 시간과 호기심이 남아도는 우리 넷은 금방 친해져 벌컥벌컥 맥주를 마시며 경쟁적으로 떠들어댔다. 대개 그동안 지나온 신기한 마을과 색다른 경험, 그리고 길에서 만난 여자애들 이야기로 적당한 허풍과 과장된 웃음이 끊이지 않고 터져 나왔다.

"다음엔 어디로 갈 거야?"

요헤이가 내게 물었다.

"태국에서 돈 떨어질 때까지 몇 주 있다가 한국으로 들어가려고."

"나도 일단 태국으로 가려는데 비행기밖에 없다고 해서 고민이야."

그는 일 년짜리 워킹 홀리데이 비자를 받아 오스트레일리아로 가고 있는데, 일본에서 거기까지 비행기 대신 대중교통만을 이용하는 것이 첫 목표라고 했다.

"그래? 너 오늘 아주 운이 좋구나."

나는 땀으로 젖은 배낭에서 곱게 접은 하얀색 프린트물을 꺼내 요헤이에게 건넸다. 그는 무심히 받아 들고 잠시 살펴보더니 갑자기 자리에서 벌떡 일어섰다.

"우와, 이거 끝내주는데! 너 정말 멋진 녀석이잖아."

요헤이는 거의 나를 껴안을 태세로 신이 나서 맥주를 더 시키고, 안내 글귀마다 일일이 감탄하면서 호들갑을 떨었다.

"자, 마셔. 마시라구! 역시 하늘이 돕는구나. 사실 방법이 없어서 내일쯤 베트남 쪽으로 돌아갈까 생각하고 있었거든. 언제 출발할 거야? 나도 같이 가도 되지?"

너무도 기뻐하니 오히려 무안할 정도였다. 그래서 오늘 우연히 지도를 입수했다는 사실은 시치미를 떼고, "사실 그 루트가 쉬운 건 아닌데 말이지…' 하면서 미리 읽은 내용을 짐짓 심드렁하게 말하니 그의 눈이 존경심으로 더욱 빛났다.

어느새 우리는 함께 출발할 일정을 잡고 있었다. 알고 보니 유근 형도 태국으로 가려고 하는데, 그게 그렇게 좋은 루트라면 자기도 끼워달라고 해서 셋은 머리를 맞대고 일주일 후의 밀입국을 세세히 그려보기 시작했다. 곧 일본으로 돌아가는 나가토

모는 잠깐 군침을 삼키더니 고개를 절레절레 흔들며 자러 갔고, 밤이 깊도록 우리의 요란하고 허황된 계획은 계속되었다. 오토바이의 매캐한 냄새가 사우나 같은 밤공기에 녹아들어 부드럽게 우리를 감싸고 있었다.

먼저 버스를 타고 캄보디아 국왕의 이름을 딴 남부 도시 시하눅빌까지 간다. 그다음 섬사람들의 교통수단인 페리를 몇 번 갈아타면서 태국 국경 쪽으로 향한다. 이렇게 해서 시하눅빌에서 1차 목적지 코콩이라는 섬까지 꼬박 하루가 걸린다. 거기서 하룻밤을 보내고, 다음 날 아침 일찍 고기잡이 나가는 현지 어부들을 수소문한다. 거래가 가능한 어부에게 돈을 좀 주고 고깃배에 숨어 바다로 나간다. 태국의 국경 수비군은 캄보디아 저임금 노동자들의 밀입국을 어느 정도 용인하므로 국경 수비군의 감시가 소홀한 틈에 고기를 잡는 척하면서 어부는 배를 살짝 태국 땅에 댄다. 그때 우리 셋은 미리 배낭을 메고 대기하고 있다가 배가 멈춘 순간 잽싸게 튀어나간다. 그리고 마침내 배낭을 벗어 던지고, 하늘을 한 번 바라보고, 땅에 키스를 한다.

태국 쪽 국경도시 반핫렉의 수비군이 불법 입국자의 여권에 임시 입국 도장을 찍어주고 수도인 방콕으로 보내는데, 거기까지 또 하루가 걸린다. 방콕의 출입국관리소에서 불법 체류 노동자들 사이에 줄을 서 있다가 '외국인이라 불법인 줄 모르고 캄보디아에서 국경을 넘어왔다. 다음엔 안 그러겠다'는 취지의 서약서에 서명을 하면 드디어 정식 입국 도장을 받게 된다는 것이 바로 우리를 들뜨게 만든 그 지도의 내용이었다.

한 시간의 비행 대신 그렇게 이틀 동안 온갖 위험끼 고생과 불법 행위를 감수하는 것으로 돈 몇 푼을 아낀다는, 지금 보면 참으로 어이없고 비효율적이며 미친 계획이었으나 그때는 그게 그럴듯해 보였다. 우리는 젊었고, 시간과 호기심이라면 바닷가 마을의 미역처럼 남아돌았으니까.

문제는 국경 근처가 캄보디아 전체 면적의 8분의 1정도 되는 거대한 정글 지대로, 크메르 루즈의 본거지이며 상황에 따라 국경의 관리 주체가 정부군이었다가 반군이었다가 한다는 것, 그리고 얼마 전 독일 여행자 두 명이 국경을 몰래 건너다가 시체로 발견되었다는 것이었는데, 물론 그때 우리는 그런 것까지는 몰랐다. '이 나라엔 이상하게 총을 가진 사람들이 많구나' 생각했지만 노느라고 바빠서 곧 잊어버렸던 것이다.


일주일 후, 흩어졌던 우리는 시하눅빌에서 다시 만나 페리를 탔다. 배는 커다란 보따리를 든 사내들과 아이를 안은 아낙네, 닭이나 새끼 염소를 데리고 탄 늙은이, 소리 지르며 노는 꼬마들로 가득했고, 외국인은 우리 셋과 우리처럼 밀입국을 시도하려는 서양인 여행자 대여섯 명뿐이었다. 정보를 교환해보니 우리 중 아무도 그 루트를 가본 사람은 없었고, 다들 똑같은 지도를 입수하여 말 그대로 한배를 탄 상황이었다.

그런데 지도에 나오지 않은 내용이 있었다. 배를 갈아타려고 할 때면 반드시 부패한 경찰인지 공무원인지가 나타나 '건강증명서'나 '도서지역 여행허가서'를 보여달라는 것이었다. 물론 서류를 완비한 밀입국자는 없다. 게다가 도서지역 여행허가서라니, 그런 건 아무도 들어본 적이 없었다. 그들은 서류가 없으면 벌금을 내야 하고 그러지 않으면 유치장에서 하룻밤을 억류한 뒤, 프놈펜으로 돌려보내겠다고 위협을 했다.

아시아에서 온 우리 셋은 재빨리 그들과 협상하여 일인당 1달러씩 찔러주고 다음 페리에 올랐으나 유럽 출신들은 그걸 가지고 따지고 싸우고 하다가 한둘씩 페리를 놓쳤다. 그래서 계획보다 한 시간 먼저 코콩에 도착했을 때, 배에 남은 외국인은 우리뿐이었다. 내리자마자 장대비가 반겼고, 허름한 식당으로 뛰어들어 허겁지겁 끼니를 때우고 나니, 비로소 완전히 낯선 곳에 떨어진 밀입국자의 처지가 실감나기 시작했다.

코콩은 부서져가는 건물에 초라한 항구, 스산한 거리를 우울해 보이는 사람들이 걸어 다니는 쇠락한 어촌 마을이었다. 비가 잦아들기를 기다려 해안선을 따라 난 도로를 걸으며 숙소를 알아보았으나 모두 만실이거나 위험해 보여 묵을 마음이 들지 않았다. 해는 저물어가는데 쫄딱 젖은 채 말도 통하지 않는 쌀쌀맞은 섬마을에서 하룻밤 잠자리를 구해야 하는 처지는 모험이나 도전이라기보다는 구걸에 가까웠다. 길을 떠날 때의 들뜬 마음도 어느새 풀 죽어 고개를 숙이고 있었다.

숙소를 찾아 계속 걷다가 고깃배가 여러 척 정박해 있는 해변을 지나게 되었다. 아직 완전히 어두워지지는 않은 저녁이라 우리는 혹시나 하고 배 주변에서 시간을 죽이는 남자들에게 접근

해보았다. 영어가 잘 통하진 않았지만 '우리는 태국의 반핫렉으로 가려고 한다. 누가 도와준다면 평소 운임의 두 배를 주겠다'는 뜻을 전달했다. 한국에서 술 먹고 택시 잡을 때 쓰던 용어가 거기에서도 잘 통했다. "반핫렉 따블, 오케이?"

나이 든 어부들은 고개를 내저으며 밤에 보트를 타고 나갔다가는 어디서 날아왔는지도 모르는 총알에 맞는다며 손짓 발짓으로 위험을 전달했고, 내일 아침에 가는 게 좋다고 했다. 그런데 근처에 있던 젊은 친구 한 명이 나를 구석으로 부르더니 정말 '따블'을 줄 거냐고 묻는 것이었다. 나는 전대에서 돈을 좀 꺼내 그에게 보여주며 우리를 태국이라면 어디든지 좋으니 떨어뜨려만 주면 된다고, 마치 간단한 일인 것처럼 말하려고 애를 썼다. 하루 종일 좁은 페리에서 짐짝처럼 부대끼고 돈 뜯는 사람들에게 시달린 몸과 마음이 당장 이곳을 떠나자고 조용히 소리치고 있었다.

잠시 후 젊은 어부가 고개를 끄덕였고, 우리는 배낭을 배에 던져 넣고 발이 젖는 것도 개의치 않고 서둘러 배에 올랐다. 꾸물대다가 그의 마음이 바뀌면 곤란하다. 뱃사람들의 우려 섞인 시선에 어쩐지 자랑스럽기도 하고 한편으로는 조금 두렵기도 했다. 시동이 걸리고 배가 천천히 출발하자, 어느새 가라앉았던 기분이 다시 서서히 올라오기 시작했다.

배는 크기에 비해 출력이 센지 상당히 빠른 속도를 낼 수 있었다. 엔진 성능을 자랑하기라도 하듯 젊은 선장이 레버를 끝까지 당기자, 우리는 갑자기 부딪혀오는 바닷바람과 물방울과 자유의 냄새에 취하여 알 수 없는 소리를 지르기 시작했다. 처음에는 탈출의 기쁨에 내질렀을 뿐이었는데, 어느 순간부터는 절규로 변해가고 있었다.

세상을 바꿀 수 있다고 믿었지만 아무리 애써도 아무것도 바뀌지 않는 것 같던 시절이었다. 더 넓은 곳에서 더 많은 것을 하겠다고 기어 올라갔으나 거기서 발견한 것은 쓰레기뿐이었다. 내가 벌여놓은 일을 나를 믿는 친구들에게 떠맡기고 도망쳤던 기억. 마음속에 뒤죽박죽 차 있던 자신에 대한 실망과 후회, 상처 같은 것들이 울부짖음과 함께 쏟아져 나왔다. 나는 영토를 침범당한 사자처럼 포효했다. 억압, 자유, 해방 같은 말들이 전혀 다른 감각으로 가슴에 파고들어와 압도했고, 나는 목 쉰 소리를 지르다 조금 울었다. 이 눈물은 들키고 싶지 않다는 생각을 잠깐 했지만 그마저도 금세 잊어버렸다.

노을은 이미 거의 사라지고 어둠에 잠긴 바다는 고요했다. 배가 소리를 죽이며 서서히 더 깊고 어둡고 넓은 바다로 진입하기 시작했을 때, 갑자기 선장이 손가락을 입에 대고 우리에게 조용히 해줄 것을 요구했고, 그 자신도 몸을 낮춰 천천히 항해하기 시작했다. 우리는 배낭을 메고 언제든지 뛰어내릴 수 있는 상태로 신호를 기다렸다.

마침내 달빛이 비치는 방파제에 배가 조용히 한쪽 옆구리를 기댔고, 풀벌레 소리만 모험의 마무리를 축하하는 가운데 우리는 한 명씩 숨죽여 육지를 딛고 내렸다. 용감한 젊은 뱃사람에게 약속한 금액을 지불하고, 배 너머로 뜨거운 악수를 나누는 것노 잊지 않았다. 사방은 칠흑같이 어둡고 슈퍼에서 초코바를 훔친 어린애처럼 심장이 뛰던 그 밤. 어디인지 어디로 가야 하는지도 모른 채, 우리는 조용히 빠져나가는 작은 배를 한동안 말없이 지켜보았다.

멀리 보이는 희미한 빛을 따라 300미터쯤 걸었을까, 어딘가에서 강한 전등 빛과 함께 흥분한 남자들의 목소리가 날아들기 시작했다. 우리는 서로에게 침착하자고 당부하며 조용히 기다렸다.

어둠 속에서 우리 쪽으로 다가온 것은 총을 든 남자 여남은 명이었다. 태국에 온 것을 환영한다는 축하 인사까지 기대한 것은 아니지만, 처음 마주친 그들의 태도는 왠지 적대적으로 느껴졌고, 우리를 향한 총구나 군복을 대충 걸친 모양새로 보아 그들이 반가운 손님을 맞으러 나온 게 아님은 명백했다.

시끄러운 외침이 잦아들고 우리가 외국인이라는 게 밝혀지자 그들은 총구를 내렸고, 그중 대장인 듯한 웃통을 벗은 뚱뚱한 남자가 다가와 여권을 보여달라고 했다. 우리 셋은 조용히 여권을 건넸다. 내가 말했다.

"여기가 태국인가? 우리는 적군이나 스파이가 아니다. 태국에 가려는 외국인 여행자일 뿐이니 도움을 요청한다."

요헤이도 끼어들었다.

"우리는 위험한 사람들이 아니다. 총을 치우고 우리 이야기를 들어보면 알 것이다."

여전히 들떠 있던 우리와는 달리 유근 형은 상대적으로 침착하게 상황을 관찰하더니 우리에게 속삭였다.

"이 사람들 좀 이상한데. 국경 수비군이 아닌 거 같아."

그때 우리 셋의 여권을 거머쥔 웃통 벗은 뚱보가 어설픈 영어로 통쾌한 듯 선언했다.

"미안하지만 여기는 아직 캄보디알세."

우리는 그대로 말을 잃었다. 끝난 줄 알았던 길고 긴 하루의 가장 피곤한 시간이 이제 막 시작되려 하고 있었다.


정체를 알 수 없는 총 든 사내들은 우리를 포로처럼 대열 가운데 세워 어디론가 끌고 갔다. 5분 정도 걸어 도착한, 파도 소리가 들려오는 낡은 헛간에서 우리는 모래 자루 같은 걸 쌓아놓은 곳에 앉아 대기하라는 지시를 받았다.

스무 명 넘는 사람들이 들락거렸지만 말이 통하는 사람이 없어 손짓 발짓에다 그림까지 동원해서 일단 그곳이 태국 국경 사무소 앞의 캄보디아 땅이라는 것은 알았으나, 우리를 억류한 무리들의 정체는 끝내 알 수 없었다. 정부군이거나 반군이 아니라면 그냥 동네 깡패들인지도 모른다. 정체야 어찌 됐든 우리가 알아들은 그들의 요구는 1인당 벌금 300달러를 내면 여권을 돌려주겠다는 이야기였다. 그 말을 듣고 나도 모르게 픽 웃고 말았다.

"지금 농담하냐? 300달러를 낼 수 있으면 내가 왜 여기 있겠냐? 이 답답한 인생들아."

"당신, 당신 그리고 당신 한 사람당 300달러야. 다 합쳐서가
아니고."

"물론 그러시겠지."

"다 합쳐서 900달러야."

"나도 더하기는 할 줄 알아."

"빨리 내."

"돈 없어. 그래서 이런 길로 온 거야. 대장 불러줘."

처음에는 우리의 사정을 그들에게 설명해보려고 했으나, 전
혀 말이 통하지 않아 포기하고 모래 자루에 앉았다. 그들도 우
리가 바로 지갑을 열지 않자 당황하는 듯했다. 선풍기도 없는
창고의 열기로 티셔츠가 젖도록 땀이 흘러내렸고, 창밖의 하늘
은 내 속처럼 캄캄하게 솟아 있었다. 바다 위로 떠오른 노란 반
달이 어리석은 한밤의 소동을 지켜보고 있었다.


말없는 신경전으로 두어 시간이 지나고 밤이 깊어가기 시작
했을 때, 웃통을 벗은 뚱보가 나무 책상에 앉아 무언가를 지시
했다. 얼마 후 준비된 것은 커다랗고 묵직해 보이는 검은색 권
총이었다. 그가 책상 위에 붉은색 천을 깔더니 그 위에 권총을
올려놓고 우리 쪽을 물끄러미 바라보았다. 뭔가 생각하는 것 같
았다. 부하들 앞에서의 위신에 대해 생각하는지도 모른다. 아니
면 젊은 애인과 해변 방갈로에서 즐길 시간에 그를 끌어낸 사나
운 운수에 대해서 한탄하고 있는지도 모른다.

갑자기 그가 권총의 안전장치를 풀고 탄창을 빼내 총알이 제

대로 장전되어 있나 확인하더니 다시 밀어 넣었다. 그러고는 권총을 이리저리 돌려가며 관찰했다. 총기 관리가 취미인 모양이었다.

내 취미는 책읽기와 여행이다. 갑자기 게스트하우스 베란다에 퍼져 앉아서 맥주를 마시며 하루키의 에세이를 읽고 싶어졌다. 지금 그렇게만 할 수 있다면 다른 것은 어찌 되든 상관없을 것 같았다. 지구 온난화로 태평양 어딘가의 섬 하나가 가라앉고 북극곰이 살 곳을 잃는대도, 금융 세력이 정치 권력까지 손아귀에 넣어 세계를 지배하며 가난한 자의 피를 빤대도, 지금 당장 조용한 베란다에 혼자 있을 수 있다면 참을 수 있을 것 같았다.

뚱보가 다시 탄창을 빼내더니 이번에는 총알까지 모두 빼서 하나하나 살펴보기 시작했다. 구릿빛 탄피에 싸인 은색의 길쭉한 총알은 모두의 침묵 속에서 부드럽게 딸각거렸다. 총알은 모두 여덟 개였다. 그는 총알을 하나하나 입으로 세면서 정성스럽게 탄창에 끼워 넣기 시작했다. 유연하고 낭비가 없는 손동작이었다.

"여덟까지 셀 줄 안다니 대단한데."

내가 일행을 바라보며 입을 열었다. 요헤이는 내 떨리는 농담을 들었는지 어쨌는지, 총알에서 눈을 떼지 못하고 굳은 표정으로 무언가를 생각하고 있었다. 비행기를 타지 않는 여행의 두 번째 관문, 발리에서 오스트레일리아까지 가는 화물선에 대해서 생각하고 있는지도 몰랐다. 유근 형은 아까부터 배낭에 손을 넣은 채 꼬물거리는 걸로 보아 배낭 속 빨랫감에서 곰팡이 냄새가 날까 봐 환기를 시키려는 것 같았다.

결심한 듯 뚱보가 일어섰다. 그가 권총을 허리 뒤편에 끼운 채로 우리 앞에 섰다.

"나 영어 잘 몰라. 긴 말 안 한다. 너희들 지금 900달러 내."

그가 낮은 목소리로 윽박지르며 우리를 노려보았다. 피부색이 짙은 마른 몸의 사내들이 사냥에 성공한 사자 주변에 모이는 하이에나처럼 그의 뒤로 모여들었다. 유근 형이 작은 목소리로 말했다.

"성민아, 지금 300달러가 문제가 아닌 것 같다. 돈 주자."

상식적으로는 그래야 하는 상황이었다. 그러나 그 순간 한 번도 느껴보지 못한 이상한 마음이 내 속에서 올라오기 시작했다. 갑자기 모든 것이 귀찮고 아무래도 상관없다는 생각이 들었다. 돈을 주고 말고가 아니라, 내가 살아 있고 어찌어찌 살아가는 것이 너무나 의미 없고 지겹게 느껴졌다. 다른 한편 유체 이탈을 한 듯 '사람이 이러다가 미치게 되는 거구나' 하는 관찰자적인 판단과 더불어 내 욱하는 성질 때문에 다른 친구들에게 피해를 주면 안 된다는 이성의 소리도 조그맣게 들려왔다.

그때였다. 요헤이가 갑자기 벌떡 일어나 하늘을 향해 소리를 질렀다. 그러더니 일본어인지 자기만의 언어인지 알아들을 수 없는 절규와 함께 긴 머리를 빙빙 돌리며 헤드뱅잉을 하기 시작했다.

하이에나들이 슬금슬금 뒷걸음을 쳤다. 순간 뚱보도 어찌할 바를 모르는 것 같았다. 요헤이는 헤드뱅잉을 하며 뚱보 쪽으로 다가가더니 자기 셔츠의 단추를 우두둑 뜯어냈다. 그러고는 깡마른 가슴을 상대 쪽으로 들이밀며 낮게 으르렁거렸다.

"죽여라. 총 꺼내! 지금 죽여. 더 이상 살고 싶지 않다."

그와 동시에 내 안에서 나를 잡고 있던 뭔가가 툭 끊어졌다.

정신을 차려보니 나도 모르게 티셔츠를 벗어던지고 총을 가진 놈에게 다가가서 두 손을 모두 쳐들고 "아니, 날 먼저 죽여라. 지금 당장 쏴. 여기서 끝내자!" 하며 소리를 지르고 있었다. 그렇게 상대에게 한 걸음 더 다가섰을 때 예상치 못한 강한 쾌감이 전류처럼 사타구니 쪽에서부터 등을 타고 올라왔고, 동시에 눈시울이 뜨거워졌다. 무엇도 두렵지 않았고, 아무것도 아쉽지 않았다. 그저 그 순간에 내가 나라는 것이 너무나 절실하여 그 이유만으로 눈물이 쏟아졌다. 나는 내 속에서 터져버린, 근원을 알 수 없는 불길로 창고를 통째로 불태워 날려버리고 싶었다.


유근 형이 말리지 않았다면 그 밤은 어쩌면 무척 다른 형태의 기억으로 남았을지도 모른다. 아니 기억할 일 자체가 없었을지도 모른다.

형이 먼저 요헤이를 잡아 눌러 흥분을 가라앉힌 뒤 뒤에서 내 목을 부둥켜안고 질질 끌어 모래 자루 뒤쪽에다 내동댕이치다시피 넘어뜨렸다. 그러고 나서 형이 이것밖에 없으니 이제 그만 보내달라고 주머니에서 꺼낸 돈을(나중에 물어보니 27달러였다) 뚱보가 어쩔 수 없다는 듯 받아들고 여권을 돌려주는 순간, 이성이 빛의 속도로 돌아와 나는 잽싸게 배낭을 챙겨 멨고, 우리 셋은 도망치듯 창고를 빠져나왔다. 전율은 온데간데없이 사라졌고 뒷골이 서늘했다.

해변을 따라 걷다가 희미한 불빛을 보고 찾아 들어간 어느 젊은 어부의 집에서 우리는 다행히 잠자리를 구했다. 라면을 끓여 먹고 누울 때는 그대로 곯아떨어질 줄 알았는데, 분비된 아드레날린이 대사되어 사라지는 데는 시간이 걸리는지 아무래도 잠이 오지 않아 밖으로 나갔다. 열대의 해변에는 방갈로도, 음악도, 해변을 걷는 사람들도 없었다. 희미한 달빛만이 텅 빈 해변을 비추고, 파도는 같은 리듬을 미묘하게 변주하고 있었다.

파도가 부서지는 경계선 모래 위에 앉았다. 나는 마음속으로 한 번 포기했던 것이 이렇게 아무 일 없었다는 듯 계속되는 현실에 뭐라 설명할 수 없는 공허함을 느끼며 조용히 바다를 바라보았다. 바다는 무관심한 듯 검게 출렁이고 있었다.

언제부터인가 요헤이가 옆에 앉아 있었다.

"너 아까 완전히 미친 놈 같더라."

"니가 할 말은 아니지."

한참 조용히 바다를 바라보며 앉아 있다가 우리는 번갈아가며 자기 이야기를 시작했다. 들어보니 한국과 일본이라는 차이에도 불구하고 우리에게는 공통점이 많았다. 고등학교 수업시간에 혼자 책을 읽은 적이 많았다는 것. 제일 좋아하는 작가 세 명 중 두 명이 까뮈와 헤세라는 것. 몇 번 뜨겁게 사랑했으나 어쩐지 매번 여자가 지쳐서 떠났다는 것. 언젠가 영화를 만들고 싶다는 것. 좋아하던 밴드라도 유명해지면 잘 안 듣게 된다는 것.

술에 취하면 말이 많아진다는 것. 조직 생활과 인간관계에 서툴다는 것.

우리는 서로의 깊은 유사성에 놀라면서 모기에 물리는 줄도, 시간이 가는 줄도 모르고 오랫동안 이야기했다. 시험공부 한답시고 한밤중에 학교에 모여 떠드는 중학생들 같았다. 몸은 피곤했으나 좀 더 내 이야기를 하고, 좀 더 그의 이야기를 듣고 싶었다. 몇 마디만으로 서로의 말을 이해했기 때문에 유창하지 못한 영어도 장애가 되지 않았다.

몇 시간이 지났는지 밤은 깊어지고 반달은 구름 속을 들락날락하며 우리를 내려다보았다. 그러다가 상대가 여자애였다면 자연스럽게 키스로 이어질 시점에서, 우리는 문득 말을 멈추었다. 기분이 몹시 이상해졌다. 멀리 정글 쪽에서 이름 모를 새가 꺽꺽대며 울었다.

"와, 갑자기 피곤이 몰려오는데."

"너도 그러냐? 정말 피곤하다. 들어가자. 내일 또 방콕까지 가야 하잖아."

쿨쿨 자고 있는 유근 형 옆에 침낭을 깐 것까지는 기억하는데, 눈을 떠 보니 아침 아홉 시였다. 젊은 어부는 벌써 일을 나가 보이지 않았다.

무사히 국경을 통과해 상대적으로 합리적인 태국의 시스템에 감탄하며(놀랍게도 아무도 뇌물을 요구하지 않았다) 우리는 비자를 받고 태국의 합법적인 관광객이라는 신분을 획득했다. 방콕에서 함께 2주를 보내고 요헤이와 헤어지는 날, 나는 사랑하는 여

자를 보내는 것처럼 마음이 아팠다. 남자, 여자를 떠나서 사람과 사람이 사랑하는 마음은 결국 같은 것인지도 모른다.

"잘 지내고, 계속 연락 나누자."

"그래, 호주에서 일본 돌아가는 길에 한국에 꼭 들러."

"그야 당연하지. 재워주기나 해. 나중에 일본에도 꼭 놀러오고."

"그동안 여러 가지로 고마웠어. 나는⋯."

말을 마치기도 전에 그가 나를 부둥켜안았다. 나도 그의 등에 두 팔을 감고 힘을 주었다. 중학생 시절 집 앞 보리밭에 앉아서 '이 세상 어딘가에 나와 비슷한 인간이 있을까? 있다면 정말 좋을 텐데⋯' 하며 가상의 존재를 그리워했다. 우리는 돈무앙 공항행 버스 정류장에서 오랫동안 서로를 그렇게 끌어안고 있었다.

## 유키코의 침대로

_푸쿡 아일랜드, 베트남

　유키코는 절집의 딸이라고 했다. 뒤로 묶은 긴 머리, 약간 통통하고 눈처럼 하얀 피부를 지닌 그녀의 움직임은 언제나 차분했고, 대화를 나눌 때면 옛날이야기를 듣는 어린아이처럼 반짝이는 눈으로 상대를 바라보며 끄덕였다. 이야기를 제대로 들을 줄 아는 사람이었다.

　그녀는 사소한 일에도 잘 웃었으나 웃을 때는 입을 가리며 고개를 조금 숙였다. 그리고 내가 알기로는 결코 누구를 나쁘게 말하는 법이 없었다. 나와 동갑, 막 스물한 살이 된 아름다운 여자가 어떻게 그런 절제미를 가지고 있는지, 나는 의아했다. 아버지가 교토에 있는 절의 대를 이어받은 스님이라고 하는데, 불교 분위기의 영향인지도 모르겠다. 어쩌면 단순히 내가 그녀에게 반했을 뿐인지도.

　나는 그녀를 호치민 시의 배낭여행자 거리, 팜응우라우의 한 여행사에서 만났다. 그녀는 여행사 아줌마에게 붙잡혀 비싼 여행 상품을 권유받고 있었으나, 제대로 거절하지 못하여 곤란을 겪고 있었다. 일본과 베트남의 거절 방법은 불교와 기독교의 내세관만큼이나 다른 모양이다.

나는 앙코르와트에 대한 정보를 구하러 들렀던 참인데, 여행사 아줌마는 유키코에게 300달러짜리 고급 땅굴 투어를 팔려고 애쓰느라 나를 상대할 틈이 없었다. 그래서 나는 차례를 기다리며, 일방적인 상담의 전후를 모두 들었다.

전형적인 강매였다. 이제 조금 후면 문신을 한 깡패 동생이 나타나 위협적인 분위기를 연출할 것이다. 그러면 초보 여행자들은 대개 돈을 내고 만다. 아줌마가 급한 통화를 하고 있을 때, 내가 유키코의 등을 살짝 두드렸다.

"안녕, 그런데 저 투어 가고 싶어?"

"모르겠어. 가고 싶은 건 아닌데, 아줌마가 여러 가지로 도와줬고 해서…."

그녀는 울 듯한 표정이 되었다.

"그럼 지금 나랑 나가자."

나는 그녀에게 손을 내밀었다.

"자, 빨리! 지금이야."

우리는 친구인 것처럼 손을 잡고 자연스럽게 일어나 깡패가 들이닥치기 전에 여행사 문을 빠져나왔다. 전화기를 붙든 채 "잠깐만!" 하고 소리치는 아줌마에게 "우린 너무 배고파서 점심 먹으러 가니, 나중에 또 봐요" 하고 둘러대고 유키코의 손을 끌다시피 걸음을 재촉했다. 그녀의 손은 촉촉하게 젖어 있었다.

곧장 눈에 보이는 골목으로 들어간 다음, 골목 몇 번을 꺾어 완전히 다른 거리로 빠져나와서야 우리는 손을 놓았다.

호치민 시의 이태원이라는 팜응우라우 거리의 몇몇 여행사는 당시에 사기 협박 등으로 악명이 높았다.

"이제부터 저 여행사 앞은 피해 다니는 게 좋아. 나는 성민이라고 해."

"나는 유키코야. 도와줘서 고마워. 아까는 정말 힘들었어."

"아줌마가 널 엄청 몰아붙이더라. 보고 있기 딱할 정도였어. 근데 여기선 싫은 건 정확히 말해줘야 돼. 한국이나 일본식으로 둘러서 표현하면 못 알아듣는다구."

"나 그런 걸 잘 못해. 하지만 이제부터 해봐야겠네."

오후 3시를 넘은 시간이었고 배도 고프지 않았지만, 그녀가 점심을 사겠다고 하여 따라나섰다. 좀 더 이야기를 나눠보고 싶었다.

우리는 골목에 있는 여행자 식당으로 갔다. 유키코는 배가 고프다며 해산물 파스타를 골랐고 나는 333맥주와 감자튀김을 시켰다. 그녀는 〈시클로〉라는 영화를 보고 베트남을 여행지로 골랐다고 했다. 모든 것이 새롭고 볼 것도 많고 음식도 맛있지만, 사람들이 좀 거친 것 같다는 게 베트남을 2주 동안 여행한 그녀의 소감이었다. 유키코가 영화를 좋아하는 것 같아 그쪽을 한번 찔러보았다.

"혹시 〈트레인스포팅〉 봤어?"

"봤어. 정신없는 영화지?"

"난 그 영화 보고 충격 받았어. 스타일도 스토리도 연출도 그야말로 최고의 퀄리티야. 감독이 천재인 것 같아."

"죽은 아기 나오는 장면은 좀 무섭지 않았니?"

"무섭더라. 나중에도 계속 생각나고. 그 영화에서 제일 좋아하는 캐릭터는 누구야?"

"이름이 벡비였나? 그 마르고 터프한 사람. 그 사람 보고 있으면 뭔가 탁 트이는 느낌이야."

"난 토미. 막 나가는 거 같으면서도 속으로는 언제나 돌아갈 길을 찾고 있는 게 나랑 닮았거든."

"영화 좋아하는구나."

"응, 시나리오 쓰거나 영화감독이 되는 게 꿈이야."

"와, 대단하다."

그 시절 영화감독은 내 또래 수많은 젊은이들의 꿈이었다. 하지만 그 꿈에 다가가기 위해 시간과 노력을 들여 뭔가를 해보는 친구들은 나를 포함해서 별로 없었다. 초등학생이 대통령이 되고 싶다는 것 같은 이야기였지만, 그녀는 진지하게 받아주었다. 그런 사람이었다.

다음으로 광부들이 어찌하다 보니 스트립쇼 무대에 서게 되는 영화 〈풀몬티〉가 화제에 올랐다. 그녀는 이번에도 가즈 이야기를 했다. 벡비도 그렇고 둘 다 로버트 칼라일이라는 배우가 맡은 역이다. 아무래도 그녀는 그런 스타일의 남자를 좋아하는 모양이었다. 서투르고, 본능에 충실하고, 치밀한 계산보다는 앞뒤 가리지 않고 덤벼드는 남자.

"유키, 다음엔 어디로 갈 거야?"

"푸쿡 아일랜드라는 곳 알아?"

"아니."

"일본에서 다큐멘터리를 봤어. 아름다운 해변이 있는 큰 섬인데 사람들에게 잘 알려지지 않아서 조용하고 물가도 싸대. 거기서 좀 쉬었다가 일본으로 돌아가려고."

"와, 재밌겠다. 나도 따라가도 돼?"

그녀는 입을 가리고 웃을 뿐이었다.

그날 밤 숙소에 돌아와 나는 잠들지 못하고 한참을 고민했다. 원래 계획은 다음 날 캄보디아로 들어가 앙코르와트로 향하는 것이었고, 이미 버스표도 사둔 상태였다. 유키코를 따라가 봐야 둘 사이가 잘된다는 보장도 없고, 돈도 떨어져가는데 멀고 먼 휴양지에 가서 어쩔 거냐고 이성은 속삭였고, 앙코르와트는 이미 800년 동안 그 자리에 있었지만, 이런 기회는 다시 오지 않는다고 본능은 주장했다.

누워 있어도 잠이 오기는커녕 생각만 복잡해 차라리 책이나 읽기로 하고 배낭에서 『그리스인 조르바』를 꺼냈다. 짐을 쌀 때 배낭 무게를 줄이려고 딱 한 권만 챙겨온 책인데 벌써 다섯 번이나 읽었는데도 여전히 읽을 때마다 뭔가를 남겨주었다.


삼십대 중반이 된 바실은 책벌레 지식인으로 살아온 남자다. 크레타 섬의 폐광을 상속받게 되어 그걸 되살릴 수 있을까 하고 크레타로 향하는 길이다. 한 술집에서 공사 십장을 맡겨달라는 육십대 노인 조르바를 우연히 만나는데, 자신과 너무 다르게 살아가는 조르바에게 이상하게 끌린다.

조르바는 술꾼에다 난봉꾼이며, 마지막으로 책을 본 게 언제인지 기억하지 못하는 남자다. 그는 순간의 삶에 충실하다. 물레 돌리는 데 방해가 된다고 자신의 손가락을 잘라버리고, 기분이 내키면 밤새 만돌린을 치며 노래를 부르거나 아무도 따라 할 수 없는 춤을 지쳐 쓰러질 때까지 춘다. 탄광 장비를 사 오라고 보냈더니 손녀뻘 여자애와 놀아나느라 바실의 돈을 탕진하며 오랫동안 돌아오지 않는다.

사랑에 빠지는 것보다 사랑에 대한 책을 읽는 게 자신에게 더 어울린다고 생각하던 바실은 때로 화를 내기도 하고 감탄하기도 하면서 조르바의 영향을 서서히 흡수해가다가, 마침내 어느 날 자신이 갈고 닦아온 정체성을 통쾌하게 내던지고, 요염한 과부와 뜨거운 사랑에 빠진다. 그는 인생을 다시 시작할 수 있을 것 같다고 생각한다. 그러나 그 사랑은 비극으로 끝나고, 탄광은 망하고 조르바와도 결국 헤어지게 된다.


아무 곳이나 펼쳐서 읽어도 저마다 나름의 깊이를 전해주는 문장도 일품이지만, 가슴을 뛰게 만드는 살아 있는 캐릭터가 무엇보다 훌륭하다. 게다가 작가가 자신의 삶에서 끌어낸 메시지가 곳곳에 짙게 깔려 있다. 나는 불을 켜고 베개를 높게 하여 모로 누운 다음 접어두었던 뒷부분을 펼쳤다.


바실과 조르바는 서로 헤어졌지만 가끔 편지를 나눈다. 육십대도 후반인 조르바는 시베리아까지 찾아들어 광산 개발을 계속하며, 젊은 러시아 과부와 결혼한다. 아내의 뱃속에는 조르바 2세가 자라고 있다. 그 무렵 바실은 독일을 여행하고 있다. 1차대전이 끝난 후 몇 년, 패전국 독일에 대공황이 일어난다. 바이마르 공화국의 화폐는 휴지 조각이 되고, 사람들은 비쩍 마른 채 굶어 죽어가고, 엄마가 아기를 안고 강으로 뛰어드는 걸 막느라 다리마다 경찰이 지키고 서 있는 베를린에서 바실은 조르바의 전보 한 통을 받는다.

"멋진터키석을찾았음즉시오시오조르바"

처음에 바실은 화를 낸다. "육체와 정신을 지켜줄 빵 한 덩어리가 없어 사람들이 쓰러져가고 있는 판국인데 돌을 보러 수천 킬로미터를 오라고 전보를 띄우다니." 그러나 이내 "가슴속의 새들이 날개를 치며 가자고 조르는" 걸 발견하고 스스로에게 놀란다. 오랜 고민 끝에 결국 바실은 가지 않는다. "내부에서 들리는 신성한 야만의 목소리"에 귀를 닫아버린 채 조르바에게 못 간다는 회신을 보낸 것이다. 조르바는 이런 답장을 보내온다.

"두목, 이런 말을 해서 어떨는지 모르지만, 당신은 가망 없는 펜대 운전사올시다. 평생에 한 번이라도 그 아름다운 돌을 봐야 하는 건데. 당신은 보지 않았어요. 젠장, 일이 없을 때 나는 자신에게 이렇게 물어봅니다. 지옥이 있습니까, 없습니까 하고. 그러나 어제 당신의 편지를 받고 나는 두목 같은 펜대 운전사에게는 지옥이 있다고 확신했습니다."

그 뒤로 조르바는 편지를 보내오지 않는다.


책을 덮고 베란다로 나가 오랜만에 담배를 한 대 말아 입에 물었다. 알싸한 연기로 목이 따가웠다. 밤하늘엔 빠르게 흘러가는 구름 사이로 별이 몇 개 반짝이고 있었다. 곧 무거운 몸은 아래로 가라앉기 시작했고, 나는 침대로 들어가 크레타의 바다를 여행하는 꿈을 꾸었다.

다음 날 아침 유키코의 숙소로 찾아갔다. 여주인은 나를 위아래로 훑어보더니, 그녀가 아침 일찍 체크아웃을 하고 떠났다고 했다. 돌아오는 길에 매운 양념을 채워 넣은 베트남식 바게트 샌드위치로 아침을 먹고, 버스 카운터에 들러 캄보디아행 버스표를 환불한 뒤 숙소로 돌아와 짐을 챙겼다. 짐이 많지 않았기 때문에 10분 만에 떠날 채비가 되었다. 숙박비를 지불하고, 세옴이라고 부르는 오토바이 택시를 잡아서 터미널로 향했다.

푸쿡 아일랜드에 대한 여행 정보는 전혀 없지만 잘 알려지지 않은 섬이라고 하니 어떻게든 만나게 되겠지. 만나지 못한다면 그런대로 좋다. 거기서 무엇이 나를 기다리고 있을지는 알 수 없는 일이다. 나는 조르바의 부추김을 받아 앞일의 걱정은 그만두기로 했다. 마음이 의외로 편안했다.

일단 호치민 시에서 베트남 남서쪽 끝에 붙어 있는 하티엔이라는 곳까지 가야 했는데, 거기까지 가는 데만 버스로 열두 시간이 걸린다고 했다. 버스 여행은 길고 지루했으나, 유키코를 다시 만날 기대감으로 들뜬 나를 막을 수 있는 것은 없었다.

버스는 점심시간이 되어 길가 대형 식당에 주차했다. 생선을 튀겨 소스를 끼얹은 요리에 밥을 시켜서 후딱 먹어치우고 담배를 한 대 피우고 나니 아랫배에 신호가 왔다. 지원에게 화장실을 물으니 건물 뒤로 돌아가라고 해서 가보았으나 아무래도 찾을 수가 없었다. 다시 식당으로 돌아와 직원에게 몇 번을 물었지만 건물 뒤로 가라는 말뿐이었다. 몇 번을 그러다가 결국 급해져서 발을 동동 구르고 있는데, 한 아주머니가 화장지를 들고 위태로운 대나무 다리를 건너가는 것이 포착되었다.

다리는 논 가운데로 이어져 있었고, 끝에는 작은 원두막 같은 것이 붙어 있었다. 원두막 아래를 보니 다름 아닌 양어장, 사람이 변을 보면 첨벙 하는 소리와 함께 물고기들의 식사가 시작되는 시스템이었다. 지금은 사라졌다는 제주 똥돼지 우리와 같은 구조다. 불쾌한 냄새도, 오물을 치울 일도, 물고기 사료를 구입할 필요도 없는, 그야말로 지속 가능하고 친환경적이며 선순환적인 물고기 양식이다. 하지만 당분간 생선 요리는 피하는 것이 좋겠다고 생각했다. 유키코에게도 꼭 얘기해주자.

다시 버스에 올랐다. 베트남은 생각보다 넓은 나라였다. 버스는 지평선을 향해 남부 대평야 곡창 지대의 한가운데를 끝없이 달려갔다. 그리고 버스 안의 모든 성인 남자들은 끝없이 담배를 피워댔다. 어류 기생충을 박멸하려는 건지도 모른다.

나는 워크맨에 시나위 6집 테이프를 집어넣었다. 김바다는 갈라지는 목소리로 도망가지 않을 테니 덤비라고, 너 따위에겐 지지 않을 테니 덤비라고 외치고 있었다. 한 번 마주친 여자를 쫓아 무작정 낯선 곳으로 향하며 다 잘될 거라고 큰소리를 치는 내 마음 같았다. 그러나 어쩐지 그의 목소리는 겁쟁이의 허세처럼 들렸다.

　대학에 입학했을 때 선물로 받은 나의 구형 워크맨은 음악에 흥이 오르려 하면 갑자기 재생을 멈추는 악의적인 버릇이 있었는데, 그날은 30분 정도 만에 그 버릇이 나와버렸다. 할 수 없이 다시 『그리스인 조르바』를 꺼내 들었다. 조르바는 섬에서 만난 퇴물 술집 여주인의 젖가슴을 어루만지며, 다시 젊어질 수 있는 약을 알고 있다고 사기를 치고 있었다. 오르탕스 부인은 다 알면서도 조르바에게 매달리며, 그 약을 꼭 주문해달라며 아양을 떤다. 얼마나 편한가, 이런 원숙한 관계는. 그러나 나는 아직 좋아하는 여자 앞에 서면 긴장하여, 마음에도 없는 애기를 마구 지껄이는 애송이에 불과했다. 두 번 여자친구를 사귀고 헤어져봤지만, 스물한 살이 되도록 섹스를 해본 경험도 없었다.

　'도대체 나는 왜 이 길을 가고 있는 것일까? 인류의 찬란한 문화유산 앙코르와트에 가서 석양에 비친 천년의 석상을 바라보며 감회에 젖어 있어야 할 이 시간에'라거나 '막상 유키코를 만났는데 왜 따라왔느냐고 싫은 기색을 보이면 어떡하지' 하는 부정적인 생각이 계속 머릿속을 맴돌았다. 하티엔이 가까이 다가옴에 따라 자신감은 급속도로 두려움으로 변해갔고 거기에서 적당히 시간을 보내다가 돌아갈 핑계를 나는 찾고 있었다. 역시 나는 조르바보다는 바실에 가까운 인간이었던 것이다.

　버스는 해 질 무렵 결국 하티엔에 도착하고 말았다. 섬으로 가는 페리는 다음 날 아침에 있었다. '오늘 좀 더 생각해보고 내일 결정해도 늦지 않는다. 게다가 내가 여기에 온 건 아무도 모

144

른다. 도망친다고 해도 놀릴 사람도 없지 않은가? 조르바 말고
는.' 그런 생각을 하며 배낭을 메고 시내 쪽을 향해 멍하니 걸어
가던 나는 그 자리에 얼어붙고 말았다. 무릎까지 오는 파란 물
방울무늬 원피스에 하얀 카디건을 입고 머리를 뒤로 묶은 유키
코가 내 쪽으로 걸어오고 있었던 것이다. 그녀는 약간 놀란 듯
했지만 나를 자연스럽게 반겨주었다. 이럴 때 여자들의 태도에
는 남자들보다 훨씬 성숙하고 침착한 면이 있다.

"와! 깜짝 놀랐어. 여긴 어쩐 일이야?"

"아, 그게… 어제 네 얘기를 듣다 보니 나도 푸쿡 아일랜드에
좀 관심이 생겨서 말이야."

청춘은 아름다울 때도 있지만 대개 가여운 것이다.

"그랬구나. 반가워. 나도 두 시간 전에 도착했어. 정해둔 숙소
가 있니?"

"아니, 이제부터 찾아보려고. 너는 어디에 묵어?"

"여기에서 멀지 않아. 같이 가보자. 아마 빈방이 있을 거야."

그녀는 베트남 가족의 홈스테이형 숙소에 묵고 있었다. 나도
거기에 방을 하나 잡아 그날 저녁에는 열 명이 넘는 그 집 식구
들과 함께 화목한 대가족의 저녁식사를 했다.

다들 친절하고 음식도 맛있었지만, '이게 아닌데. 이런 게 아
닌데' 하는 생각이 떠나지 않아 제대로 즐길 수 없었다. 기회를
보아 유키코와 둘이서 더 깊은 이야기를 나누고 싶었으나 명랑
한 주인아저씨가 자꾸만 맥주로 건배 제의를 하고, 한국에 대해
서 묻거나 다 같이 사진을 찍자며 파티의 호스트 역할을 하고 나

서는 바람에 꽤 방해가 되었다.

11시가 되자 유키코는 피곤하다며 방으로 가겠다고 했다. 나름대로 의미를 담은 눈빛을 날려보았지만 전해지지 않았다. 나의 뜻하지 않은 출현은 그녀를 냉담하게 만들고 있는 것일까. 어쨌든 이제 퇴로는 막혔다. 유키코와 섬으로 갈 수밖에 없다. 어쩌다 보니 배수의 진을 치고 만 오합지졸 같은 꼴이 되었다.

다음 날 아침, 바게트와 삶은 계란, 바나나를 사 들고 페리를 타러 갔다. 여느 때처럼 뜨겁게 쏟아져 내리는 햇살은 바다 위라고 다를 것이 없었지만, 뱃전에 부서져 튀어 오르는 물방울이 시원하게 느껴졌다. 과연 오늘 저녁엔 어떤 일이 일어날까, 머릿속이 복잡했다.

좁은 선실은 먹고 마시고 떠들어대는 사람들로 가득했다. 바나나를 먹고 난 유키코는 껍질을 들고 존재하지 않는 쓰레기통을 찾아 주위를 둘러보았다. 나는 바다를 가리켰다. 모두들 바다에 여러 가지를 던지고 있었다.

"나 태어나서 한 번도 쓰레기통이 아닌 곳에 쓰레기를 버려본 적이 없는 것 같아."

그녀는 고개를 흔들며 말했다.

"가엾은 인생이구나. 나를 잘 봐."

나는 먹고 있던 바나나의 마지막 한 입을 입에 넣은 후, 그 껍질을 검게 출렁이는 바다 위로 힘껏 던졌다. 노란 날치처럼 날아오른 껍질은 능숙하게 다이빙을 한 뒤, 파도 위로 떠올라 원망하듯이 나를 바라보았다.

"자, 네 차례야."

"글쎄⋯."

"해봐. 기회는 지금뿐이야. 일본에 돌아가면 누가 이런 기회를 줄 것 같아?"

그녀는 잠깐 망설이다가 보는 사람이 없는지 주위를 한 번 살피고 내 눈을 한 번 보더니 결심하듯이 눈을 질끈 감고, 껍질을 든 손을 창밖으로 내밀어 떨어뜨렸다.

"어때, 아무것도 아니지?"

실제로 그 배에 탄 사람들은 바다에 바나나 껍질을 버리건 비닐봉지를 버리건 망가진 워크맨을 던져버리건 신경 쓰지 않을 것이었다.

"뭔가 벽을 넘어선 느낌이야. 속이 시원해."

그녀는 빗물 웅덩이를 건너뛰고 나서 스스로를 대견해 하며 아빠를 바라보는 어린아이처럼 나를 보며 그렇게 말하더니 얼마 후에는 계란 껍질까지 천연덕스럽게 던져대고 있었다.


푸쿡 항구에 도착한 것은 오후 3시가 막 지났을 때였다. 일단 그녀의 가이드북에 제일 넓고 아름답다고 소개된 사오 비치로 가기로 했다. 유키코가 알아본 호텔의 이름을 대자 항구에 대기하고 있던 오토바이 기사는 터무니없는 금액을 불렀지만, 내가 반 이하로 깎아서 각자 한 대씩 오토바이 뒤에 타고 갔다.

비 온 뒤 움푹 팬 채로 굳어진 흙길을 오토바이는 비틀거리며 달렸다. 어느 순간 나는 나보다도 그녀가 탄 오토바이가 넘어지면 어떡하나 걱정하고 있었다.

호텔에 도착했지만 방이 없었다. 싹싹한 매니저는 오늘 저녁에 떠나는 손님이 있으니 조금만 기다리면 방을 하나 내줄 수 있다고, 다른 곳을 알아보려는 우리를 붙잡았다. 그녀가 사실은 방이 두 개 필요하다고 하니, 저녁까지 책임지고 두 개를 잡아주겠다고 나서며 안됐다는 듯 내 쪽을 힐끔 보았다.

싹싹하면서도 능숙한 호텔리어였다. 지저분한 티셔츠 대신 알로하 셔츠라도 입고 있었다면 더 그래 보였을 것이다. 호텔은 낡았지만 넓고 바람이 잘 통하는 로비를 갖추고 있었으며, 정문을 나서면 코앞이 해변이었다.

우리는 옷을 갈아입고 배낭을 맡겨놓고 바다로 나갔다. 태양은 여전히 따가운 햇살을 내리쏘았지만, 이미 물러날 준비를 하고 있었다. 파도가 강한 날이어서 우리는 가슴이 잠기는 곳까지 나가 솟아오르는 파도에 맞춰 뛰어오르며 소리를 질러댔다. 유키코는 수영을 잘했고, 내가 본 그 어느 때보다 즐거워 보였다. 나도 겉으로는 신나게 놀고 있었지만, 속으로는 오늘 밤에는 도대체 어떻게 해야 하는 것일까 하는 고민으로 뒤숭숭했다. 조르바가 있었다면 적절한 조언을 해주었을 것이다. 아마도 '생각은 그만 하고 일단 뛰어들어. 이 지겨운 책벌레 같은 녀석아' 하고 꾸짖으며 뒤통수를 쥐어박았겠지.

수영을 하고 나서 따뜻한 모래에 앉아 쉬면서 보니, 어쩐지 해변에는 프랑스 사람들이 유난히 많았다. 세련된 수영복을 차려입고 비치타월 위에 엎드려 책을 보다가 가끔 물에서 노는 아이들에게 "세봉!(좋아!)"이라든가 "트레비앙!(아주 좋아!)" 하고 소리치는 부부가 있었고, 고등학생쯤으로 보이는 아이들 한 무리가 떠들썩하게 물놀이를 하며 온 해변을 프랑스어 감탄사로 뒤덮다가 돌아가고, 노부부가 손을 잡고 파도가 밀려오는 해변을 〈빠롤 빠롤〉이라는 노래에서의 알랭 들롱처럼 나지막한 목소리로 속삭이며 걸었다. 유키코는 노부부 쪽을 가리키며 자기도 언젠가 저런 사랑을 하고 싶다고 했다. 나는 왠지 무시당한 듯한 기분이 들어 대꾸할 말을 찾지 못하고, 그저 쓴웃음만 지었다.

호텔로 돌아가니 지저분한 티셔츠의 매니저는 미안하지만 방을 하나밖에 구할 수 없었다고, 대신 침대가 두 개 있는 넓은 방이니 괜찮지 않겠느냐고 말했다. 이미 해가 지고 있고 이 시즌에는 프랑스 단체 관광객들이 많아서 다른 데서도 방을 구하기가 쉽지 않을 거라고 은근히 말을 바꿨다. 보기보다 유능한 호텔리어다. 어쩌면 하늘이 내 기도를 들었는지도 모른다. 유키코와 나는 로비 한구석에서 의논을 했다.

"어쩌지? 나 가족 말고는 다른 사람이랑 한 방에서 자본 적이 없어."

해본 적 없는 것도 참으로 많은 스물한 살 아가씨였다.

"일단 이 방을 잡는 게 좋을 것 같아. 매니저 말대로 다른 곳에도 방이 없을지 모르잖아. 그리고 사실 나 돈이 별로 없는데, 방값도 나누어 내면 좀 더 쌀 테고 말이야."

나는 동정표를 구걸하는 정치인처럼 낮은 자세로, 게다가 두

근거리는 가슴을 들키지 않으려 태연한 척 말을 잇느라 애를 먹었다.

"배낭여행을 하다 보면 늘 있는 일이야. 그리고 우리는 친구잖아. 걱정 마."

"그럼 약속해줘. 밤중에 갑자기 덮치거나 하는 건 아니겠지?"

그녀는 농담인 것처럼 애써 웃으려 하며 말했지만, 조금 불안해 보였다.

"약속할게."

우리는 방값을 나누어 내고 숙박계를 쓴 다음 배낭을 둘러메고 3층에 하나 남았다는 그 방으로 올라갔다. 방은 넓었으나 어두침침했고 바다가 보이는 것도 아니었다. 넓은 침대 하나가 방 가운데 놓여 있었고, 한쪽 벽에 싱글침대가 하나 더 있었다. 내가 싱글침대를 쓰기로 했다.

우리가 들어선 순간부터 방 안의 분위기는 시시각각 어색해져가고 있었다. 매트리스를 눌러보고 창을 열어보고 욕실을 점검하고 나서 서로 말없이 짐을 풀었다. 차례로 샤워를 한 다음 옷을 갈아입고 나니 방 분위기는 더 이상 버틸 수 없을 정도가 되었다.

"유키, 저녁 먹으러 나가지 않을래?"

"그래."

이 유일한 대화를 마지막으로 우리는 얼른 방을 빠져나왔다.

저녁을 먹고 해변을 걸으며 고백을 할 생각이었다. 어쩐지 나는 일단 고백부터 해야 하는 거라고 믿고 있었다. 적당한 식당을 찾지 못해 볶음밥을 사 먹고, 어두운 해변으로 나섰으나 두려움은 지금 고백해서는 안 될 이유를 찾느라 분주했다. '지금 고백했다가 거절당하면 오늘 밤은 너무나 어색할 거야'라든가 '조금 있으면 자연스럽게 좋은 분위기가 될지도 모르는데 지금 억지로 분위기를 만들려고 할 필요는 없잖아' 같은 허접한 변명들. 그렇게 시간을 흘려보내며 우리는 해변을 걸었다. 전날 있었던 친환경 물고기 양식 이야기를 해보았지만 분위기는 조금도 나아지지 않았다. 그때 누군가 우리를 불렀다.

"헤이, 컴온. 이쪽으로 와서 불 좀 쬐고 가."

모래밭 한쪽에 서너 명이 모닥불을 피우고 있었다. 다가가 보니 젊은 서양인 남자애가 둘, 흰 수염이 덥수룩한 할아버지, 그리고 베트남과 서양의 혼혈로 보이는 여자애가 둘 있었다. 둘은 자매였는데 알고 보니 모두 프랑스인들로 휴가를 왔다고 했다.

우리는 맥주를 더 사 오고, 모닥불 가에 모래를 쌓아 바람막이를 만들고, 해변에 밀려온 유목을 주워와 좀 더 근사한 모닥불을 만든 다음 불 주위에 둘러앉았다. 유키코는 일부러 그러는 것인지 나와 멀찌감치 떨어져 앉아 여자애들 곁에서 뭔가 속닥거리며 웃고 있었다.

모닥불은 붉은빛이나 노란빛, 가끔은 푸른빛으로 하얗게 변해가는 커다란 통나무를 감싸며 기세 좋게 타올랐다. 하늘엔 별이 가득했다. 먼저 북두칠성을 찾고 국자 끝부분 두 별의 연장선상에 있는 북극성을 찾았다. 그것이 북쪽, 그렇다면 내가 자라고 나를 믿어주는 사람들이 살고 있는 나라는 저쪽이겠구나 하며 밤바다 너머를 바라보았다.

나는 제롬이라는 흰 수염의 할아버지와 이야기를 나눴다. 그는 건축가이면서 비즈니스맨으로 많은 건물을 설계하고 지어왔다고 했다. 그런데 온 인생을 바쳐도 좋을 정도로 사랑했던 그 일이 어느 순간 더 이상 하기 싫고, 재미가 없어져버리더라는 것이었다. 돈은 벌었지만 건물만 상상해도 가슴이 뛰는 일은 이제 없다고 했다. 아이들은 성장해서 갈 길을 가고 아내마저 병으로 세상을 떠나자, 이제는 젊었을 때는 생각도 해보지 않았던 여행을 다니며 지내고 있다고. 그러면서 제롬은 젊어서 갈 길을 선택할 때는 이것을 꼭 생각해봐야 한다며 나지막이 말했다.

"먼저 자기 자신을 잘 살펴보고 자기에게 맞는 선택을 하는 것이 중요해. 하지만 재능이 있고 그걸 발휘할 기회를 잡아도, 젊었을 때는 생각도 못한 돈을 벌어들여도, 어떻게 살아도 결국 쓸쓸함은 피할 수 없는 것 같아. 그런 걸 미리 알고 있으면 도움이 될지도 모르지."

나는 그 마음을 잘 알 수 없었기에 모르겠다고 했더니 제롬이 맞다고 하며 웃었다. 불길에 언뜻 비친 그의 웃는 모습은 달관한 노인보다는 수줍은 소년처럼 보였다.

밤이 깊도록 우리는 노래를 부르고 아무래도 좋은 이야기를 나누었다. 베트남 양어장 이야기는 인기가 좋아 돌아가면서 몇 번을 해야 했다.

통나무를 다 태우지도 못하고 한밤이 되어 우리들은 헤어졌다. 유키코와 나는 말없이 바다의 소리는 들리지만 바다는 보이시 않는 넓고 어색한 방으로 돌아왔다.

불을 켜보니 누군가 와서 두 침대에 모기장을 쳐두었다.

"잘 자."

"그래, 좋은 꿈 꿔."

불을 끄고 누웠으나 물론 잠은 오지 않았다. 커다란 나무 장식이 달린 벽시계의 바늘은 유난히 큰 소리를 내며 뭔가를 재촉했다. 침 삼키는 소리가 넓은 방을 쩌렁쩌렁 울리는 것 같았다.

"아, 피곤하다. 그래도 즐거웠어. 좋은 사람들도 만났고."

내 마음을 아는지 모르는지 유키코는 해맑은 소녀처럼 알 듯 말 듯한 소리를 하더니 이내 조용해졌다.

"유키, 자?"

"아직 안 자. 왜?"

"저, 있잖아."

그녀는 말이 없었다.

모기장을 걷고 일어나 침대에 걸터앉아 말을 하고 있는데 왠지 다른 사람이 나 대신 말하고 있는 것 같았다.

"나 지금 너한테 가도 돼?"

여전히 그녀는 침묵.

"너를 안고 싶어."

"그건 안 돼."

"왜?"

"난 사랑하지 않는 사람하고는 자지 않아."

어찌 된 일인지 그 말을 듣는 순간 내 마음은 무거운 짐을 내려놓은 것처럼 편해졌다. 그 모든 고뇌와 마음 졸임, 출구를 찾아 헤매던 욕망이 아무것도 아닌 것처럼 녹아 사라지는 것을 느꼈다. 그래서 나는 바로 답할 수 있었다.

"그렇구나. 나도 어느 정도 알고 있었어. 그럼 잘 자."

조르바가 뭐라고 하든 나는 내가 할 일을 했고, 그녀도 자기 할 일을 했다. 모든 것은 제자리로 돌아갔다. 이틀의 피로가 몰려오며 나는 오랜만에 마음 편하게 잠에 빠져들었다. 잠이 들려는 순간 그녀가 "미안해"인지 "고마워"인지 그 비슷한 말을 한 듯도 했지만 나는 대답하지 않은 채 덮쳐오는 잠에 몸을 맡겼다.

다음 날 아침, 개운하게 일어나 혼자 로비로 나갔다가 신문을 보고 있는 제롬을 마주쳤다. 아침 인사를 나누고 나서, 나는 나도 모르게 이렇게 말하고 있었다.

"제롬, 나 오늘 떠나요. 좋은 여행 하시길 빌어요."

제롬은 모든 걸 다 알고 있는 사람처럼 대답했다.

"좋은 선택이야, 그거."

나는 카운터로 가서 체크아웃을 하고 방으로 올라가 배낭을 꾸린 다음, 놀란 얼굴을 하는 유키코를 꼭 안아주고, 홀로 아침 페리를 타기 위해 항구로 향했다. 기왕 800년을 기다린 앙코르 와트가 며칠 더 기다려주길 바라면서.

# 3부

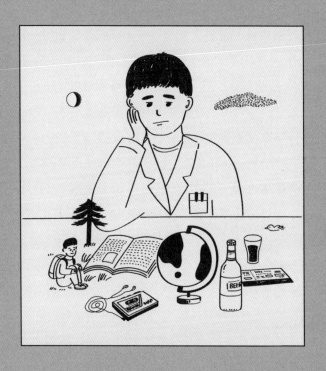

그건 아무것도 아니야. 나는 말이지...

## 그게 누구든 얼마나 외롭든

_페어뱅크스, 알래스카


어느 겨울 미국 메릴랜드에 사는 부모님과 동생을 방문했다. 미국 동부 해안은 한국만큼이나 추웠다. 하지만 이민을 간 지 십 년이 넘은 부모님은 한국에서와는 달리 난방비에는 큰 신경을 쓰지 않는지 실내에서는 반팔 차림이었다.

터져 나가게 상품을 쌓아놓고 무심한 듯 팔고 있는 커다란 상점, 그다지 수입이 좋은 것도 아닌 우리 가족이 살고 있는 정원 딸린 이층집, 타인을 배려할 줄 아는 표정이 풍부한 사람들, 매번 느끼는 것이지만 미국은 여러 가지로 부유한 나라다. 여기저기 나를 기다리는 거대한 쇼핑몰에서 돈의 힘이 이루어낸 것을 구경하다 보면 추위 같은 건 금방 잊히기 마련이었다.

그 정도 추위로는 부족했던 것일까. 나는 알래스카에 가게 되었다. 주도인 앵커리지에서도 북쪽으로 600킬로미터를 더 올라가는 페어뱅크스라는 소도시에서 여행 가이드를 하고 있던 친구 요헤이가 미국에 온 김에 들러 가라는 메일을 보내온 것이다. 알래스카는 야생사진작가 호시노 미치오의 책을 본 후 관심을 가지게 되었는데, 마침 좋은 기회다 싶었다.

근처 쇼핑몰의 아베크롬비앤피치 매장에서 두터운 방수 재질에 바느질이 꼼꼼한 점퍼와 스노우보드용 바지 그리고 에베레스트에라도 오를 수 있을 것처럼 튼튼하게 생긴 등산화를 구입했다. 한국보다 훨씬 저렴해 돈을 쓰면서도 버는 것 같은 기분이 들었다. 한국 마트에 들러서는 요헤이와 한국 음식을 좋아하는 그의 여자친구 무무에게 선물할 명란젓과 김치, 구운 김도 좀 샀다.

열두 시간이 걸리는 여정이었다. 국내선이라고는 하지만 메릴랜드에서 포틀랜드, 포틀랜드에서 앵커리지, 앵커리지에서 페어뱅크스로, 비행기를 세 대나 갈아타야 했다. 매번 말하기도 번거롭지만 부유할 뿐 아니라 광대한 영토를 가진 나라다.


앵커리지에서 페어뱅크스로 가는 4열 좌석의 아담한 기내에서 알래스카 에어라인의 중년 스튜어디스는 직업적인 목소리로 이륙 전 안내 방송을 하고 있었다.

"저희 알래스카 에어라인을 이용해주셔서 감사합니다. 저희 비행기는 곧 앵커리지 공항을 이륙하여 플로리다로 비행할 예정입니다. 플로리다의 현재 날씨는 아주 따뜻하다고 하니 반바지를 준비하셔야 할 것 같네요."

플로리다 얘기가 나오자 승객들은 웅성거렸다. 안내 방송은 신경 쓰지 않고 있던 나도 깜짝 놀라 보딩패스를 꺼내 들었다.

"거기 아저씨 앉으세요. 당연히 농담이구요. 우리가 가는 곳은 더럽게 추운 페어뱅크스가 확실합니다."

사람들이 웃음을 터뜨렸다. '미국에서는 이런 것으로도 농담을 하는구나.' 나는 진심으로 감탄했다. 스튜어디스는 이어서 계속 말했다.

"여러분, 지금 이 비행기에 아주 중요한 사람들이 타고 있음을 알려드립니다. 이라크에서 막 돌아온 우리들의 영웅 짐, 제프리, 페니를 소개합니다."

뒤쪽 좌석에서 미군복을 입은 어린 남녀가 일어나 쑥스러워하며 인사를 하자, 기내의 모든 사람들은 박수를 치고 환호를 보냈다. 시골 마을 단합대회 같은 알래스카 에어라인의 안내 방송이 끝나고 유일한 승무원이 자리에 앉자 비행기는 곧바로 이륙했다. 겉치레는 아무것도 없었다. 목에 노란 튜브를 걸고 비상시에는 어쩌고 하는 시범도, 비행을 설명하는 기장의 인사도, 기내식과 맥주는 말할 것도 없고 서비스 음료수 한 잔도, 물론 땅콩도 없는 깔끔한 비행이었다.

페어뱅크스에 도착한 것은 저녁 6시 무렵이었다. 공항 로비에는 실물일까 의심스러울 정도로 거대한 곰이 앞발을 들고 일어선 모습으로 박제되어 있었다. 창밖에는 이미 밤이 깊이 내려앉아 있었다. 무거워 보이는 눈이 어깨 높이까지 쌓여 있었고, 처음 마셔보는 차고 날카로운 공기에 나의 폐는 깜짝 놀라 움츠러들었다.

마중을 나온 요헤이는 내가 기껏 사 입고 온 점퍼를 보더니 "그런 것으로는 추울 텐데" 하며 걱정을 했다. 공항 건물에서 그의 차까지 200미터 정도를 걸어야 했는데, 50미터쯤 걸었을 때 갑자기 비이성적인 위기감이 찾아왔다. 분명 저 앞까지만 가면 된다는 걸 알지만 그것을 할 수 없을까 봐 무서워졌던 것이다. 바람이 불 때마다 뼛속 깊은 곳까지 얼려버릴 것 같은 혹독한 냉기는 패션을 감안하여 디자인 된 점퍼를 비웃으며 몸 안으로 파고들었다.

주차장에 일렬로 늘어선 차들은 저마다 앞쪽으로 검은 전선을 매달고 있었는데, 약국 조제실에서 여럿이 핸드폰을 충전할 때와 비슷한 모양새였다. 엔진의 온도를 일정하게 유지하기 위한 전열장치로 추운 밤 야외에서 그 선이 빠진 채 두 시간이 지나면 엔진이 얼어 차를 못 쓰게 된다고 했다.

가까스로 차에 올라 현재 기온을 물어보니 영하 30도. 다행히 그리 추운 날은 아니라는 투로 요헤이가 대답했다. 최근 얼마 동안 영하 40도가 계속되었는데, 이곳 사람들은 그 정도는 돼야 추운 날로 생각한다는 것이었다. 정말 추울 때는 영하 50도 이하로도 내려간다고 하니, 이거야 정말 화성과 다를 바가 없다.

이제 친구의 얼굴도 보았으니 오늘 밤만 자고 돌아갈까, 나는 잠시 진지하게 생각했다. 다행히 요헤이 커플이 살고 있는 페어뱅크스 시내 아파트의 내부는 따뜻했다. 사실 여기도 반팔이었다. 미국의 대표적 산유지 알래스카는 석유 값이 저렴한 데다가 어차피 회사에서 난방비가 포함된 아파트를 제공한다는 것이었다. 내 몸이 느끼고 있던 근원적인 긴장은 그제야 조금씩 녹아내리기 시작했다.

이런 곳에 왜 관광객들이 찾아오는 것일까 궁금했는데, 알고 보니 겨울의 페어뱅크스는 볼거리, 할 거리가 많은 곳이었다.

일단 맑고 깊은 밤에는 오로라라고도 하고 현지인들은 '노던 라이츠(Northern Lights)'라고 부르는 밤하늘 빛의 쇼가 펼쳐진다. 연둣빛, 푸른빛, 선홍빛, 보랏빛 등 온갖 신비로운 빛의 커튼이 북쪽 하늘 한 곳에서 쏟아져 나와 이리저리 하늘거리며 흘러가서 사라졌다가 다시 나타난다.

노던 라이츠를 처음 본 사람들은 순간 말을 잊은 채 한동안 밤하늘만 응시하게 된다고 한다. 실제로 많은 사람들이 그것만을 보기 위해, 멀리에서 찾아와 새벽 산기슭에서 오랫동안 떨며 기다리다 감탄하며 돌아간다고 하는데, 나라면 그런 건 못한다.

하지만 눈이 내리는 야외 온천에서 겪은 추위는 색다른 즐거움을 안겨줬다. 뜨거운 온천물에 가슴까지 담근 채 하늘을 올려다보면 추위가 두렵기보다 친근하게 느껴진다. 머리카락에 닿은 수증기가 그대로 얼어붙기 때문에 모두가 노인처럼 새하얀 머리칼을 하고 앉아 있는 모습도 재미있었다. 온천을 즐기는 동안 갑자기 40년쯤 세월이 흘러가버린 알래스카판 나무꾼들.

알래스카 대학에 있는 박물관에서는 매머드의 화석과 거대한 고래의 뼈를 비롯해 북극곰, 바다코끼리, 무스, 바다사자, 북극여우 같은 동물 박제를 볼 수 있고, 근처 식당에서는 각각의 고기로 만든 다양한 스테이크를 맛볼 수 있다, 는 건 거짓말. 맛볼 수 있는 건 무스 스테이크 정도다.

숲속의 통나무집을 빌려 하룻밤을 보냈을 때는 불이 꺼질까봐 밤새 난로에 나무를 집어넣느라 난로 앞에 웅크리고 자야 했다. 아침에 나가 소변을 보니 땅에 닿는 부분에 곧바로 노란 얼

음 언덕이 생겨났다  문밖에 둔 캔맥주는 꽁꽁 얼이 위아래로
불룩하게 터져 나와 있었다.

그런 곳이었다. 세상을 발견하기 시작하는 어린아이처럼 매
일 놀라움과 맞닥뜨리는 경험은 새로움을 찾고 있는, 그리고 그
것을 위해서는 가혹한 환경도 마다하지 않는 사람들을 불러 모
으고 있었다.


알래스카에 간 지 일주일쯤 된 어느 날, 친구가 개썰매를 타
러 가지 않겠느냐고 물었다. 그의 여행사에서 개썰매 체험 상품
을 취급하는데, 이번에 새로운 개썰매 훈련장과 계약을 하기로
해서 미리 시험해본다는 것이었다. 별 관심은 없었지만 아파트
에만 있는 것이 갑갑해 따라나서기로 했다.

여전히 공기는 차고 해가 빛나는 맑은 날이었다. 쏟아지는 햇
살은 쌓인 눈 표면에 다시 한 번 반사되어 눈부신 흰빛으로 세상
을 뒤덮고 있었다. 눈과 나무 외에는 아무것도 보이지 않는 도
로를 한 시간 넘게 달려 도착한 곳은 역시 눈 덮인 벌판의 단층
통나무 건물이었다. 근처에는 동물 냄새와 나무 타는 냄새가 풍
겼다. 굴뚝으로 하얀 연기가 피어오르고 있었다.

차가 도착하자 수십 마리의 개가 짖는 소리가 끝없이 펼쳐진
눈밭 위로 쩌렁쩌렁 울려 퍼졌다. 개들은 집 주위에 반원 형태
로 배치된 몇 개의 우리에 분산되어 있었다. 대개 시베리안 허
스키였지만 맬러뮤트나 사모예드도 몇 마리 있었다. 우리는 털
모자를 쓰고 차에서 내렸다. 털모자는 한국에서는 패션 소품이

지만, 이곳에서는 생존 필수품이다. 어디에나 반드시 지니고 다녀야 한다. 눈앞에서 입김이 솜사탕처럼, 손에 잡힐 듯 하얗고 동그랗게 피어올랐다가 사라졌다.

통나무집의 문이 열리며 우리를 맞으러 나온 사람은 두꺼운 스키복 차림에 빨간 털모자를 쓴 금발머리 아가씨였다. 요헤이는 이미 안면이 있는 듯 그녀와 나를 서로에게 소개시켰다. 그녀는 추위와 햇살에 볼이 트고 약간 그을었지만 내 예상보다 어려 보였고, 대도시에서도 미인으로 통할 만한 미모에 건강한 느낌을 주는 사람이었다.

"한국에서 온 성민이라고 해. 만나서 반가워."

"제시야. 반가워."

"개들이 엄청 많네."

"지금 일흔여덟 마리야. 혼자 돌보기엔 좀 많아서 몇 마리는 분양 보내야 할지도 모르겠어."

"그럼 여기에 혼자 사는 거야?"

"뭐 그렇지. 사실은 개들이 나를 돌볼 때가 더 많아."

그렇게 말하며 그녀는 웃어 보였다. 자신감 넘치고 행복해 보이는 웃음이었다.

알래스카 원주민 언어로 '먼 길'을 뜻한다는 '이디타 로드' 개썰매 경주는 오래전 '놈'이라는 서북부의 작은 마을에 전염병이 발생했을 때, 앵커리지에서 그곳까지 개썰매로 백신을 전달해 많은 생명을 구했던 일을 기념하여 시작된 행사라고 한다. 현재까지 40년 넘게 계속되며 알래스카의 대표적인 스포츠 행사로 자리 잡아 엄청난 인기를 누리고 있다. 영하 40를 밑도는 추위 속에서 살인적인 칼바람과 눈보라를 뚫고 1132마일(1821킬로미터)을 달려야 하는 이 대회의 규정은 단순하다. '한 팀은 개 12~16마리로 구성되어야 하며 결승선에 도착했을 때 개가 6마리 이상 남아 있어야 한다.'

전년도 우승자는 9일 11시간 46분 48초를 기록했다고 하는데 규정과 우승 기록을 살펴보는 것만으로도 '세상에서 가장 위대한 경주'라는 슬로건이 과장이 아님을 실감한다. 눈 속에서 칼바람을 맞으며 이야기를 들으니 더욱 그랬다. 우승 상금은 3억 원 정도. 우승자는 지역의 대스타가 되며 지금도 이 대회에 참가하기 위해 많은 마니아들이 개를 사육하고 훈련하며 기회를 노리고 있다는 것이다. 스물네 살의 아름다운 아가씨 제시를 2년째, 이 눈밭 한가운데의 오지에서 개를 키우며 살게 만든 것도 바로 이디타 로드 레이스였다.

어렸을 적 그녀의 마을에서 우승자가 나왔을 때, 제시는 언젠가 경주에 참가해 우승하겠다고 결심했고, 스물두 살의 나이에 아무도 없는 숲속의 눈벌판에서 개썰매 훈련장을 시작하여, 지독한 고생 끝에 지금에 이르렀다는 것이다. 할 말이 없었다. 아무래도 인간은 가혹한 도전에 끌리는 유전자를 간직한 채로 진화한 것 같다.


여덟 마리의 개가 끄는 썰매를 시험해보기로 했다. 제시가 썰매에 맬 개를 고르러 다가가자 개들이 선생님의 질문을 받은 초등학교 1학년생들처럼 서로 자기가 나서겠다고, 나에게 맡겨 보라고 온갖 소리로 짖어대며 어필했다. 썰매는 기다란 스키 두 개에 경주용 자동차의 유선형 차체를 축소하여 얹어놓은 것처럼 생겼는데, 앞부분에 개의 가슴끈과 연결할 수 있는 줄이 달려 있었다. 제시가 앞에서 개를 지휘했고, 요헤이가 가운데, 내가 맨 뒤의 스키 날에 두 발을 얹고 썰매에 달린 손잡이를 붙들고 섰다.

솔직히 처음에는 작은 개들이 끄는 썰매에 탄다는 사실, 무거운 인간의 몸을 느릿느릿 끌고 나가는 작고 불쌍한 노예들의 노동을 마땅치 않게 생각했다. 그러나 썰매가 달리기 시작했을 때 나의 생각은 큰 착각이었음이 밝혀졌다. 제시가 출발 신호를 하자 멍하니 있던 내 몸이 뒤로 휙 젖혀졌다. 평지를 달리고 있는데도 '어, 이거 장난 아니잖아' 하는 생각이 들었다. 그러다가 가속도가 붙은 채 내리막을 달리기 시작하자 한겨울 고속도로에 컨버터블 승용차를 타고 나간 듯한 속도감이 느껴졌다. 더 정확히 말하면 컨버터블에 달린 줄을 잡고 스키를 타고 있는 꼴이었지만. 살을 찢어낼 듯 맞바람이 불어와 나는 그저 나가떨어지지 않기 위해 썰매 손잡이에 매달려야 했다.

개들은 강인했고, 질주를 즐기고 있었다. 채찍으로 때리거나 위협하여 달리게 하는 것이 아니라 너무 달려서 탈진하지 않도록 조절하는 것이 사람의 일인 것 같았다. 여덟 마리의 허스키는 혀를 빼물고 필사적으로 내달렸다. 마치 눈밭에서 썰매를 끌기 위해 태어난 생명체들 같았다.

고요한 눈의 평원, 사방에 아무것도 보이지 않는 벌판 위를 부드럽게 미끄러져 갈 때, 우리 인간과 개들은 다 같이 기쁨의 소리를 질렀다. 알 수 없는 해방감이 밀려들어 나도 모르게 감동을 하고 말았다. 10년이 지나 다시 요헤이와 캄보디아 국경의 바다를 또 한 번 밀항하고 있는 것 같았다. 이것이 그 죽음의 레이스가 사람들을 끌어들이는 힘인지도 모르겠다는 생각이 들었다.

시승이 끝나고 제시의 집에서 뜨거운 커피를 한잔 얻어 마시며 물었다.

"이런 곳에 살면 외롭지 않아?"

"외로울 때도 있지. 그런데 나는 큰 도시에 살 때 더 외로웠던 것 같아. 여기가 좋아. 조용하고 깨끗하고."

제시는 잠깐 뜸을 들이고 계속했다.

"이게 나에게 딱 맞는 일이라는 생각이 들어. 가끔 도시에 나가면 어쩌면 저렇게 살 수 있을까 싶은 사람들을 보게 되지. 그러면 가슴이 답답해서 얼른 집으로 돌아와 개들을 먹이고 쓰다듬어주며 안도의 한숨을 내쉬는 거야."

"하루 종일 약국에서 조제를 하고, 손님들에게 억지 미소를 짓는 사람들 말이야?"

"뭐라고?"

"아, 아무것도 아니야. 그보다 레이스 준비는 잘돼가?"

"매일 개들을 관찰하고 같이 훈련하면서 각자의 특성을 잘 파악해서 자기 자리를 찾아주는 게 중요해. 보통 똘똘하고 사람과 소통이 잘되는 녀석들이 선두, 지치지 않는 지구력을 갖춘 녀석들이 중간, 무엇보다 힘이 좋은 녀석들이 후미를 맡는데, 나는 지금 개들을 파악하고 있는 단계야."

"멋지네! 잘되길 빌게."

그녀는 지미 추의 구두나 샤넬 핸드백의 재질적 특성에 관심을 가질 듯한 외모를 하고 오지의 눈벌판에서 개들의 특성을 파악하려 애쓰고 있었다. 물론 이는 식견이 부족한 나의 편견일 것이다. 가녀리고 매력적인 외모의 어드밴티지를 접어두고 거칠게 자기의 길을 가는 여성들도 어딘가에 많이 살고 있을 것이다. 그러나 남자건 여자건, 잘생겼건 못생겼건 2년 동안 그런 오지에서 혼자 지내는 것 하나만도 아무나 할 수 있는 일은 아니다. 적어도 나는 못할 것 같았다. 돈을 벌기 위해서도, 누군가를 부양하거나 무언가를 사기 위해서도 아닌, 순수하게 그 자체가 좋아서 하는 일, 그 밑바탕에 끓어오르는 거대하고 본질적인 힘을 나도 언젠가 느껴보고 싶었다.

요헤이가 공항에 가서 손님을 픽업해야 했기 때문에, 커피를 다 마시고 우리는 헤어졌다. 제시는 우리의 차가 시선을 벗어날 때까지 눈밭에 서서 손을 흔들어주었다. 그녀의 빨간 모자가 왠지 모르게 애처로웠다.

나는 친구를 따라가 입국장에 팻말을 들고 서서 오로라를 보러 온 일곱 명의 일본인 관광객을 맞이했다. 알래스카의 공기를 처음 마시고 놀라는 모습을 이제는 선배의 눈으로 지켜보았고, 친구가 여행 일정을 설명하는 동안 호텔로 향하는 미니버스의 운전대를 잡았다. 어쩌면 이곳에서 살 수 있을지도 모르겠다고 처음으로 생각했다.

떠나기 전 마지막 금요일 밤이었다. 우리는 멀지 않은 곳에 있는 소규모 지역 맥주 공장 '후두 브루어리'로 갔다. 공장 한쪽에 맥주 시음실이 있었는데, 전문가가 까다로운 얼굴로 테이스팅을 하고 있는 건 아니고, 그냥 사람들이 편하게 모이는 동네 술집 같은 공간이었다. 번쩍이는 금속 파이프들이 천장을 오가고, 맥주를 발효 중인 듯 크고 작은 탱크 여러 개가 나란히 있었는데, 만져보고 사진을 찍을 수도 있었다.

나는 그런 것에는 아랑곳하지 않고 바로 맥주를 받으러 갔다. 마침 20달러를 내면 그날 출고된 맥주를 종류대로 마셔볼 수 있는 행사를 하고 있기에 그것을 신청했다. 지역 사람들을 대상으로 한 마케팅 행사인지 이름과 연락처를 적어야 했는데, 내가 한국에서 왔다고 하자 카운터의 직원이 농담을 던졌다.

"당신, 북한에서 온 것은 아니겠지? 우리는 북한 사람에게는 맥주를 팔지 않는데."

"이건 비밀인데, 사실 나는 북한에서 온 스파이야. 김정일에게 바칠 질 좋은 맥주를 찾고 있지."

"아 그렇다면 어쩔 수 없지. 얼마 전에는 카스트로도 사람을 보내왔더군."

농담이 넘쳐나는 동네였다. 어쩌면 추위와 관련이 있는지도 모르겠다.

요헤이와 잡담을 나누면서 석 잔째 맥주를 마시고 있을 때,

뒤쪽에서 가랑가랑한 웃음소리가 들렸다. 모두들 마시며 떠드는 공간에서도 유난히 큰 소리라 많은 사람들이 그쪽을 보았다. 요헤이가 눈짓을 하기에 나도 무심코 돌아보았다가 대번에 그 소리의 주인공을 알아보았다. 제시였다. 이쪽에서는 뒷모습만 보이는 몸집이 큰 사내와 테이블을 두고 마주앉은 그녀는 많이 취했는지 사람들이 돌아보는데도 혀 풀린 소리로 떠들며 웃어 대고 있었다. 그러더니 잠시 후에는 뭔가 푸념을 늘어놓으며 흐느끼기까지 했다. 모두들 조심스레 그녀 쪽을 힐끗거렸고, 그녀 앞의 덩치 큰 사내는 당황한 것인지 무심한 것인지, 그대로 앉아 있을 뿐이었다.

요헤이와 나는 찾아가 인사를 나눌까 하다가 그만두었다. 누구에게나 사생활은 필요한 법이니까. 어쩌면 그녀는 오늘 드디어 '이디타 로드 레이스'에 나갈 경주견들과 각자의 특성에 맞는 최적의 조합을 찾아냈는지도 모른다. 아니면 지독히 외로워서 모든 것을 다 때려치우고, 눈앞의 남자와 캘리포니아로 떠날까 생각 중인지도 모른다. 그러나 그게 누구든 얼마나 외롭든, 한 주의 마지막에 기분을 조금 풀어놓을 권리쯤은 있다. 그래서 세상에 맥주가 있는 것이다. 매일 아침 8시면 출근해 좁은 조제실에서 복닥대며 일탈을 꿈꾸는 마흔이 다 된 사내건, 자기와 함께 살 남자를 고르는 일 대신 같이 달릴 개를 고르고 있는 스물넷의 아가씨건. 다행히 '후두 브루어리'는 각기 특성이 다른 여러 종류의 맥주를 생산하고 있었고, 나는 그 특성을 낱낱이 파악하겠다는 각오로 다시 한 번 맥주를 받으러 갔다.

# 그때 우리는 열한 살이었다

_영월

그렇지만 알 수가 없는 건,

다시 나에게 웃음을 건네던 유리 너였어.

아무것도 바라지 않았지만,

세상 모든 걸 다 가지고 싶어 했던 유리.

_언니네이발관, 〈유리〉 중에서

오랫동안 가난한 산촌이다가 개발의 바람을 타고 겨우 탄광
촌이 되었던 소도시, 그러나 이제는 그 바람마저 스러져가던
곳, 먼 옛날에 어린 왕이 삼촌에게 쫓겨나 유배당하고 결국 사
약을 마셨다는 곳, 영월.

그곳에서 나는 어린 시절을 보냈다. 서울 망우리 뒷골목에서
흙탕물을 튀기며 놀던 꼬마였을 때, 대학을 졸업하고 목사가 된
젊은 아버지는 나는 잘 모르는 어떤 이유로 교단의 상층부와 갈
등을 빚었고, 그 결과 서울 부근의 교회에는 발령을 받을 수 없
는 처지가 되었다. 이후 내내 우리는 강원도의 가난한 마을들을
떠돌았는데 그 첫 발령지가 영월이었다.

이삿짐 차에 끼어 타고 영원처럼 끝나지 않는 먼 길을 꼬불꼬

불 달려 도착한 영월이라는 곳. 읍내 한구석에 시멘트 블록으로 지은 50평 규모의 교회 건물이 있었는데, 그 뒤편에 딸린 사택이 우리가 살 집이었다. 어느 모로 보나 럭셔리한 집은 아니었지만, 그때껏 우리가 살던 서울의 원룸 쪽방과는 달리 방이 세개나 있었고, 앞뜰에는 엄마가 꽃을 심을 수 있는 화단이 있었으며, 교회 마당은 친구들을 불러 축구를 해도 될 만큼 넓었다.

전학을 간 내성국민학교는 한 학년에 3반까지 있는 시골 학교였는데 내 걸음으로 집에서 20분 정도 걸렸다. 우리 1학년 1반 담임선생은 땅딸막하게 생긴 군인 출신의 중년 남자로 학문 교육보다는 정신 교육에 특화된 인물이었다. 비슷한 인상의 교장선생과 마주치면 그는 손을 올려 경례를 했다. 교실 난로에 올려놓은 주전자에서 연신 커피를 따라 마셨고, 때로는 교실 창문을 열고 담배를 피우기도 했다. 교육은 물론 절도 있는 군대식으로 이루어졌다. 전학 첫날부터 몽둥이로 엉덩이를 얻어맞고 우는 아이들을 볼 수 있었고, 쉬는 시간에는 우리들끼리 "정신 못 차리겠나?", "내 말이 안 들리나?", "지금부터 복창한다" 같은 그의 말투를 흉내 내며 놀았다. 학교라는 것은 으레 그런 것인 줄로 알았다.

우리 반에는 그런 시골 학교에 다니기 위해 두 시간 가까이 산길을 걸어온다는 아이가 두 명 있었다. 둘 다 며칠 동안 갈아입지 않은 듯한 지저분한 옷차림이었고, 부스스한 머리와 꾀죄죄한 얼굴, 얼어 터진 볼에는 코 묻은 자국이 지워질 날이 없었다. 남자애 정대관은 주먹이 셌는지 깡이 셌는지, 곧 자기 자리를 찾아갔으나 여자애 쪽은 달랐다. 작은 몸집에 가무잡잡한 얼굴, 남루하고 지저분한 차림새, 게다가 좀처럼 말이 없는 성격이 어린 여자아이에게는 치명적인 조합이었을 것이다. 그 애에게는 1학년 한 해가 지나도록 친한 친구가 없었다. 시험을 치면 늘 꼴찌 부근에서 맴돌았다. 머릿니를 달고 산다는 소문이 퍼져 아이들이 가까이 가지 않았다.

자기 감정에 솔직한 만큼 잔인하기도 한 것이 어린아이들이다. 한번 따돌림을 시작하자, 아이들은 좀처럼 그 애에게 말을 걸지 않았다. 말을 거는 건 놀리고 괴롭힐 때뿐이었다. 결국 같은 마을 남자애마저 그 애를 모른 척했다. 하지만 그 애는 신경 쓰지 않는 듯 무표정한 얼굴을 하고, 하루도 빠지지 않고 두 시간을 걸어 학교에 나왔다가 다시 두 시간을 걸어 자기의 마을로 돌아갔다. 그 여자아이의 이름은 신정선이었다.

꼭 한 번 그 마을에 가본 적이 있다. 학교가 일찍 끝난 어느 날, 남자애들 세 명과 학교 뒤편 밭에서 잠자리를 잡으며 놀고 있었다. 줄줄이 이어진 고춧대마다 잠자리들이 앉아 자기가 왜 계속 거기에 앉아 있는지 모르겠다는 듯이 머리를 갸우뚱거리며 개구쟁이들을 기다리고 있었다. 서울에서 전학을 온 나는 모든 것이 신기했고, 친구들을 힐끗거리며 그들의 자세와 몸동작을 배워 잠자리를 잡았다. 이내 모두가 각자 자기 손가락에 끼울 수 있는 최대 잠자리 수인 여섯 마리를 채웠고, 우리는 곧 흥미를 잃고 밭 옆의 냇가로 내려가 얼굴을 씻고 돌에 걸터앉았다. 냇가 한쪽에는 시커먼 모닥불 자국과 갈색 딜 뭉치, 직은 뼈 같은 것들이 흩어져 있었는데, 어른들이 개를 잡아먹은 흔적이라고 했다. 나는 그것을 피해 자리를 잡았다.

두 명이 주말에 TV에서 봤다는 무서운 영화 얘기를 시작했다. 그들을 흥분시킨 것은 거대한 사자가 사람들을 습격해 잡아먹는 아프리카 마을에 백인 영웅이 나타나 어찌어찌한다는 시답잖은 이야기였다.

그 영화를 못 본 건 마찬가지지만 나는 필요한 경우 그럭저럭 비슷한 이야기로 맞장구를 칠 수 있었던 데 반해, 정대관은 집에 TV가 없을 뿐 아니라 자기 마을엔 전기가 안 들어오기 때문에 영화 같은 건 못 본다고 했다.

화제를 돌리려고 하는데도 두 녀석이 계속 영화 이야기를 지껄이자 갑자기 정대관은 잠자리 한 마리의 날개를 뚝뚝 떼어 내더니 보란 듯이 몸통을 통째로 입 안에 넣고 씹기 시작했다. 우리의 관심을 끌고 싶었는지, 사람을 잡아먹는 이야기에 대한 나름의 맞장구였는지, 아무튼 순식간에 벌어진 일이었다. 같은 시골 아이들의 상상 반경마저 벗어난 그의 야만성에 우리는 경악했다.

"우웩, 야 너 뭐 하는 거야?"

"왜? 너넨 이런 거 못해?"

"당연히 못하지. 징그럽잖아."

"그래? 우리 동네 사람들은 다 할 수 있는데."

"그러면 신정선도?"

"잠자리는 아무것도 아니야. 우리 형은 뱀도 잡아서 씹어 먹거든."

"에이, 거짓말."

"뭐라고? 내기할래?"

"살아 있는 뱀을 어떻게 씹어 먹냐? 먼저 깨물리고 말걸."

"한번 가볼래? 하나 못하나?"

"그래 씨발, 가보자. 너 뻥이면 죽는다."


우리들은 신이 나서 앞장선 정대관을 따라 그의 마을로 갔다. 가을 햇살은 따스하게 우리들의 머리 위로 쏟아졌고, 풀 냄새 가득한 바람이 봉래산 기슭을 따라 내려와 우리의 작고 팔팔한 몸을 식혀주었다.

대관이는 걸음이 무척 빨랐다. 지지 않기 위해 우리도 열심히 따라갔다. 마을로 가는 길은 콩밭, 감자밭, 옥수수밭을 지나서 고추밭, 고구마밭, 깨밭을 건너가면, 다시 콩밭, 감자밭, 옥수수밭이 나오는 자기 반복적인 심층 구조로, 가끔 어머니와 산책을 나가던 태평스러운 시골길과는 달랐다. 그 무덤덤하고 무료한 길을 걸어 정대관의 마을에 도착했을 때 나는 그만 지쳐버렸다. 이런 길을 매일 왔다 갔다 하는 대관이가 대단해 보였다. 마을 가운데 있는 우물에서 물을 길어 올려 꿀꺽꿀꺽 마시고 얼굴도 씻고 나서 그의 집으로 향했다.

대관이네 집은 나무로 기둥을 세우고 흙벽돌로 벽을 쌓은 후, 지붕에는 파란색 슬레이트를 올린 기역자 모양의 집이었는데

처마 밑에는 줄줄이 꿰인 곶감과 노란 옥수수 뭉치가 내낱려 있었다. 넓은 툇마루에는 호박오가리와 고추부각이 가을 햇살에 몸을 내맡기며 시골의 향기를 풍기고 있었다.

집에는 아무도 없었다. 조금 지나면 형이 올 거라고 하여 우리는 마루 한편에 책가방을 벗어놓고 나가서 놀기로 했다. 스무가구 정도 되는 작은 마을이었고, 모두들 이것저것 갈무리하느라 바쁜 시기여서 마을은 텅 비어 있었다. 사람이 안 보여서인지 대낮인데도 으스스한 느낌마저 들었다.

우리는 우물가 공터에서 '자치기'를 하다가 한 번 싸운 뒤 그만두고, '일곱 발 뛰기'를 하다가 또 싸웠다. 나중에는 싸우지 않으려고 조심하며 '오징어'를 했다. 그러다가 문득 정신을 차려보니 서쪽 하늘이 붉게 물들고 있었다.

"야, 큰일났다! 엄마한테 혼나겠어!"

누군가의 외침에 우리는 우르르 달려가 가방을 둘러멨다. 대관이네 형은 집에 돌아와 있었다. 과연 살아 있는 뱀을 씹어 먹는다 해도 하나도 이상할 게 없을 만큼 터프하게 생긴 형은 어른처럼 키가 크고 무뚝뚝했다. 좀 무서워 보이기도 했고. 두 시간을 걸어 돌아갈 생각으로 마음이 급했기에 우리는 동생의 주장을 증명해달라고 조를 생각 따위는 하지도 못하고 길을 나섰다. 다행히 한 명이 길을 안다고 앞장섰다. 시골 아이들은 가끔 그렇게 듬직한 면이 있었다.

해가 지자 가로등이 없는 마을은 내 예상을 넘어선 속도로 급속하게 어두워졌고, 나는 어둠 속에서 알지도 못하는 길을 걸어

돌아갈 자신이 없었기 때문에 어른의 도움을 청해야 하나 속으로 걱정하고 있었다. 그러다가 한 아이가 이 길은 몇 번 다녀봐서 잘 아니 걱정하지 말라고 하는 말에 적지 않게 안심이 되었던 것이다.

마을을 빠져나가는 길에 신발주머니를 두고 온 것을 기억해 냈다. 그 자리에서 꼼짝 않고 기다리겠다는 다짐을 받은 다음, 나는 바람처럼 대관이네 집으로 달려갔다. 그런데 신발주머니를 낚아채 뛰어 나오다가 그만 누군가와 부딪힐 뻔했다. 마른 콩대 한 보따리를 머리에 이고 그 앞을 지나던 것은 아직 어린 아이였다.

"어? 신정선."

"어, 장성민."

"대관이네 놀러 왔다가 지금 가는 거야."

"그래. 근데 그쪽으로 뛰면 안 돼. 바닥에 푹 들어간 데가 있거든. 저쪽으로 돌아가."

"알았어. 고마워."

"먼 길인데 조심해서 가."

"그래, 내일 보자."

그것이 신정선과 내가 나눈 첫 대화였다. 알고 보니 그 아이는 제대로 말을 할 수 있었던 것이다. 마을 아가씨의 배웅을 받고 전쟁에 나가는 청년처럼 약간 으쓱한 마음이 되어, 나는 신발주머니를 흔들며 어두워져가는 길을 달려갔다.

나는 기다리고 있던 친구들에게 신정선과 마주쳤다는 얘기는 하지 않았다. 일단 이야기를 꺼내면 신정선한테서는 이상한 냄새가 난다는 둥, 이가 옮는다는 둥 하며 이야기가 그쪽으로 흐를 것이고, 분위기를 맞추자면 나도 그 애의 험담을 해야 할 텐데, 그날은 왠지 그러고 싶지 않았다. 그 아이가 익숙한 모양새로 이고 있던 콩대 때문이었는지도 모른다.

돌아오는 길은 어두웠으나 걷다 보니 걸을 만했고, 갈 때보다는 가깝게 느껴졌다. 나는 신정선과 그 애가 사는 전기도 없는 가난한 마을에 대해서 생각했다. 엄마 곁에 누워서 자주 들었던 이야기가 떠올랐다. 약초를 재배하는 할아버지를 따라 가족이 아시새라는 강원도 인제의 한 산골짜기에 살게 되었을 때, 학교에 가는 것이 멀고 힘들긴 했어도 얼마나 그것만을 기다렸는지, 엄마의 네 살 위 언니가 자신은 학교에 못 가면서도 동생을 보내려고 할아버지에게 대들며 얼마나 애를 썼는지, 그런 이야기였다. 엄마와 신정선 사이에 차이가 있다면 엄마는 시골 학교에서 늘 일등이었고 인기가 많았는데, 신정선은 그렇지 못했다는 것이다. 하지만 생각해보면 결국 비슷한 이야기다.

우리 엄마의 이름은 신정희. 어린 엄마의 모습이 신정선과 겹쳐 보여 나는 조금 찡한 마음으로 말없이 밤길을 걸었다. 집에 들어가니 엄마가 왜 이렇게 늦었느냐고 물었지만 혼을 내지는 않았고, 나는 대충 씻은 뒤 그대로 이불로 기어들어가 꿀 같은 잠에 빠져들었다.

다음 날부터 내가 신정선을 따돌리는 반 분위기를 바꾸기 위해 뭔가를 했느냐 하면 그런 일은 전혀 없었다. 그냥 나 혼자 살

짝 빠져나왔을 뿐이었다. 우리는 여전히 한마디도 나누지 않는
사이였다. 그저 포크댄스 연습을 할 때 다른 아이들은 나뭇가지
를 갖고 있다가 신정선과는 서로 가지의 양끝을 잡고 춤을 추었
다면, 나는 그냥 손을 잡고 추었다는 정도였다.

　담임선생은 여전히 아이들의 배움과 성장보다는 훈육과 질
서 유지에 관심을 집중했다. 나는 내가 조금만 공부하면 반에서
1등을 한다는 사실을 알았고, 그것이 어쩔 수 없이 당연한 일임
을 깨달았다. 우리 반에는 공부에 신경 쓰는 애는 거의 없었기
때문이다. 그렇게 나의 1학년이 지나갔다. 2학년 때는 신정선과
다른 반이 되면서 그 애에 대한 일은 머릿속에서 흐려져갔다.


　신정선을 다시 보게 된 것은 4학년 가을 운동회 때였다. 그해
에는 태풍 때문에 가을 운동회가 좀 늦었다. 시골 마을의 학교
운동회는 마을 사람 모두의 잔치다. 어른들이 학교 담장 앞에
빽빽이 모여 돼지머리에 막걸리를 마시면서 가을 햇살을 즐기
는 동안, 청군 백군으로 나뉘어 체육복을 입고 머리띠를 동여맨
아이들은 심각한 얼굴을 하고 상대를 이기려고 기를 썼다. 평소
에 얌전해 보이던 아이들이 기마전, 줄다리기, 박 터뜨리기를
할 때 전의를 불태우며 상대편에게 욕을 하고 몸을 날리는 모습
은 어린 나에게 극도로 강렬한 체험이었다. 그날 나는 백군이었
는데 "힘차게 싸운 백군의 선수, 청군의 아갈통을 갈겼다. 이겼
다. 이겼다. 백군의 선수. 씩씩하고 용감하게 이겼다" 하는 응원
가가 너무나 통쾌하여 목이 터져라 부르고 또 불렀다.

모든 아이들이 조별로 달리기 경주를 했을 때, 나는 우리 조 다섯 명 중에서 3등을 했다. 사실은 2등이었는데 아이들 팔에 등수 도장을 찍어주는 선생이 도장을 잘못 찍는 바람에 나는 축 처진 어깨를 하고, 3등들이 서는 줄에 서 있다가 터덜터덜 엄마에게 갔다. 그 뒤로도 한동안 그 선생만 생각하면 억울한 마음이 들었다. 분명히 나는 2등으로 들어왔던 것이다. 하지만 달리기라면 늘 1등만 했다는 엄마와 아빠는 그래도 잘했다고 나를 안아주었다.

모든 종목이 끝나고 마지막으로 운동회의 하이라이트인 청백군 계주가 벌어졌다. 총점으로 볼 때, 백군이 크지 않은 점수 차로 지고 있었지만 계주에 가장 높은 점수가 걸려 있었기에 그것이 끝나야 승부가 결정되는 상황이었다.

마지막 계주는 한 학년에서 세 명씩, 그러니까 각 반에서 한 명씩 잘 달리는 아이들이 나와 1학년부터 6학년까지 모두 열여덟 명의 주자가 이어달리는 방식으로 치러졌다.

여자부의 경주였다. 애들이고 어른이고 할 것 없이 모두가 두 편으로 나뉘어 고래고래 소리를 지르며 응원 대결을 펼쳤다. 어느 순간 우리는 상대 편을 진심으로 증오했고, 우리 편의 승리를 세상 무엇보다 간절히 원하고 있었다.

땅 하는 총소리와 함께 경주가 시작되었다. 모두들 기를 쓰고 열심히 달렸다. 1, 2, 3학년의 주자가 경주를 마칠 때까지는 우리 백군의 주자가 조금 앞서 있었는데, 3학년의 마지막 주자와 4학년의 첫 주자가 바통을 주고받을 때 작은 실수가 있었다. 그

다음의 청군 주자가 빨라 어느 순간 우리 편이 10미터 이·싱 뒤처져서 날리게 되었다. 청군 응원석에서는 요란한 함성이 일어났고, 나는 너무나 분하여 자리에서 벌떡 일어섰다.

알고 보니 백군의 4학년 마지막 주자는 신정선이었다. 나는 약간 실망했다. 그 애가 잘 뛸 수 있을 것 같지 않았기 때문이다. 여전히 까무잡잡한 얼굴에 작고 마른 그녀는 짧은 머리 위에 하얀 머리띠를 질끈 묶고, 공중으로 힘차게 뛰어오르며 자기에게 바통이 전해지기를 기다리고 있었다.

10미터 정도 뒤처진 채 바통이 손에 들어온 순간, 그녀가 날랜 동물처럼 땅을 박차고 뛰어 나갔다. 곧이어 백군 쪽에서 커다란 함성이 쏟아져 나오기 시작했다. 그녀가 조금씩 따라마시고 있었던 것이다(우리 동네에서는 따라잡는다는 걸 그렇게 표현했다). 신정선은 특유의 무표정한 얼굴에 완벽한 스프린터의 자세로 달리고 있었다. 깡마른 다리가 폭발적인 리듬을 타며 보이지도 않을 만큼 빠르게 움직이고 있었다. 신정선이 반 바퀴 정도를 남기고 앞 주자를 따라마셨을 때, 우리는 가슴이 터져버릴 것 같은 기쁨으로 그녀의 이름을 외쳤다. "신정선! 신정선! 신정선!"

그녀가 후반부 페이스를 더 올려 거의 20미터 이상을 앞선 채로 5학년 주자에게 바통을 넘겨줄 때까지 우리는 목이 터져라 "신정선!"을 외치고 있었다.


계주의 결과가 어땠는지 그해 운동회의 승자가 백군이었는지

청군이었는지는 30년이 지난 지금 잘 기억나지 않는다. 그러나 신정선이 몸을 약간 기울여 코너를 빠르게 돌 때, 그 기억자로 된 팔의 움직임과 앞만을 노려보던 눈길과 바람에 날리던 짧은 머리카락은 아직도 기억에 선명히 남아 있다.

영월에서는 한 학년을 더 다녔다. 나는 이미 시골 아이가 되어 있었다. 여름이면 동강에서 물고기를 잡거나 축구를 하느라고, 겨울이면 봉래산에 토끼를 잡으러 가거나 얼어붙은 논바닥에서 팽이를 치느라고 밤이 되어야 집에 들어왔다. 서울에서 아빠나 엄마의 친구가 놀러 와 나를 보면 끌끌 혀를 차며 멀쩡한 아이를 촌놈 만들고 있다고 타박하곤 했다. 그러면 나는 일부러 보란 듯이 족대나 올무를 들고 친구들과 뭔가를 잡는다고 튀어나갔다. 서울의 일은 몰랐지만, 나는 그런 내가 조금도 부끄럽지 않았다.

신정선은 그 무렵 학교에 새로 생긴 육상부에 들어가 오전 수업만 하고 오후에는 체육복을 입고 운동장에서 지냈다. 하굣길에 운동장 한구석에서 무릎을 가슴까지 차올리며 제자리 뛰기를 하거나 "하낫 둘 셋 둘" 하는 육상부 코치의 구령에 맞춰 체조로 몸을 풀고 있는 모습을 가끔 볼 수 있었다. 그녀는 여전히 외로운 아이였지만, 그래도 육상부 친구가 몇 생기고 조금은 밝아진 얼굴로 학교에 다니는 것 같았다.


영월을 떠나기 전 마지막 주, 나는 책상 안에서 분홍색 봉투에 담긴 편지를 한 장 찾아냈다. 거기에는 이렇게 쓰여 있었다.

성민아. 이사 가서도 공부 잘해. 그리고 여기를 잊시 마.

　　－정선이가


　잠깐 정선이가 누굴까 생각했지만 아무래도 내가 아는 정선
이는 그 애밖에 없었다. 나는 누가 볼까 봐 얼른 편지를 가방에
집어넣었다. 그리고 아무런 답장도 없이 다음 주가 되어 그곳을
떠나버렸다.

　떠나고도 한동안은 연락을 나누던 영월의 친구들이 있었으
나, 3년이 지나지 않아 모든 관계가 끊어지고 말았다. 왜 그렇
게 되었는지는 나도 모르겠다. 아마 내가 건방지고 차가운 놈인
데다가 속으로는 겁쟁이라서 그랬을 것이다. 그러나 30년이 넘
게 지난 지금도 나는 누군가 출신을 물으면 강원도라고, 강원도
하고도 영월이라고 말한다. 그리고 역시 왜인지는 모르겠지만,
〈유리〉라는 노래를 들을 때마다, 신정선이라는 조그만 여자아
이가 자기 마을을 향해 혼자서 천천히 걸어가던 모습을 떠올린
다. 그때 우리는 열한 살이었다.

## 그러면 좋겠다, 람랄

_푸쉬카르, 라자스탄

 

피부가 아주 까만 아이였다. 덥수룩한 머리칼에 몸은 홀쭉하게 길었고, 수줍게 웃었지만 일을 할 때는 사내다운 몸짓으로 척척 해냈다. 가끔 일이 없을 때면 옥상에 방석을 깔고 엎드려 책을 읽는 내 곁에, 바로 곁은 아니고 약간 떨어져서 장난스러운 눈길로 뭐 하냐고 묻곤 했다. 그럴 때 우리는 잠깐 동안 '가위바위보 하나 빼기', '엄지 들어올리기'를 하며 놀았다. 동네를 걷다가 멀리서 누군가 손을 흔들며 내 이름을 불러 쳐다보면, 우유나 채소를 손에 든 아이의 커다란 눈이 나를 향해 환하게 웃었다. 젊은 삼촌이 이제 막 개업한 작은 게스트하우스의 무급 입주 견습생 람랄, 나이는 열한 살이라고 했다.

영어는 아직 서툴렀지만 내가 실수로 랄람이라고 부르면 검지손가락을 양옆으로 저으며 람랄, 람랄 하면서 내 실수를 고쳐주었다. 낮에는 방을 청소하거나 장을 보고, 옥상 레스토랑에 주문이 있으면 서빙을 했고, 저녁에는 삼촌과 마주 앉아 글씨 연습을 하기도 했는데, 그러다가도 나와 눈이 마주치면 꼭 손을 흔들었다.

"엄마 보고 싶지 않아, 람랄?"

"보고 싶어. 엄마도 여동생도."

"우리 엄마도 멀리 미국에 사셔. 나는 이렇게 컸는데도 엄마가 많이 보고 싶을 때가 있어."

"여기서 일을 열심히 배우고 돈 벌어서 나중에 엄마 보러 갈 거야."

"그래, 그러면 좋겠다. 엄마도 좋아하시겠다."

그럴 때면 람랄은 아이답지 않은 결의가 담긴, 하지만 슬픔을 꾹 참은 눈으로 웃었고, 나는 그 모습이 안타까웠지만 인생에는 쉽게 주어지는 것이 있고 그렇지 않은 것이 있음을 우리 둘 다 알고 있었다.

람랄은 도시로 일하러 오면서 아버지에게서 인도식 마사지를 조금 배웠는데, 나중에 자기가 더 커서 힘이 세지고 기술이 늘면 외국 여행자들을 대상으로 약간의 돈을 벌 수 있을 거라고 믿고 있었다. 나름의 비즈니스 기회를 노리고 있는 꼬마 사업가는 그럼 나를 대상으로 한번 실습을 해보면 어떻겠느냐는 제안에 신이 나서 달려들었다.

마사지는 내 팔을 뒤로 꺾어 양손으로 힘주어 쓸어내리거나 목을 옆으로 당기며 무릎으로 몸을 지그시 누르거나 하는 식이었는데 서툴렀지만 꽤 시원했다. 실습이 끝났을 때 나는 삼촌 몰래 람랄에게 50루피를 주며 나중에 필요할 때 쓸 수 있게 잘 간직하라고 말해두었다.

그 후로도 몇 번 나는 람랄에게 어차피 놀고 있는 나의 몸을 기꺼이 실습 도구로 제공하고 약간의 사례를 했다. 무급으로 일하고 있는, 사춘기가 다가오는 소년에게 어쩌면 돈이 필요한 일이 생길지도 모른다고 생각했기 때문이다. 그러나 그냥 돈을 쥐여줘서 아이의 자존심을 상하게 하고 싶지는 않았다.

바람 한 점 없이 뜨거운 햇살이 쏟아져 내리던 어느 오후, 게스트하우스 옥상에서 람랄의 마사지 실습이 한창일 때 늘 우리차지이던 그곳에 드디어 제대로 된 손님이 찾아왔다. 나이 든 유럽인 네 명이었다. 요리를 맡고 있는 게스트하우스 동업자 자말은 신이 나서 손님들을 제일 좋은 테이블로 안내하며 자신의 요리 실력을 떠벌렸다.

우리는 약간 옆으로 옮겨 실습을 계속했다. 음료가 나오고, 주문을 하고 음식을 만드는 동안 람랄은 열심히 마사지를 했다. 더운 날이어서 이마에 땀이 송골송골 맺혔다.

얼마 후 음식이 완성되었는지 주방에서 자말이 람랄을 불렀을 때, 그의 손은 내 왼쪽 종아리에 있었다. 그의 아버지가 가르쳐준 마사지는 왼쪽 종아리에서 끝나기 때문에 람랄은 주방으로 바로 달려가지 않고, 1분 정도를 더 들여 작업을 마쳤다. 나는 서둘러 주방으로 향하는 그의 손에 50루피를 쥐여주며, 비밀이라는 뜻으로 윙크를 했다.

곧이어 두 가지 사건이 들이닥쳤다. 하나는 람랄에게. 하나는 나에게.

람랄은 서빙이 늦어 화가 난 자말에게 혼이 쏙 빠지도록 욕을 먹어야 했다. 동업자인 아이의 삼촌은 그 자리에 없었고, 평소에 조용하던 자말이 왜 그렇게 화가 났는지는 모르겠지만 내가 알아들을 수 없는 라자스탄 말로 야단을 치는 폼새를 보니 꽤 험악하게 구는 것 같았다. 내려가서 말려볼까도 했지만 아이를 때리는 것 같지는 않았고, 곧 떠날 사람이 참견할 문제도 아닌 것 같아 안절부절못하고만 있었다.

그때 테이블에서 음식을 기다리던 손님 중 오십대쯤 되어 보이는 여자분이 나에게 다가왔다. 조심스러운 태도였으나 약간 적대적인 기색이 느껴졌다.

"이봐요, 당신 혹시 저 아이에게 돈을 주면서 마사지를 하라고 한 건가요?"

"그건 왜 물으시죠?"

"다 큰 성인이 어린아이에게 푼돈을 주면서 마사지를 시키다니 부끄러운 줄 아세요. 아직 어린아이라구요."

그녀 등 뒤의 일행도 나를 보며 한심하다는 듯 고개를 절레절레 젓는 것 같았다. 갑작스러운 공격에 당황했으나 이내 속에서 분노가 스멀스멀 올라오는 것을 느끼며, 나는 차갑게 대꾸했다.

"당신이 저 아이와 나에 대해서 뭘 안다고 그런 말을 하는 겁니까?"

"그야 당신이 어린 꼬마에게 마사지를 시키고 돈을 주는 것을 다 봤으니까. 가난한 아이라고 노예처럼 대하면 안 되죠. 당신 나라에서는 그러는지 몰라도 우리는 용납이 안 되네요."

"인도인을 노예처럼 대해온 건 유럽인들인 줄 알았는데요. 저 아이와 나는 친구입니다. 당신이 생각하는 것과는 달라요."

"그래도 아이잖아요!"

"당신 눈에는 어떻게 비칠지 모르겠고 나는 전혀 상관도 안 하지만, 당신이야말로 상황도 모르면서 나를 가르쳐야 할 아랫 사람으로 보는 것 같아 기분이 나쁘네요. 당신에게 상황을 구구 절절 설명할 필요는 없을 것 같으니 이만 내려가보겠습니다."

옥상을 내려가는 계단에서 울먹임을 겨우 진정시키고 음식이 담긴 쟁반을 들고 올라오는 람랄을 마주친 순간, 아이를 꼭 안 아주고 싶었지만 손에 들린 쟁반을 어쩔 수 없어 지나치며 등을 쓸어주었다. 분노는 금세 연민에게 자리를 내주었다.

"힘내, 람랄."

"난 괜찮아요. 노 프로블럼."

아이의 까맣고 커다란 눈동자는 그러나 가늘게 떨리고 있었다.


푸쉬카르를 떠나는 날 아침, 혹시 저녁에 다시 볼 수 없을까 봐, 나는 람랄을 불러 내 싸구려 전자시계를 손목에 채워줬다.

"자, 이건 친구끼리의 선물이야."

내가 할 수 있는 게 그 정도였다.

"난 오늘 저녁에 떠날 거야. 힘들어도 열심히 하고, 공부도 계 속해야 한다."

알아듣는지 어떤지 대답이 없는 아이의 얼굴을 바라보며 나 는 똑같은 말을 몇 번이나 반복했다.

저녁이 되어 삼촌의 오토바이에 짐을 싣고 있을 때, 어딘가에 숨어서 보이지 않던 람랄이 갑자기 서럽게 울기 시작했다. 삼촌이 오토바이에서 내려 달래보이도 듣지 않고, 그렇다고 나에게 다가오지도 않은 채 아이는 계속 울었다.

시골에 살던 어린 시절, 일주일간 성경학교를 운영하러 서울에서 온 대학생 형이 떠날 때, 그것이 서러워 엄마에게 안겨서 울던, 완전히 잊고 있던 어릴 적 내 모습이 떠올랐다. 나는 조용히 람랄에게 다가갔다.

"람랄. 작별 인사를 하려고 했는데 찾을 수가 없더라. 나를 봐. 울지 마. 네 생각 많이 날 거야. 지금 떠나지만 나중에 꼭 다시 만나자. 꼭 훌륭한 사람이 돼서 엄마 만나러 가야지."

두서없이 말을 내뱉고 있는데 주책없이 내 두 눈에도 눈물이 그렁그렁 맺혔다. 그런 눈을 하고 람랄을 내 품에 꼭 안았다. 작고 마른 몸은 따뜻했고, 햇살과 모래 냄새가 났다.

우리는 그렇게 헤어졌다. 그 뒤로 15년이 흘렀다. 푸쉬카르에는 다시 가보지 못했다. 스물여섯 살이 된 람랄은 어딘가에서 자신의 자리를 찾았을까? 돈을 벌어 여동생과 엄마를 만나러 갔을까? 소중한 친구들을 사귀고 좋은 여자를 만나 뜨겁게 사랑했을까?

아마 그랬을 것이다. 그리고 아마 우리는 약속과는 달리 다시는 만나지 못할지도 모른다. 하지만 제법 멋을 낸 블랙진과 자주색 니트 차림으로 하얀 벽에 짝다리를 짚고 기대어 서서, 나에게 손을 흔들던 까만 얼굴의 람랄은 이제는 내 아이의 모습과 겹쳐지며 오래 내 안에 남을 것이다. 그러면 좋겠다.

## 차이나 매트릭스

_쿤밍, 윈난성

1990년대 후반, 중국 대도시들이 일부러 촌스럽고 어설프게 행동하며 속으로 대단한 힘을 기르는 야심가 같았다면 중국의 시골 지역은 여전히 순박한 촌영감이었다. 그러면 지방 도시는 방앗간을 물려받은 지역 유지의 아들쯤 됐을까? 그 무렵, 중국 공산당 스스로가 새 시대를 선언함에 따라 새로운 가능성이 여기저기 펼쳐지는 듯 보였다. 한동안 한국인들에게 아파트 값이 그랬듯이, 중국인들은 마주칠 때마다 대도시의 돈벼락 이야기를 하며 조바심을 쳤다. 무작정 더 큰 도시로 떠나는 젊은이들이 늘어나고, 아직 돈을 만지지 못한 사람들의 돈에 대한 갈망이 나라를 휩쓸었다. 사기꾼들은 돈 셀 준비를 하고 있었다.

동부 해안의 대도시들을 떠나 삐죽삐죽한 돌산 사이로 장강이 흐르는 평화로운 시골 마을 양슈오에서 한동안 푹 쉰 나는, 중국 서부를 향해 가고 있었다. 당시 중국 시골 지역은 도로도 나쁘고 버스도 낡아서 언제나 이동 시간을 길게 잡아야 했다. 열 시간 이내의 이동은 단거리로 여겨질 정도였다. 하지만 교통비는 상당히 저렴했고, 시간이라면 충분히 있었기 때문에 나는 즐기며 다닐 수 있었다. 동남아시아와는 달리 버스 안에서도 내가 입만 다물고 있으면 외국인인 줄 모르는 젓도 좋았고, 성자할 때마다 새로운 길거리 간식을 맛보는 재미도 쏠쏠했다. 다만 시골 지역의 화장실 문제는 그리 재미있다고만 볼 수는 없었다. 거기서 일을 봐야 하는 사람이 나일 때는 더욱 그랬다.

아침 일찍 출발한 낡은 미니버스는 식당에 들러 승객들의 점심을 해결하고 난 뒤, 다시 출발해 황량한 들판을 달리고 있었다. 포장되지 않은 길은 덜컹거리다 쑥 꺼지곤 했는데, 그럴 때면 롤러코스터의 느낌마저 들었다. 스릴의 현실성이라는 면에서는 오히려 한 수 위였다. 중국인 승객들은 워낙 단련이 되었는지, 어떤 상황에서도 무표정하게 담배를 피우며 창밖을 내다보고 있었다. 안전벨트를 매는 사람은 아무도 없었다. 벨트가 없었기 때문이다.

점심으로 먹은 고기볶음이 이상했는지 장이 꾸르륵거리기 시작한 것은 그때쯤이었다. 처음에는 옆 사람이 좀 쳐다볼 정도로만 꾸르륵꾸르륵하더니 차가 심하게 덜컹거리자 점점 버티기 힘든 상황으로 치닫기 시작했다. 버스는 여전히 황무지 한가운데를 달리고 있었고, 정류장이 나올 기미는 전혀 없었다. 기사에게 응급상황을 알려야 했다.

여태까지 있는 듯 없는 듯 숨죽이고 있었지만, 커밍아웃을 할 시간이 왔다. 결국 누구나 똥은 누어야 하는 것이다. 다시 한 번 덜컹 하며 좌석에서 엉덩이가 떴다가 내려오자, 나도 모르게 차장에게 소리를 지르고 있었다.

"쌰쳐, 씨아쳐어!"

그것은 '하차'라는 한자의 중국 발음으로 중국 사람들이 버스를 세울 때 쓰는 말이었다. 영어로 사정을 설명하려 했으나 통하지 않아 할 수 없이 우아하지 않은 보디랭귀지를 동원해 상황을 알렸다. 일단 버스는 세웠지만 여전히 벌판 한가운데였고, 승객들이 호기심을 보이기 시작했으며, 미니버스 앞좌석 쪽에는 젊은 여자들도 타고 있었다.

버스 기사는 목소리를 크게 하면 외국인도 알아들을 수 있으리라 믿는 듯, 커다란 목소리의 중국말로 뭔가를 설명했다. 여기서 이러지 말고, 조금 더 가면 화장실이 있는 정류장이 나오니 웬만하면 참아보라는 것 같았다. "얼마나?" 하고 물어보니 10분이라고 했다.

나는 괄약근에 온 힘을 집중하고 머릿속으로 뭔가 다른 생각을 하려고 최선을 다했다. 김영삼의 허풍선이 같은 정책과 '머리는 빌리면 된다'는 그 특유의 자신감에 대해서 생각했다. '그럼 어떤 머리를 빌릴지 판단할 머리는 어쩔 거냔 말이다' 하며 괜히 속으로 화를 내보았다. 분노가 교감신경을 자극해 장의 운동을 경직시키는지 좀 도움이 되는 것도 같았다.

마침내 버스가 정류장에 도착했을 때, 나는 뛰지도 못하고 어기적거리며 버스에서 내렸다. 작은 언덕 너머에 화장실이 있다고 하여 종종걸음으로 그 언덕을 넘었다. 그런데 그 언덕을 오르는 사람이 나만은 아니었다. 저마다 이때를 기다리고 있었던 걸까?

들판에 흰 벽이 있었다. 시의 구절이라면 멋질 이 문장은 안타깝게도 실상의 묘사다. 들판에 사람 키 정도의 흰 벽이 세워져 있고, 벽의 양옆 아래로 각각 세 개씩 구멍이 뚫려 있는데 그 구멍이 물론 변기가 되겠다. 언덕 쪽에서 봤을 때 벽의 왼쪽이 여자 화장실, 오른쪽이 남자 화장실이었다. 일단 그렇게 벽의 측면에 쓰여 있었다. 황량한 들판을 바라보며 어머니 대지를 향해 내가 받은 양분을 되돌린다, 하는 그야말로 호연지기 가득한 화장실이었다.

나는 하나 남은 빈자리로 얼른 달려가 당장 급한 볼일을 해결했다. 일단 큰 것은 다 내보내고 여유 있게 남은 것을 내보내려 할 때 담배를 피우며 변을 보던 옆 사람이 갑자기 말을 걸었다.

"당신 어느 나라에서 왔어?"

"아, 한국에서 왔어."

"중국에 대해 어떻게 생각해?"

"어, 재미있는 나라라고 생각해."

내 발언을 지지하기라도 하듯 벽 너머 여자 화장실 쪽에서 너무나 리얼한 방귀 소리의 맞장구가 들려왔다.

문제를 시원하게 해결하고 나자 그 화장실의 좋은 점이 눈에 들어왔다. 역시 여유가 생겨야 긍정적인 시각을 가질 수 있는 것 같다. 일단 그 화장실에는 재래식 변소의 찌든 냄새가 없었다. 열린 공간에서 팬티를 내리고 앉아야 한다는 가벼운 심리적 저항선만 넘어선다면 옷에 불쾌한 냄새가 배어 신경이 쓰이는 일은 없다. 게다가 일을 보는 동시에 옆 사람과 의사소통도 가능하다. 버스가 다시 떠날 때까지 얼마나 남았는지, 어디에 뭐 하러 가는 길인지, 시내에 괜찮은 식당은 어디에 있는지 하는 정보도 얻을 수 있다. 필요하면 옆 사람을 찔러 휴지를 빌릴 수도 있을 것 같다.

승객을 모두 태운 미니버스는 다시 황무지로 들어섰다. 그런데 어쩐지 버스 안 분위기가 약간 달라진 듯한 느낌이 들었다. 묵묵히 창밖만을 바라보던 사람들이 서로 조금씩 대화를 나누고, 음식을 나눠 먹고, 내 앞줄에 앉은 신사복을 입은 사내가 뭔가 소리쳤을 때는 그럴싸한 농담이었는지 모두 함께 웃기까지 하는 것이었다. 목욕탕에서 서로 알몸을 보인 상대에게 알 수 없는 형제애를 느낀다는 수컷들의 행태가 배설 행위의 공유라는 형태로 버스 안에 나타나고 있는지도 몰랐다.

짧게 깎은 머리에 붉은 얼굴을 한 구겨진 신사복의 사내는 옆 자리에 앉은 머리가 덥수룩하고 마른 정신지체 청년에게 뭔가 끊임없이 크게 소리를 질렀고, 그때마다 몇몇 사람들이 재밌다고 웃어댔다. 아무래도 청년을 놀리고 있는 것 같았는데, 청년이 자신 없는 목소리로 대꾸하면 신사복은 더 크게 소리를 질러 사람들을 웃겼다. 그게 무슨 말인지 알 수 없는 이상 끼어들 수도 없어서 가만히 그 꼴을 지켜보고 있었다.

얼마 후 드디어 황무지가 끝나고 구불구불한 산길이 시작되었다. 차내에는 사람들의 땀 냄새와 음식 냄새, 담배 냄새가 뒤섞인 기묘한 공기가 무겁게 가라앉아 있었다.

나는 미리 사서 가방에 넣어둔 캔 음료를 꺼내 마셨다. 캔 뚜껑은 요즘처럼 따고 나서도 캔에 붙어 있는 형태가 아니라 물방울 모양의 꽁다리를 뜯어내는 방식이었다. 뜯어낸 꽁다리 안쪽에 네 글자의 한자가 쓰여 있었는데, 옆 사람이 보더니 가게에 가져가면 같은 캔 하나를 더 준다고 하는 것 같아 가방 앞주머니에 챙겨 넣었다. 사행성 비즈니스는 언제나 서민과 함께하는 친구다.

낡은 버스는 엄청난 엔진 소리와 그에 걸맞은 시꺼먼 배기가스를 뿜어대며 위태로운 커브 길을 휘청휘청 올라갔다. 그런데 정상을 지나 내리막길이 막 시작될 무렵, 차 안에서 작은 소동이 일어났다.

먼저 캔이 터지는 소리가 나더니 귀가 먹먹한 비명과 함께 구겨진 신사복의 남자가 옆자리 청년에게 미친 듯이 화를 내며 그의 뒤통수를 몇 번이고 갈기는 것이었다. 아무래도 청년이 캔을 따다가 실수로 소중한 옷을 적셔버린 모양이었다. 그런데 그것으로 끝이 아니었다. 조금 후에 신사복의 환호성과 호들갑이 시작된 것이다.

주변 사람들도 관심을 보이더니, 이내 신사복이 들고 있는 뭔가를 서로 보려고 아우성을 치기 시작했다. 중국인들이 마음먹고 떠들기 시작하면 정말로 지옥의 문이 열린 것처럼 시끄럽다. 싸우는가 싶다가 껄껄 웃다가 각자 웅변대회라도 하듯 쩌렁쩌렁한 목소리로 자기주장을 편다. 남의 말을 조용히 경청하는 것은 패배의 인정일 뿐이다. 아무튼 남자고 여자고 목청도 좋고

기세도 훌륭하다.

시끄러운 소동이 어느 정도 가라앉고 나자, 진상은 나조차도 파악할 수 있을 만큼 명확해졌다. 정신지체 청년이 캔을 땄는데, 그 꽁다리가 경품행사의 1등인 자동차에 당첨된 것이었다. 아무래도 대기업 음료회사의 전국적인 행사인 것 같았다.

90년대 후반 중국에서 자동차는 엄청나게 화려한 경품이었다. 버스는 사람들의 흥분으로 들썩거릴 정도였다. 신사복은 이내 부드러운 목소리로 청년을 꼬드기기 시작했다. "이봐. 아까는 때려서 미안했다. 내가 10위안(당시 한국 돈 700원 정도)을 줄 테니, 그 꽁다리와 바꾸지 않을래?" 뭐 이런 말인 것 같았다. 질이 나쁜 놈이다. 하긴 그런 녀석은 어디에나 있다. 아주 대놓고 한다는 게 한국과 다를 뿐이다. 그때 정의감에 불탄 주위 사내들이 나섰다.

"아니다. 그것은 불공정하다. 내가 100위안을 주겠다."

"말도 안 된다. 1000위안이 바로 여기에 있다."

이런 식의 공방전이 시끄럽게 오고 갔다. 사람들은 서로 지갑에서 돈을 꺼내 청년의 눈앞에 대고 흔들었다. 돈을 꺼내지 않은 사람들도 그 사건에 대해 의견을 나누느라 무척 분주했다.

그런 아수라 지옥 같은 욕망의 분출이 계속되던 어느 순간, 신사복이 버스 기사를 향해 소리쳤다.

"쌰쳐, 씨아쳐어!"

아무도 없는 산길 한복판에 버스가 서자 신사복은 문을 열더니 청년의 목덜미를 잡아 끌어내렸다. 그 상황을 보고만 있을 수 없었던 몇몇 사내가 그에게 소리를 지르고 욕을 하며 따라 내렸다. 계속되는 입찰이 결국 경쟁자 간의 폭력 사태로 비화할 분위기였다. 잠시 상황을 지켜보던 기사가 창을 열고 그들에게 뭔가를 물었다. 그냥 가라는 대답이었는지 신사복과 청년을 포함해 다섯 명의 승객을 산길에 남겨둔 채, 우리의 버스는 다시 내리막길을 달리기 시작했다.

정신지체 청년은 자동차를 지킬 수 있을까? 아마 어려울 것이다. 그와 함께 내린 네 사내는 이미 먹이를 앞둔 맹수의 눈빛을 하고 있었기 때문이다. '가장 강한 맹수가 먹이를 먹어치우겠지.' 거칠지만 현실적이라는 생각도 들었다. 이런 식이라면 청년이 자동차를 소유하는 것 자체가 불행의 시작일 가능성이 높다.

나로서는 버스 안이 그런 대로 조용해졌고, 마침 우리 줄에서도 한 명이 내렸기 때문에 남은 길은 좀 편하게 갈 수 있어서 나쁠 것은 없었지만, 끌려 내려가는 청년의 겁먹은 사슴 같은 눈이 오랫동안 마음에 걸렸다. 청년이 그나마 높은 입찰금이라도 건졌으면 하고 속으로 바랐다.

산길을 다 내려가자 드디어 도시가 나타났다. 서부의 대도시 쿤밍은 수많은 사람의 욕망을 인정하고 부추기고 뒤섞은 채, 비릿하고 매캐한 냄새를 풍기며 우리를 기다리고 있었다.

가이드북에 나온 카멜리아 호텔 4인실에 짐을 내려놓고, 룸메이트로 만난 미국 친구와 저녁을 먹다가 버스에서 있었던 일을 들려줬다. 그는 흥분하며 중국인들의 비정함을 욕했다. 미국이었다면 누군가 정의로운 사람이 그 청년을 위해 대신 싸워주었을 것이라고 목소리를 높였다. '그야 그랬을지도 모르지. 그러나 그 경품이 자동차가 아니라 비행기였다고 해도 그랬을까? 그 정의의 사자는 주위에 보는 사람이 없었대도 정신지체 청년의 행운을 지켜주었을까?' 의심스러웠다. 인간의 욕심은 그 겉모양새야 어쨌든 본질적으로 크게 다르지 않다고 생각했기 때문이다.

그로부터 2년이 지나갔다. 그사이 우리나라에는 외환위기가 시작되어 많은 사람들이 삶의 터전을 잃었다. 동갑내기 친구들은 취업에 어려움을 겪었다. 욕망의 실현보다 당장의 생존이 더 중요한 시기였다. 아무도 아무것도 사려고 하지 않았다. 명동의 상가마저 헐값에 나왔으나 좀처럼 팔리지 않았다. 대신 다국적 자본이 사나운 맹수처럼 달려들어 알짜 기업과 부동산을 마구 쓸어 담았다. 대한민국 민주화의 상징 김대중 대통령은 거대 외국자본에 머리를 숙이고, 돈을 빌렸다. 그리고 온 국민에게 금 모으기 운동에 동참해줄 것을 호소하고 있었다.

모두가 불안해하던 그때, 나는 내내 고시원에서 공부를 하고 있었다. 돈이야 물론 없었지만 고시생은 원래 그런 거라 생각하면 그다지 힘들 것도 없었다.

약사고시에 합격한 1998년, 국가의 은혜를 받고 자라난 자로서 마땅히 국가적 위기를 극복하는 일에 힘을 보탰어야 했겠으나, 나는 그럴 생각이 없었다. 기성세대의 무능함과 뻔뻔스러움에 질려버려서인지 아니면 애초에 그다지 애국자가 못 되어서인지 수중에 남아 있던 마지막 돈인 월세 보증금 300만 원을 빼서 미국에서 놀러온 중학교 3학년 동생과 함께 중국으로 배낭여행을 간 것이다. 돈이 다 떨어지면 돌아온다. 그리고 거기서부터 다시 시작하면 된다. 마지막 돈을 털어먹는 상황이었지만 마음은 이상하게 홀가분했다.

중국은 2년 만에 많이 달라져 있었다. 우선 그리도 많던 한국 여행자와 유학생이 거의 사라지고 없었다. 사방에 대형 빌딩 공사가 진행 중이고, 모든 물가가 대대적으로 오르고 있었다. 만나는 사람마다 이러다가 한국이 망해버리는 것 아니냐고, 걱정하는 건지 고소해하는 건지 말을 걸어왔다. 700원이던 중국 돈 10위안은 1400원이 되어 있었다. 그래서 돈을 쓸 때면 그것이 꼭 필요한 일인지 다시 한 번 생각해볼 수밖에 없었다.

원래는 티베트 쪽으로 가볼 계획이었으나 가진 돈이 예상보다 빨리 떨어져가는 바람에 전에 가본 저렴한 루트를 거쳐 라오스로 넘어가기로 생각을 바꾸었다. 그리하여 참으로 우연히, 나는 2년 전의 그곳, 황무지와 산길을 덜컹거리며 오르던 좁고 지저분한 미니버스 뒷좌석에 다시 한 번 앉게 되었던 것이다.

캔 꽁다리로 자동차를 뽑은 청년의 기구한 행운이 생각나 동생에게 이야기해주었다. 안된 상황임에는 분명하지만 어차피 남의 일이고, 지난 일이다. 우리는 "역시 중국 사람들은 대단해", "뭐가 달라도 다르다니까" 하고 웃으며 그 사건에 대해 이야기했다. 그런데 세상의 모든 일과 마찬가지로 그 일도 그렇게 단순하지만은 않았다.

동생과 나는 오랜 버스 여행에 지쳐 졸다 깨다 하고 있었다. 버스가 산길의 정상을 지나 내리막길을 내려가기 시작했을 때, 마치 데자뷔처럼 캔이 터졌다. 앞에 앉은 한 사람이 옆 소년의 뒤통수를 마구 후려치며 화를 냈다. 맞는 사람은 알고 보니 정신지체아였다. 그러다가 때리던 사람이 갑자기 환호했다. 그가 들고 있는 것을 주위 사람들도 보려고 달려들었다. 그리고 몇 사람이 옥신각신하다 그 소년과 함께 버스에서 내렸다. 순식간에 이 모든 일이 차례로 일어났다. 버스는 그대로 내리막길을 달려 내려갔다. 이것은 절대 '데자뷔' 같은 게 아니다. 분명 내가 2년 전에 겪었던 일이고, 그런 일이 있었다는 것을 내 동생도 알고 있었다. 동생이 곁에 없었다면, 나는 내가 알량한 고시공부 끝에 미쳐가는 건 아닌가 의심했을지도 모른다.

나는 놀랐다기보다 눈앞에서 벌어진 일을 도저히 믿을 수가 없었다. 동생은 직접 겪은 일은 아니어서인지 이 사건의 기괴함을 피부로 느끼지 못하는 듯 "우와, 신기하다" 하고 말았지만, 나는 솔직히 소름이 돋았다. 세상이 으스스하게 느껴졌다. 지금 내가 여기에 존재하고 있다는 것, 나와 팔을 맞대고 앉아 있는 내 동생과 기름때에 찌든 머리 냄새를 풍기는 앞자리 중국 사람은 과연 정말로 이곳에 존재하는 것일까? 이 모든 것은 나의 꿈이거나 상상이 아닐까? 무언가가 우리 모두를 조종하고 있는 것은 아닐까?

그로부터 다시 10년이 지났다. 나는 일본 친구 요헤이의 도쿄 집 주방 테이블에 앉아 있었다. 그 전해에 나의 결혼식에 요헤이 부부가 참석해주었고, 그해 여름에는 요헤이의 아내 무무가 첫째를 임신하여 우리 부부는 축하차 답례차 여름 휴가에 도쿄 외곽 요헤이의 아파트에 놀러 간 것이다.

아내들은 육아용품 쇼핑을 나가고, 우리는 TV를 보며 대낮부터 맥주를 마시고 있었다. 도쿄의 여름은 덥고 습하여 맥주가 술술 들어갔다. 케이블 TV에서는 〈매트릭스〉가 방영되고 있었다. 네오는 드디어 자신의 비참한 현실을 깨닫고, 친구들의 도움을 받아 시스템에 저항하기 시작하고 있었다.

영화를 보다가 요헤이에게 중국 산길에서의 그 사건(들이라고 해야 하나?)을 들려주었다. "이러이러한 일이 있었는데, 2년 후에 또 우연히 같은 곳을 지나다가 거의 똑같은 일을 다시 한 번 겪은 거야. 무척 놀랐어. 아직도 그 사건의 의미가 궁금해" 하고 간단히 요약해서 말했다.

"역시 우리는 매트릭스에 살고 있는 걸까? 내가 우연히 비밀의 문을 열어버린 걸까?"

"글쎄, 어려운데."

냉장고에서 막 꺼낸 삿포로 캔맥주는 입 안에 쌉쌀한 맛을 남기고, 식도를 지난 후 위장을 돌아 내려가며 더위에 지친 몸을 시원하게 식혀주었다. 몇 캔째인지 알 수 없었다.

"난 아직도 그 일이 잘 믿어지지 않아. 어찌 됐든 상관없어진 지금에 와서도."

한참 뭔가를 생각하던 요헤이가 드디어 말을 꺼냈다.

"혹시 이런 거 아닐까?"

"뭔데? 말해봐."

"그 구겨진 신사복과 정신지체 청년이 한 팀인 거야. 그리고 바람잡이 한 명이 더 있었을지도 몰라. 시골 사람을 뜯어먹는 머리 좋은 사기단이라는 거지."

그 간단한 가설을 듣고 한참 동안 머릿속으로 모든 상황을 재현하고, 앞뒤를 맞춰본 나는 모든 그림이 딱 맞아떨어진다는 것을 도저히 인정하지 않을 수 없었다.

그렇다면 정작 불쌍한 사람은 사슴 같은 슬픈 눈을 한 그 청년이 아니었던 것이다. 정신지체도 연기였을까? 그렇다면 그는 대단히 훌륭한 연기자였다. 사기를 짜낸 기획자는 시대를 잘못 만난 천재인지도 모른다. 아니면 내가 그저 어수룩한 바보 촌놈인지도 모른다.

그렇지 않으면 매트릭스의 조정자가 에러의 발각을 깨닫고, 나의 기억을 수정하기 위해 친구라는 형태로 나타났는지도 모른다. 그것도 아니라면 이 글을 쓰고 있는 나도, 읽고 있는 당신도 다 존재하지 않는 꿈인지도 모른다. 수많은 가능성과 부족한 이해, 그에 따르는 선택의 허무함 앞에서, 나는 천천히 일어나 자신의 해답에 만족하며 싱글거리는 요헤이를 한 번 바라본 뒤 맥주를 더 가지러 냉장고로 향했다.

## 방비엥의 여우

_방비엥, 라오스

나무로 지은 방갈로들이 시골 분교 운동장만 한 잔디 정원을 둘러싸고 있고, 한쪽 옆으로 맑은 소리를 내며 강이 흘렀다. 강 너머로는 볼 때마다 흠칫 놀라게 되는 엄한 할아버지 같은 바위 산이 마을을 내려다보고 있었다. 우리나라에서는 볼 수 없는 형태의 산으로 거칠고 비현실적인 느낌이다. 부상당한 주인공이 숨어들어가 무림의 고수와 딸을 만나고, 불패의 무술과 사랑까지 얻게 된다는 무협지 속 깎아지른 산 같다. 높이와 크기가 제각각인 컵을 여러 개 엎어 불규칙하게 늘어뜨려놓은 것을 생각하면 된다. 중국 계림의 산세와 비슷해 보여 알아보니 같은 석회 카르스트 지형이라고 한다.

요즘은 많이 달라졌다고 들었지만, 20년 전 방비엥은 조용한 마을이었다. 사실은 라오스라는 나라 자체가 조용한 시골 마을 같았다. 사회주의 정권은 1990년대 중반 고립 정책을 포기하며 국경을 개방했고, 외국인이 라오스를 여행할 수 있게 된 지 얼마 안 되었을 때 나도 그 나라에 흘러들게 되었다.

수도 비엔티안의 중심가에서도 5층 이상의 건물을 찾기 힘들 정도로 개발을 피해 살고 있던 그 나라에서는 모든 것이 느릿느

덧 흘러샀나. 길을 걷나 보면 동네 아주머니들이 웃으며 수박을 먹고 가라고 부르고, 어디나 있는 절에서는 스님들이 어서 오라고 하면서 자기들 점심식사를 나눠주었다. 사탕수수밭을 지날 때면 일하던 아저씨가 다가와 칼로 사탕수수 껍질을 말도 없이 쓱쓱 벗겨 내미는 일도 있었다. 겉보기에는 가난한 나라였는데, 사람들의 마음은 그렇지 않았다. 웃음과 친절이 바이마르 공화국 말기의 마르크처럼 넘쳐나고 있었다.

자본주의의 가치교환적인 친절에 길들여진 나는 처음엔 이 사람들이 왜 이러는지 의심하기도 했으나 그 전염성 강한 기쁨과 자족의 문화는 금세 나의 비뚤어진 마음을 교화시켰다. 어느 날 거리를 걷다가 웬 놈이 실실 웃으면서 길을 걷는 모습이 가게 창가에 비치는 걸 보는데, 알고 보니 바로 나였던 것이다.

방비엥은 도로 사정이 지독하게 나쁘고 차편도 많지 않은 시골 마을이었지만 아름다운 풍경과 사람들의 친절한 태도는 설탕이 개미를 꾀듯 배낭여행자들을 끌어들여 벌써 게스트하우스는 물론 식당, 여행사가 자리 잡은 중심가가 생겨나고 있었다.

나는 버스터미널에 내리자마자 마주친 삐끼 청년을 따라가 강변의 게스트하우스 2층에 아담한 방을 하나 구했다. 청년은 엄청 재미있는 곳이라고 주장했으나 내가 도착했을 때 그곳에는 아무도 보이지 않았다. 은퇴자를 위한 싸구려 리조트나 몰락해가는 요양원 같았다. 방값으로는 하루에 1달러를 받았다.

방은 나쁘지 않았다. 베란다에서는 넓은 정원이 내려다보였고, 창으로 스며드는 강물 소리가 시원했다. 무엇보다 숙박비에

비해 깨끗했다. 다만 식당과 술집이 몇 개 있는 중심가까지는 상당히 걸어야 했다. 상관없다. 하룻밤에 1달러다.

그렇지만 한잔하고 돌아오는 밤에, 달빛 비치는 시골길을 걷다 보면 우리나라 옛이야기들의 현실성을 실감할 때가 있었다. 절벽 위에서 호랑이가 돌을 굴리며 노려본다든가 울고 있는 여인이 있어 한참 사정 이야기를 듣는데 달빛 그림자에 여우 꼬리가 비친다든가 하는 이야기들. 그것은 이제 보니 옛 사람들의 상상력 부족이기는커녕 지독히 현실적인 공포물이었던 것이다. 숙소로 돌아오는 길은 그런 신비롭고 약간은 위협적인 밤길이었다. 그래서 대개 나는 밤이 오기 전에 숙소에 들어와서 베란다에서 담배를 말아 피우며 책을 읽거나 옆방의 네덜란드 커플과 잠깐 떠들다가 일찍 잠자리에 들곤 했다.

경치 좋은 외딴 곳에 혼자 묵는 젊은 남자는 외롭다. 그런 곳에는 주로 나이 든 은퇴자들이나 만난 지 얼마 안 된 커플 등 자기완결적인 여행자들이 모이기 때문에 젊은 남자가 재밌어할 만한 사건들이 좀처럼 일어나지 않는다. 재미가 없는 대신이랄까, 생각에 빠질 시간이 제한 없이 주어지기는 하지만.

평화롭지만 따분한 시간을 흘려보내던 어느 오후, 대기를 달구는 태양의 열기가 한창일 무렵, 나는 강이 보이는 게스트하우스 정원 벤치에 앉아 진지하게 뭔가를 생각하고 있었다. 무엇이었는지는 정확히 기억나지 않지만 당시에 대단히 중요하고 본질적인 생각에 빠져 있었다는 것만은 확실하다. 잠시 떠나온 나의 현실과 대체 가능한 삶에 대한 고민, 아니면 인류의 정신적인 성숙과 미래 세계의 가능성, 그도 아니면 피할 수 없이 찾아오는 저녁 메뉴에 대한 고민이었는지도 모른다.

당시 내 눈에는 라오스의 음식 문화가 베트남이나 태국 등 이웃 나라들에 비해 형편없이 빈곤해 보였다. 주식은 까우냐우라고 부르는 찹쌀밥이었는데, 거기에 짜디짠 채소 반찬 한 가지나 손가락만 한 꼬치구이 하나를 곁들여 한 끼를 해결하는 것이 보통이었다. 고기 요리법은 재료와 상관없이 거의 소금 범벅 숯불구이였다. 방비엥 마을 한편에는 가끔 장이 섰는데, 깊은 산골에서 내려온 사람들이 물고기나 화려한 깃털을 가진 새부터 독이 있어 보이는 위협적인 빛깔의 뱀, 서로 다리가 묶인 채 꿈틀대는 박쥐 무더기, 거대한 야생 쥐, 커다란 도마뱀 같은 정글의 식재료를 늘어놓고 사고팔았다. 한번은 올무에 걸린 여우도 보았는데, 좌판의 할아버지는 장사보다 구경하러 몰려오는 아이들을 쫓느라 바빴다. 여우는 눈동자만 있는 듯한 까만 눈으로 원망하듯 나를 바라보았다. 산에서 잡은 것을 장에서 팔아 손주들 공책도 사고 고무신도 사고 그러는 거겠지 하는 생각이 들어, 카메라를 들었다가 내려놓았다.

아무튼 벤치에 앉아 여전히 생각에 빠져 있는데, 강 하류 쪽에서 젊은이 셋이 바지를 걷어붙이고 투망을 던지는 모습이 눈에 들어왔다. 투망은 넓은 타원을 그리며 거인의 손처럼 우아하게 날아가 강물을 덮쳤다. 여름이 오면 거의 하루도 빼먹지 않고 영월 동강에서 친구들과 고기잡이로 날을 지새우던 이 몸이다.

209

오랫동안 결론짓지 못한 중요한 생각은 금세 고기잡이에 대한 관심으로 옮겨갔다. 마침 큰 놈을 잡았는지 투망을 펼치는 강변이 시끌시끌했다. 나도 무슨 물고기일까 궁금해 강으로 가까이 다가가보았다.

눈이 마주치자 청년들은 라오스인 특유의 천진난만한 웃음을 지으며 손을 흔들어 보였다. 나도 손을 흔들었고, 이내 나는 '남쏭'이라는 아름다운 강으로 초대를 받았다. 강가로 내려가 반바지를 사타구니까지 걷어붙이고, 얕지만 물살이 센 지류를 천천히 건너 그들이 있는 곳으로 갔다.

"좀 잡혀? 나는 한국에서 온 성민이라고 해."

"나는 삔께오야. 이쪽은 내 친구 쑥 그리고 쏭."

삔께오가 영어를 할 수 있어서 통역을 맡았다. 그들은 모두 스물한 살 동네 친구들로, 비엔티안에서 대학을 다니는 삔께오가 고향에 다니러 와 오랜만에 함께 고기잡이를 나왔다고 했다.

어린 시절의 동강처럼 맑고 푸르른 빛은 아니었지만, 남쏭의 물도 깨끗했고 무엇보다 한낮의 열기를 가라앉힐 만큼 시원했다. 마침 산에서 기분 좋은 바람이 내려와 머리카락을 흩트리고 시내 쪽으로 불어갔다.

플라스틱 통을 슬쩍 들여다보니 손가락만 한 물고기들이 서른여 마리, 손바닥 정도 되는 놈은 서너 마리뿐이었다. 건장한 청년 셋이서 내가 어렸을 적에도 놔주던 새끼 물고기를 잡고 있다니, 어이가 없어 나도 투망을 한번 던져보기를 청했다.

투망질은 어렸을 때 동네 형들한테 혼나가면서 터득한 기술로 한동안 나의 자랑거리였다. 잘 던지기 위해서는 어느 성도의 운동신경과 오랜 연습, 상당한 정신 집중이 필요하다.

먼저 투망 끝에 달린 고리에 왼쪽 손목을 걸고 줄을 몇 번 접어 올려 그물 윗부분을 왼손으로 쥐고 잘 털어준다. 다음 그물을 들고 있는 왼쪽 팔꿈치를 굽혀 올리고, 그물 일부를 당겨 거기에 건다. 그다음이 중요한데 그물의 반대쪽을 당겨 한 뼘씩 차곡차곡 접어가며 오른손 손아귀로 잡아나간다. 이때 그물이 엉키지 않도록 일정한 간격을 유지하는 것이 까다롭다. 그물 전체의 3분의 2정도가 오른손에 들어왔을 때, 왼손으로 나머지 3분의 1을 잡아당기면 왼쪽 팔꿈치, 왼손, 오른손에 걸린 그물의 밑부분이 삼각형 모양으로 열린 상태가 된다. 그 상태를 유지하면서 물고기가 있을 만한 곳으로 살며시 걸어가 왼쪽에서 오른쪽으로 회전하는 자세로 그물을 던지는데 마지막 순간에 몸을 쭉 펴는 것이 포인트다. 과정이 복잡하고 손이 많이 가지만, 일단 투망을 멋지게 던지고 나면, 고기가 잡히든 아니든 굉장히 멋진 기분이 든다.

어린 시절의 기억을 되살리고 몇 번 조언을 받아가며 투망을 수습하고 자세를 잡은 다음 주변을 살폈다. 마침 물살이 세지 않고 적당히 깊은, 물고기가 좋아할 만한 곳을 찾아냈다.

자, 그럼 이제 솜씨를 보여줄 시간이다. 슬리퍼가 미끄러웠지만, 나는 조심조심 물소리를 죽이며 걸어갔다. 고기잡이 친구 셋은 물론이고 삐익삐익 울던 산새마저 숨죽이며 그 광경을 지켜보고 있었다. 두 발에 굳게 힘을 준 다음 힘껏 투망을 던졌다.

나의 투망은 찌그러진 별 모양으로 조금 날아가더니 첨벙하고 거대한 물기둥을 만들며 고요한 강에 일대 파문을 일으켰다. 폼 잡고 다이빙을 하는데 배부터 떨어진 꼴이었다. 물론 그런 투망질에 잡힐 물고기는 없다. 모두들 신나게 웃어댔다. 삔께오가 방금 전 그물을 든 채 잔뜩 상기된 내 얼굴과 튀어 오르는 물세례에 자지러지던 모습을 흉내 내며 놀리자 쑥과 쏭은 배를 움켜쥐고 비틀거리다가 물에 빠질 뻔했다. 남의 눈을 신경 쓰지 않고 상황에 모든 것을 내맡기는 시원한 웃음. 끝없이 웃어대는 그들을 따라 나도 후련하게 한참을 웃었다. 이렇게 아이처럼 기분 좋게 웃어본 것이 얼마 만인가 싶었다.

아무도 없는 오후의 강변, 네 사내가 물을 뒤집어쓴 채 낄낄대는 동안 물고기라고 불리는 작은 생명들은 필사적으로 달아나고 있었다.

산골의 해는 빨리 저문다. 상류로 올라가며 물고기의 행동 패턴을 추측하고, 그물을 던지고, 농담을 하다가 해가 지기 전에 모두들 자연스럽게 삔께오의 집으로 가기로 했다. 잡은 물고기를 안주 삼아 한잔하자는 제안이었다. 그러나 우리의 수확은 쏭이 꽁치처럼 길쭉하게 생긴 처음 보는 물고기를 한 마리 더 잡은 것 말고는 다 손가락만 한 피라미로 아까와 달라진 게 없었다. 풍모에 비해 물고기가 별로 없는 강이었다. 그렇게 어린 놈들을 다 잡아버리니 물고기가 자랄 틈이 있겠나 싶었지만, 내가 왈가왈부할 문제는 아니다. 무엇으로 안주를 할 것인가가 문제지.

뻰께오네 집으로 가는 길은 꽤 멀었다. 나는 괜히 들떠서 쉴 새 없이 떠들며 그들을 따라 걸었다. 하지만 가끔 이야기가 끊길 때면 어색하고 쓸쓸한 분위기도 끼어들었다. 참 오랜만에 느껴보는 감정인데 고기잡이에서 돌아오는 길에는 좀 그런 면이 있다. 뭔가 큰일을 해낸 것 같은 성취감과 더불어, 욕망에 이끌려 의미도 없고 해서는 안 될 짓을 한 것 같은 기분이 섞여 묘한 감정이 든다. 꼭 축축한 엉덩이로 동강 다리를 건너 돌아오던 어느 저녁 같았다. 경용이, 중범이, 성래와 함께 족대를 둘러멘 새까만 어린 내가 그 길을 걷고 있었다.

뻰께오네 집은 바닥에 사람 키 정도의 기둥을 세우고, 그 위에 집을 얹은 라오스 전통 양식으로 열몇 가구 정도 되는 마을 한쪽 언덕배기에 서 있는 빛바랜 목조 주택이었다. 마당에 들어서자 망설이듯 곁눈으로 노려보며 짖던 개가 뻰께오의 꾸지람에 시무룩하게 고개를 숙이고 꼬리를 흔들었다. 한편에서는 스무 마리가 넘는 암탉과 병아리들이 마당을 온통 헤집으며 뛰어다니고 있었다.

초등학생으로 보이는 빡빡머리 동생은 경계와 호기심이 뒤섞인 얼굴로 형의 재촉을 받아 양손을 이마에 모으고 인사를 하더니 곧 어디론가 사라졌다. 이상한 녀석이 손님으로 왔다고 친구를 부르러 갔는지도 모른다. 부모님과 할머니에게 외국인 친구를 소개시킬 때는 겸손한 뻰께오도 약간 으쓱하는 것 같았다.

우리는 황토 바닥에 작은 상을 펴고 앉은뱅이 의자 네 개를 둘러놓은, 부엌처럼 보이는 공간으로 안내되었다. 바닥에서 시원한 기운이 올라와 더위에 지친 몸을 식혀주었다. 낮은 천장에는 그리운 노란색 알전구가 정글과 마을, 원시와 문명을 중개하기라도 하듯, 희미하게 밝혀져 있었다.

잡아 온 물고기들을 어떻게 요리할 건지 물으니 구이와 탕을 해서 안주와 저녁을 겸하자는 답이 돌아왔다. 물놀이에다 오래 걸었기 때문인지 어둠이 내리자 배가 몹시 고팠다. 그것은 기분 좋은 건강한 식욕이라기보다 불안하고 절박한 허기였다. 박쥐나 도마뱀이라도 먹을 수 있을 것 같았다.

먼저 식탁에 차려진 것은 라오스의 전통술 라오라오였다. 긴 머리를 포니테일로 묶고, 위아래 빨간 트레이닝복을 입은 삔께오의 여동생이 작은 항아리를 내려놓고, 내 쪽을 보며 부끄러운 듯 웃었다. 이름을 물었더니 가메이라고 수줍게 대답한 소녀는 한국 드라마를 좋아한다며 뭔가 얘기를 더 하고 싶어 했으나, 엄한 오빠에게 곧 쫓겨나고 말았다.

찰랑찰랑한 항아리에는 대나무 빨대가 하나 꽂혀 있었다. 들여다보니 투명한 액체에 곡물 알갱이와 겨 같은 것이 떠 있었는데 냄새로 보아 막걸리보다는 독한 술인 것 같았다. 한 명씩 돌아가며 한 빨대로 술을 빨아 먹었는데, 위생적인 음주법이라고는 할 수 없겠으나 뭔가 귀한 것을 비밀스레 돌려 먹는 듯한 공모감이 있었다. 소주를 섞은 쉰 막걸리 같은 맛이 나는 라오라오는 센 술이었다. 서너 번 빨대가 돌고 나자 취기가 올라와 다들 쉬지 않고 웃고 떠들기 시작했다.

생선구이가 나왔다. 손바닥만 한 물고기 네 마리를 정성스레 손질하여 소금을 뿌려 구웠는데 한 사람낭 한 마리씩 배당되었다. 친구들이 하는 대로 나도 소쿠리에 담긴 찹쌀밥을 손으로 동그랗게 쥐어 입에 넣고 생선살을 아주 조금 뜯어 같이 먹었다. 찹쌀밥이 잘 넘어가지 않아 라오라오를 연신 빨아 마셨다. 다음으로는 탕이 나왔다. 새끼 물고기들을 그대로 물에 넣고 끓인 맑은 탕이었다. 소금으로 간을 했고 고수가 몇 개 떠 있었다.

술항아리가 바닥을 보이자 삔께오가 약간 째지는 목소리로 여동생을 불렀고, 다시 라오라오가 등장했다. 가메이는 이번엔 옷과 잘 어울리는 빨간 리본 머리핀을 꽂고 있었다. 내가 "땡큐 가메이" 하자 준비하고 있었던 듯 "유 아 웰컴" 하며 자신 있게 싱긋 웃었다. 우리는 신이 나서 자꾸만 라오라오를 빨아댔다. 쑥이 어디선가 기타를 들고 와서 라오스 노래를 몇 곡 불렀다. 나도 답을 한답시고 유일하게 코드를 기억하고 있는 〈바위섬〉을 부르다가 "다시 태어나지 못해도" 하는 부분에서 음 이탈을 해 다시 한 번 의도치 않게 모두를 웃겼다.

마을의 불이 하나둘 꺼지고 노래도 끝나고 벌레 우는 소리에 밤이 깊어갈 때, 드디어 집 안의 라오라오가 모두 떨어졌다. 내가 술을 더 사 오자고 하자 세 친구가 조금 쭈뼛거렸다. 다들 돈이 없는 모양이어서 내가 맥주를 좀 사기로 했다. 허리에 감긴 전대에서 20달러짜리를 한 장 꺼냈더니 다들 오오오 하면서 역시 부자 나라에서 온 친구라고 웃으며 나를 치켜세웠다. 그때 '왠지 모두들 이상한 얼굴을 하며 웃는구나' 하고 생각했다. 내가 기억하고 있는 것은 거기까지다.

깨어났을 때 나는 숙소 침대에 누워 있었다. 목이 타들어가는 것처럼 말랐고, 머리는 누군가 송곳으로 끊임없이 찔러대는 듯 아팠다. 일어나려고 해봤지만 세상이 빙글빙글 돌았다.

시곗바늘은 3시를 가리키고 있었다. 오랫동안 마음의 각오를 다진 뒤 있는 힘을 다 짜내 겨우 일어섰다. 화장실까지 좀비처럼 걸어가 소변을 보는데 갑자기 몸 안의 수분이 빠져나가자 혈압이 떨어지며 어지러워 다리가 푹 꺾였다. 그대로 화장실 바닥에 주저앉아 한쪽 벽에 놓인 거울을 무심코 보았다가 기절할 뻔했다. 웬 귀신같은 사내가 나를 보고 있었던 것이다.

말 그대로 머리부터 발끝까지 진흙투성이였다. 옷은 팬티까지 젖어 있었다. 왼쪽 볼과 왼쪽 팔꿈치 아래로는 어디에 쓸린 듯 피가 말라붙어 있었다. 오른쪽 손등에도 상처가 있었고 양 손목과 왼쪽 무릎이 몹시 아팠다. 허리에 차고 있던 전대도 만져지지 않았다. '무슨 일이 있었던 걸까? 어쩌다 이런 꼴로 여기에 주저앉아 있는 거지?' 생각하려 했지만 대답 대신 깨질 듯한 두통이 찾아왔다. 일단 물을 마셔야 했다. 화장실은 자주 그렇듯, 오늘도 물이 나오지 않았다. 배낭이 있는 곳까지 허리 아래가 잘린 좀비처럼 기어간 나는 비상약통을 열어 진통제를 꺼낸 다음 물을 찾아 두리번댔다. 물병은 어디에도 보이지 않았다. 입 안은 이미 사막의 모래처럼 뜨겁게 버석거렸다. 한 방울의 침도 나오지 않았다.

아직은 희망을 버리지 말자. 포기하지 말자. 머리를 굴리자. 마지막 힘과 용기를 끌어내 베란다로 나갔다. 마침내 의자 아래에서 물통을 찾아냈지만 미지근한 물이 한 모금 정도 남아 있는 게 다였다. 일단 그것으로 진통제를 삼킨 뒤, 의자에 몸을 기대어 어두운 정원을 마주하고 앉았다. 웅장하게 흐르는 강물 소리와 경쟁이라도 하듯 풀벌레들이 목청껏 울어대고 있었다. 하늘에는 별들이 가득했고, 둥근 달이 맑고 푸른빛을 온 세상에 뿌리고 있었다. 옆방의 베란다를 보았으나 네덜란드 커플은 너무 덥고 심심하다고 떠나버린 지 며칠이었다. 이러다 정말 목이 타서 죽을 수도 있을 것 같았다.

얼마나 그러고 있었을까. 문득 밤하늘에 별똥별이 하나 선명한 선을 그리며 떨어져 내렸다. 어린 시절의 각인이라는 것은 어찌나 강력한지 반사적으로 나도 모르게 소원을 빌고 말았다. '물을 마실 수 있게 해주세요. 약간이라도. 미지근해도 좋아요. 물론 제일 좋은 것은 시원한 사이다지만요.'

별똥별이 소원을 들었는지 그때 한 가지 아이디어가 떠올랐다. 숙소 간이식당 한쪽 구석에 작은 냉장고가 있었던 게 기억난 것이다.

문득 쏟아진 희망의 빛이 나를 일으켰다. 냉장고를 부숴서라도 마실 것을 손에 넣고 말겠다는 각오로 계단을 내려가 쏟아져 나올 듯한 두 눈을 움켜쥔 채, 어둠에 잠긴 정원을 비틀거리며 한 걸음 한 걸음 나아갔다. 좀비의 흐리멍덩한 눈이 바라보는 것은 오로지 식당의 갈색 문. 식당까지 가는 30미터가 3킬로미터쯤 되는 것 같았다.

다행히 문은 걸려 있지 않았다. 슬그머니 열어보니 안은 어두웠다. 어둠 속에서도 나는 조용히 그러나 단호하게 냉장고 앞으로 걸어가 그 앞에 섰다. 손잡이를 움켜쥐고 힘껏 당겼다. 그러나 몇 번을 당겨도 냉장고 문은 꿈쩍하지 않았다. 옆을 살펴보니 냉장고 문에 거대한 자물쇠가 잠겨 있었다. 화조차 나지 않았다. 그저 엄마가 보고 싶었다. 내가 뭘 잘못했다고 이런 시련을 겪는 거지. 그런데 자물쇠를 부술 돌을 찾으려고 둘러보다가 흠칫 놀라고 말았다. 식당 한가운데 테이블에 작은 모기장을 쳐놓고 한 남자가 자고 있었던 것이다. 종일 힘들게 일했을 종업원은 깊은 잠에 빠져 있었다. 나는 망설였다. '저 사람을 깨워야할까? 차마 못할 짓인데….' 한참을 고민하며 서 있던 나는 결국 결심을 하고 그에게 다가갔다.

"헬프 미. 플리즈 헬프 미."

깊이 잠들었는지 사내는 좀처럼 깨어나지 못했다. 나는 더욱 필사적이 되어 외쳤다.

"헬프 미, 미스터. 헬프 미."

그는 눈을 뜨고 내 꼬락서니를 보더니 깜짝 놀라 모기장을 걷고 밖으로 나왔다.

"무슨 일이에요? 얼굴은 왜 다쳤어요?"

"그렇게 심각한 건 아니에요. 하지만 도움이 필요합니다."

"당연히 도와야죠. 사람이 이렇게 다쳤는데…, 세상에 당신 지금 똑바로 서 있지도 못하잖아. 내가 어떻게 도우면 되겠어요? 경찰을 부를까요?"

"아니 그 보다 저어…."

"뭡니까? 말해보라니까요."

"스프라이트 하나만 주세요. 아니 두 개로 할게요."

그는 한동안 나를 바라보며 뭔가 할 말을 찾는 것 같더니 포기하고, 고개를 절레절레 흔들며 열쇠를 꺼내 냉장고 문을 열었다. 아무 말 없이 스프라이트 캔 두 개를 건네는 그의 눈은 뭔가를 말하고 있는 듯했다. 애처로움과 경멸. 그리고 마지막엔 나를 보고 허탈한 듯 웃기까지 했다. 그런 웃음을 어디선가 마주쳤던 것 같은데 기억이 나지 않았다.

캔을 손에 넣자 너무 미안한 마음과는 별개로, 끓어오르는 기대가 온몸을 점령해 나는 날듯이 방으로 돌아왔다. 그날 밤 그 음료수가 내게 준 감동은 인생에서 쉽게 얻을 수 있는 종류의 감동이 아니었다. 손에 전해지는 차가운 캔의 촉감과 뚜껑을 딸 때 치익 하는 소리, 한 모금 한 모금 넘어갈 때마다 차오르는 것 같던 생명의 기운은 그 전에도 그 후에도 겪어보지 못했다. 그대로 두 캔을 이어 마시고 쓰러져 죽은 듯한 잠에 빠져들었다.

다음 날은 종일 앓았다. 물 말고는 아무것도 먹지 못하고 계속 침대에 누워 자다가 갑자기 달려가 설사를 쏟아내는 고통을 몇 번이고 반복했다. 오후 4시 무렵에야 겨우 일어나 걸을 수 있었다. 나와 보니 누군가 치웠는지 스프라이트 캔은 보이지 않았다. 사진이라도 찍어놓고 싶었는데. 시험 삼아 정원을 조금 걸어보았더니 잠시 후에는 거짓말처럼 개운한 느낌마저 들었다.

옷을 갈아입고 밖으로 나갔다. 새로 태어난 것처럼 밝은 세상이었다. 미지근한 공기도 상쾌하게 느껴졌고, 장난꾸러기 꼬마들도, 그늘에 드러누운 털 빠진 개도, 어딘가 술집에서 틀어놓은 시끄러운 레게 음악도, 모든 것이 저마다 사랑스러웠다.

문득 삔께오네 집을 찾아가볼 생각이 들어 기억을 더듬어보았으나 어쩐지 그 마을로 가는 길은 찾을 수가 없었다. 평소에 길을 잘 기억하는 편이라 '이럴 리가 없는데' 하며 애써 생각해보았지만 허사였다. '그러니까 그때 분명히 이리로 와서…' 하면서 모퉁이를 탁 돌면, 막다른 집에서 개가 짖어대고, 의심스러워하는 주인에게서 여기는 길이 아니라고 돌아가라고 하는 말을 듣기를 몇 차례. 지나는 사람들에게 이러이러한 마을로 가려면 어떻게 가느냐고 물어보았지만, 이 부근에 그런 마을은 없다는 것이었다. 작은 동네였기 때문에 거기에 사는 사람들이 이렇게까지 모를 리는 없었다. 어쩌면 완전히 반대 방향에서 찾고 있는지도 몰랐다.

숙소로 돌아와 이번에는 어젯밤의 그 남자에게 사과를 하려 했으나, 그도 만날 수 없었다. 호텔 주인아주머니를 찾아가 밤에 식당 테이블에서 잠을 자던 종업원에 대해 물었는데 어쩐지 이번에도 그런 데서 누가 잘 리가 없다는 대답이 돌아왔다. 인상착의를 설명해도 아주머니는 끝내 누구도 지목하지 못했다.

며칠 후 방비엥을 떠날 때까지 시간이 날 때마다 정원 벤치에 앉아 강을 바라보며 누군가 나타나 그날 밤에 어떤 일이 일어났는지 설명해주기를 기다렸으나 허사였다. 강은 그저 묵묵히 흘러갈 뿐이었다.

결국 나는 그 남자도, 삔께오와 친구들도 다시 만나지 못했다. 그런 일이 있었다는 실마리조차 찾을 수 없었다. 그 밤은 무엇이었고 그들은 누구였을까? 어쩐지 달이 환하게 뜬 밤에 여우에게 홀린 듯한 기분이었다.

　떠나기 위해 짐을 꾸리는데, 생각지도 못한 배낭 윗주머니에서 뭔가가 만져졌다. 지퍼를 열어보니 전대였다. 돈은 물에 젖었다가 마른 모양새 그대로 들어 있었다. 잠시 전대를 바라보다가 나는 생각하기를 그만두고 배낭을 메고 나가 체크아웃을 했다. 전대에 들어 있던 얼마 되지 않는 돈은 카운터의 어린 여직원에게 팁으로 주었다. 버스터미널까지 가는 길은 그날따라 유난히 흙먼지 섞인 바람이 세게 불었다.

　터미널에서 버스를 기다리다가 방비엥에 도착한 첫날 만났던 삐끼 청년과 다시 마주쳤다. 그는 나처럼 어리숙한 여행자를 실은 버스가 오기를 기다리고 있는 것 같았다.

　"오 마이 프렌드, 어떻게 지냈나? 벌써 떠나는 거야?"

　"어, 남쪽으로 내려가보려고."

　"남쪽이라, 그거 좋지. 음식도 맛있고, 여자들도 예쁘고."

　그는 세상 이치에 밝은, 뭐든지 알고 있는 삼촌처럼 껄껄 웃으며 말했다. 그러다가 문득 흠집이 잔뜩 난 선글라스를 내리고 눈을 들어 조용히 물었다.

　"그런데 숙소는 어땠어?"

　"숙소?"

　뭔가 알고 있다는 듯이 흐흐흐 웃으며 그가 말했다.

"어때? 재밌는 곳이라고 했지?"

"재미?"

"뭐야, 설마 아무 일도 없었다는 건 아니겠지?"

그가 침을 한 번 삼키고 강한 햇빛이 거슬리는지 선글라스를 다시 올려 쓰고 나를 뚫어져라 쳐다보는데 마침 버스가 들어왔다. 그때까지도 나는 여전히 대답할 말을 찾고 있었다.

그는 그만 일을 하러 가야 한다는 몸짓을 했다. 나도 차장을 찾아 버스 지붕에 배낭을 올리고 그나마 좀 더 편한 좌석을 차지하기 위해 바삐 움직여야 했다. 어차피 비좁고 딱딱한 직각의자 한 줄에 셋이 앉아서 열몇 시간을 가야 하겠지만 언제나 더 나은 자리가 있는 법이다.

짐과 사람을 다 실은 버스가 떠나기 위해 터미널 마당을 크게 한 바퀴 돌았을 때, 이름도 모르는 그 삐끼 청년이 어리숙해 보이는 곱슬머리 서양인 하나를 뒤에 태우고, 어디론가 출발하려는 게 눈에 들어왔다. 나는 창문을 열고 그를 불렀다.

"헤이, 프렌드!"

그가 오토바이를 세우더니 나에게 엄지손가락을 들어 보였다. 나도 창밖으로 엄지손가락을 내밀며 그에게 소리쳤다.

"숙소 고마웠어."

그의 뒤에 탄, 영문도 모른 채 웃고 있는 곱슬머리 서양인이 조금 부럽기도 하고, 안쓰럽기도 했다. 나의 복잡한 감정에는 아랑곳없이 버스는 다음의 모험을 향해 구름처럼 흙먼지를 일으키며 덜컹이는 시골길을 달려가기 시작했다.

# 4부

**그런 일들이 아주 간단하게 느껴지는**

## 파리지앵은 그렇게들 얘기하는 것 같더군요
_카르티에 라탱, 파리

파리에 아파트를 하나 빌렸다. 2012년 겨울이었다. 5년 동안 살던 부천에서 파주로 이사하게 되었을 때, 직장에 공백기가 한 달 생겨 가족 여행을 계획했다. 맨날 동남아냐고 유럽에도 한번 가자는 아내의 의견에 따라 이번에는 유럽을 알아보았다. 서점에 가보니 다른 지역을 모두 합친 것보다 더 많은 가이드북과 여행 에세이가 유럽의 사방팔방을 소개하고 있었다.

캠핑카를 빌려 남유럽을 뒤지고 다닐까, 물가가 싸고 볼 것 많다는 동유럽에서 여유롭게 지내볼까, 선진적인 사회 시스템도 구경하고 오로라도 볼 겸 북유럽을 갈까, 여러 가지 가능성을 검토하다가 결국 한 달 동안 파리에서 살아보기로 결정했다. 두 돌 반이 된 딸을 데리고 여기저기 돌아다닐 일이 귀찮으니 좋은 곳을 찾아 오래 머물고 싶었고, 가본 적은 없지만 유럽에서 한 도시를 고르라면 역시 파리라는 고정관념이 있었기 때문이다.

파리 5구 카르티에 라탱은 센 강을 끼고 있는 파리 동남부의 한 지역이다. 대학촌의 느낌도 있고 평범한 파리 서민의 생활을 볼 수 있을 것 같아서이기도 했지만, 사실 아파트 하나가 비교직 싸게 나왔기에 거기를 골랐다. 그런데 싸다고 하는데도 작은 원룸 아파트를 한 달간 빌리는 데 240만 원이 들었다. 비좁은 공간에 이렇게 비싼 임대료를 지불해야 한다면 평범한 파리 서민들의 생활이라는 게 아직 남아 있기는 할지 의심스러웠다.

재건축에 대한 비타협적이며 신경질적인 제한 법령을 고수하는 파리에는 많은 주거 공간이 낡고 비좁았다. 1830년에 수립된 도시계획이 아직도 큰 틀에서 유지되고 있다는데, 그에 따라 위험한 건물의 안전상 보수조차도 까다로운 허가 절차를 거쳐야 한다든가, 지역에 따라 새 건물도 중세 유럽 양식으로 지어야 한다든가, 어떤 경우에도 7층 이상은 지을 수 없다든가 하는 제한 사항들이 도시의 변화를 막고 있었다. 이는 물론 전통에 대한 자부심을 드높이고 인류문화사적 가치를 보존하는 탁월한 안목의 행정임이 분명하겠지만, 나 같은 문외한에게는 좁고 복잡한 길, 비효율적인 낡은 건물들의 불편함이 먼저 눈에 들어왔다. 어린 딸을 데리고 다니다 보니 겉보기보다 실용성을 중시하게 된 면도 있을 것이다.

어쨌거나 불편한 것은 불편한 것이다. 물을 틀 때마다 비명을 지르는 낡은 수도관, 찬바람이 숭숭 새어 들어오는 얇은 창, 유모차가 겨우 지나가는 좁은 복도, 위아래와 양옆에서 전해져 오는 소음은 겉보기가 멋지다고 해서 해결될 문제는 아니다. 한 달을 지내며 살펴보니 주변의 주거 환경도 대개 비슷해 보였다. 지은 지 백 년 넘은 건물이 수두룩하고 재개발은커녕 보수조차 쉽게 할 수 없으니, 거기에 사는 사람들이 비싼 돈을 내고도 불편하게 살아야 하는 것이다. 거리를 걷는 사람들의 표정이 하나같이 어두운 것도 이해가 간다. 하지만 불편함을 감수하더라도 파리지앵이 되는 쪽을 선택할 사람은 얼마든지 있을 것이다.

그런 의미에서 프랑스인들의 그 포장 능력, 좁은 길과 낡은 건물을 낭만적인 길, 인간 친화적인 주거 공간으로 포장해 스스로를 위안함은 물론, 한술 더 떠 수많은 관광객까지 끌어들이는 것은 대단히 뛰어난 능력이다. 그런 포장이 세계적으로 통용되는 것을 보고 있으면, 파리의 주거 공간이 불편하다는 내 느낌도 사실은 천민자본주의에 길들여진 인간의 속물적인 착각이 아닐까 의심스러울 정도였다.

한쪽에 낡은 것과 낭만적인 것 사이의 미묘한 차이를 좁혀나가는 작업에서 천재성을 발휘해온 프랑스가 있는가 하면, 다른 쪽에는 새 건물을 지은 다음 돈을 들여 낡은 프랑스 건물처럼 리모델링을 하며 좋아하는 한국 같은 나라도 있다. 누군가 프랑스인들이 고물 시장에 내다버린 가구들을 들여와 터무니없이 높은 가격에 팔면, 그것을 구입해 아파트 한편에 놓아두고 요상한 의미를 부여하며 어깨에 힘을 주는 사람들이 있는 것이다. 아이러니한 세상이다. 어쨌든 저렴하고 넓고 현대적인 공간에 사는 사람들이 비싸고 좁고 낡은 공간에 사는 사람들을 부러워하게 만드는 프랑스인들의 재주에는 힘찬 박수를 보낸다.

파리의 인상은 처음부터 차가웠다. 길을 물으면 못 들은 척 지나가는 사람이 많았고, 식당이나 가게의 종업원들도 자기 할 일만 할 뿐 친근함을 보이는 일은 드물었다. 세 살 아이를 데리고 여행하는 부모가 겪을 법한 일들, 아이가 귀엽다며 말을 걸어오거나 몇 살인지, 이름이 뭔지 물어보는 경우도 파리에선 거의 없었다. 카페나 식당에서 아이가 약간 시끄러운 소리를 내면 옆 테이블에서 노골적으로 싫은 얼굴을 했다.

차고 습한 공기, 거의 늘 우중충한 하늘빛이 사람들의 표정에서 웃음을 지워버렸는지 거리의 분위기는 우울할 때가 많았다. 서울보다 기온이 낮지는 않았는데 공기가 축축하다고 할까, 아무튼 기분 나쁘게 추워서 늘 몸이 움츠러들었다.

자학 성향의 예술가들에게는 분명히 천국 같은 도시일 것이다. 많은 예술가들이 파리의 독특한 분위기와 아름다움을 찬양해왔다. 하지만 어린아이를 동반한 가족이 고된 일상에 작은 위로를 얻고 싶어 찾아올 만한 곳은 아니라는 생각이 들었다. 이 돈과 시간이면 동남아 해변의 리조트에서 꽤 여유롭게 보낼 수도 있다. 그곳에는 따뜻한 공기와 시원한 바다, 아름다운 하늘이 있었을 것이고, 매일 청소 서비스를 제공받고 직접 음식을 만들 필요도 없었을 것이다. 염병할, 가격 대비 성능이 너무도 떨어진다.

우리가 빌린 방은 어느 자연과학대학 건물 뒤편 골목에 있었는데, 지하철 7호선 상시에 도방통 역에서 3분 거리였다. 백 년 전부터 외부인의 침입을 막고 있었을 법한 커다란 아치형 대문 앞에서 비밀번호를 입력하고, 묵직한 나무문을 열고 들어가면

돌이 깔린 작은 마당이 나온다. 그 오른편에는 옛날에는 마구간이었을 듯한 공간이 재활용 쓰레기 수거 공간으로 꾸며져 있다. 마당을 공유하는 건물이 몇 개 있고, 그중 마구간에서 제일 가까운 입구의 돌계단을 열 개 정도 오르면 검은 쇠장식이 달린 작은 나무문이 또 하나 나온다. 여기서 다시 한 번 비밀번호를 눌러 문을 연다. 이번엔 좁고 가파른 계단을 올라야 한다.

아이가 암벽타기 선수 같은 도전의식을 느끼는지, 매번 네 발로 혼자 오르겠다고 고집하는 어두침침한 계단을 올라 오른쪽 복도로 돌아가서 다시 가파른 계단을 한 층 더 오르고, 이번엔 왼쪽으로 가다가 끝에서 오른쪽으로 틀면 나오는 좁다란 복도 끝에 마침내 우리 방이 있다. 이번에는 열쇠를 두 개 꺼내 위아래 자물쇠를 다 만족시켜야 방으로 들어갈 수 있다. 나름대로 이유가 있겠지만, 한국 아파트에 살다 온 사람으로서는 어이가 없을 정도로 폐쇄적인 구조였다.

길쭉한 원룸 안쪽에는 어른 허리 높이로 단차를 두어 올리고 커튼으로 가린 침실이 있었다. 침실 아래 공간은 창고였는데, 작은 엘지 드럼세탁기가 설치되어 있었다. 침실 계단 앞으로 식탁을 겸한 아일랜드 테이블 위에 전기레인지, 후드, 싱크대가 달린 부엌이 꾸며져 있고, 한쪽 벽에는 길고 좁은 욕실 겸 화장실, 그 밖에도 옷장, 아이를 따로 재울 수 있는 간이침대 겸 소파, 컴퓨터가 있는 책상, TV와 작은 오디오 장치, 접이식 테이블과 의자 따위가 있었다. 어찌나 알뜰하고 효과적으로 살림살이를 배치했는지, 그 모든 것을 다 놓고도 아직 셋이서 둘러앉을 공간이 남기까지 했는데, 우리는 거기를 거실이라고 불렀다.

찬바람이 불고 눈이 질퍽이는 거리를 걷다가 들어설 때는 포근한 방이었지만, 하루에 두 번 인색하게 틀어주는 라디에이터 난방으로는 얇은 창으로 스며드는 냉기를 감당하지 못해 방에는 싸늘한 기운이 감돌았고, 우리는 두꺼운 옷을 입고 지내야 했다.

문을 열고 길을 나서자마자 고풍스러운 건물들 사이로 책을 들고 바쁘게 돌아다니는 대학생, 개를 산책시키는 남자, 카페 앞에서 담배 피우는 여자, 빵집에서 바게트를 안고 나오는 노인을 마주친다. 파리의 거리인 것이다. 날씨가 좋은 날이면 노천 카페에 앉아 커피를 마시며 거리를 구경하는 재미가 쏠쏠했지만, 날씨가 좋은 날은 드물었다.

처음 며칠의 두리번거림이 지나자, 우리는 어느새 생활인 모드로 변해 아이를 돌보고 먹고 자는 일에 주로 신경을 쓰게 되었다. 관광지 따위는 관심 밖이었다. 가까운 카르푸에 가서 쌀, 야채, 과일, 맥주, 라면, 햄, 계란, 파스타를 사다가 하루 두 번 간단한 음식을 만들어 먹었다. 식재료는 가격에 비해 품질이 좋아서 꽤 훌륭한 맛을 냈다. 봉마르셰 백화점에서 스테이크용 고기와 질 좋은 치즈, 와인 몇 병을 사 와서 밤에 아이를 재우고 아내와 둘이서 홀짝였다. 요리할 기분이 아닐 때는 근처의 무프타르 거리나 소르본 캠퍼스 부근의 작은 레스토랑까지 걸어가 음식을 사 먹었다. 와인 한 병을 포함해 둘이서 4, 5만 원 정도로 꽤

근사한 3코스 요리를 먹을 수 있었다.

파리 사람들은 먹는 것에 상당히 집착하여 식당 음식의 질이나 맛은 물론이고 동네 빵집의 바게트나 슈퍼마켓 식재료의 신선도에까지도 매우 까다롭게 군다고 하는데, 그래서인지 먹는 문제는 대체로 만족스러웠다.

일부러 찾아가 입장권을 사고 줄을 서서 들어가는 관광지에는 거의 가지 않게 되었다. 대신 작은 상점들이 늘어선 골목길과 한적한 공원을 많이 걸어 다녔다. 집 근처에 국립식물원이 있어 산책 삼아 다녀오거나 전시관에서 하는 공룡 전시회에 아이를 데려가기도 했다.

효율적으로 운영되는 파리 지하철을 타고 백화점 거리나 쇼핑 거리에 나가 다양한 물건들을 구경하는 것도 소소한 즐거움이었다. 쇼핑으로 유명한 샹젤리제 거리 인근의 샤넬 매장은 일본인, 중국인, 한국인, 러시아인, 중동인, 아프리카인들이 몰려들어 소리를 지르며 북적대는 통에 국제 암시장을 연상시켰는데, 내게는 핸드백보다 콧대 높은 샤넬 직원들의 당황하는 모양새가 더 흥미로운 구경거리였다. 주말이면 시 외곽에서 열리는 벼룩시장을 다리가 아플 때까지 돌아다녔고, 프랑스 식재료가 질릴 때면 차이나타운에서 떠들썩한 시장을 돌아보고 입에 맞는 반찬거리를 사 오기도 했다.

그러나 파리에서는 아무 일도 일어나지 않았다. 적어도 그런 기분이 들었다. 새로운 사람을 만나고, 친구가 되고, 서로 영향을 주고받는 일이 생기지 않았기 때문이다. 파리 사람들은 대체로 다른 사람의 일에는 관심이 없어 보였고, 뭔가에 골몰하는 태도로 바쁘게 돌아다녔다. 어느새 나도 그런 영향을 받았는지 다른 사람에 대한 관심이 줄고 아예 친구를 사귀려는 시도조차 하지 않게 되었다. 한 달이나 한곳에 머물렀는데도 친해진 사람이 전혀 없었던 것은 처음 있는 일이었다. 사람들과 만나서 같이 몰려다니고, 왁자지껄 맥주를 마시고, 새로운 이야기를 나누고 만들어가는 것이 20년 동안 나의 여행 패턴이었던 것이다.

파리에서는 그냥 하루하루를 살아갔다. 처음에는 한번 가봐야지 생각했던 에펠탑도 시간이 지나자 지하철 창밖으로 보이는 모습으로 충분한 것 같았다. 베르사유 궁전도, 개선문도, 노트르담 성당도, 퐁뇌프 다리도, 뤽상부르 공원도 찾아가지 않았다. 그저 음식을 해 먹고, 청소와 빨래를 하고, 아이 옷을 사 입히고, 동네를 산책했다. 밤이면 좋은 와인을 마시며 책을 읽고 잠자리에 들었다. 이렇게까지 똑같은 생활을 하려면 한국의 넓은 집을 놔두고 왜 여기까지 와서 이러고 있나 싶을 때가 없는 것은 아니었지만, 그래도 우리는 똑같은 생활을 계속했다.

한 달이 다 되어가던 어느 날, 뭔가를 사러 근교 아울렛에 갔다가 딴지총수 김어준 씨와 우연히 마주쳤다. 내가 들어가려던 가게 앞에서 그가 선글라스를 쓰고 담배를 피우고 있었는데, 사진과 실물이 똑같아서 금방 알아볼 수 있었다. 딴지일보가 창간했을 때부터 애독자였고, 두 달 전까지 〈나는 꼼수다〉라는 팟캐

스트 방송을 재미있게 들었으며, 그의 책 『닥치고 정치』까지 읽은 사람으로서 반가운 마음에 다가갔다.

"안녕하세요? 혹시 김어준 씨 아니세요?"

"아, 예."

선글라스를 벗은 그가 '이놈의 인기란' 하는 표정으로 대답했다.

"사진과 똑같으시네요. 작년 한 해 방송 재밌게 잘 들었습니다."

"감사합니다. 여행 오신 건가요?"

"네, 아이 데리고 가족 여행 왔어요."

아내와 함께 좀 떨어져서 우리를 보고 있던 아이에게 그가 손을 흔들자 아이가 울며 엄마 품에 안겼다.

"파리에는 얼마나 계실 예정이세요?"

방송에서 하도 이명박을 씹어놓은 데다 닭대가리라고 무시하던 박근혜가 차기 대통령에 당선되면서 도망치듯 한국을 떠나 여행 중이라는 이야기를 인터넷에서 본 적이 있었기 때문에 조심스레 물어보았다.

"아 예. 그냥 좀 며칠 더…."

"혹시 시간 괜찮으시면 저희가 저녁 한 끼 대접하고 싶은데, 어떨까요? 저희 숙소 부근에 양고기 스테이크 잘하는 식당이 있거든요. 그동안 '나꼼수' 재밌게 들은 거 보답도 하고 얘기도 좀 나누고 싶어서…."

그는 잠깐 생각하더니 대답했다.

"아, 그게 지금 제가 여자친구랑 와 있어요."

"여자친구 분도 같이 오시면 더 좋죠."

"죄송하지만 여자친구가 다른 사람 만나는 걸 부담스러워합니다. 한국 가서 연락주시면 한번 뵙죠."

그렇게 말하면서도 연락처를 줄 기색은 아닌 듯했다.

"그렇군요. 그럼 즐거운 여행 하세요."

돌아서서 아내가 서 있는 쪽으로 걸어가려는데 그가 다급히 나를 불렀다.

"저 잠깐만요. 혹시."

"예?"

"혹시 담배 한 대만 빌릴 수 있을까요?"

우리는 나란히 서서 담배 한 대를 맛있게 피운 다음 말없이 씩 웃으며 헤어졌다.

날카로운 분석력과 담대한 배짱으로 정권과 일전을 불사하던, 상식 있는 사람들의 영웅 같은 존재였던 그와 마주쳤을 때, 나는 의외로 흥분하지 않았다. 그냥 생각이 통할 것 같은 동시대인으로서 반가웠고, 친구가 되고 싶어 손을 내밀었을 뿐이다. 거절당했어도 섭섭하거나 화가 나지 않았다. 모두 각자의 사정이 있다.

돌아오는 길에 곰곰이 생각해보았다. '내 마음이 언제 이렇게 담담해진 거지?' 한국의 거리에서 그를 마주쳤다면 사인을 받고, 고마웠다고 악수를 하며 흥분해서 난리를 쳤을 것이다. 그러나 조금 전 나는 그저 그의 어깨를 두드려주고 수고했다고 말하고 싶었을 뿐, 팬심으로 달려들지는 않았다. 이번엔 사람도 아닌 도시의 영향을 받은 걸까. 파리가 가진 독특한 자유로움, 독립적이면서도 약간 냉소적인 태도가 아무도 만나지 않고 그저 하루하루 살았을 뿐인 나에게도 스며든 걸까. 그러고 보니 어느 시점부터 더 이상 파리가 처음처럼 불편하지는 않았다. 자다 일어나서 사방으로 뻗친 머리를 하고 갓 구운 빵을 사러 나가도, 춥다고 검은 코트 위에 파란 오리털 파카를 껴입고 거리를 돌아다녀도 남의 눈이 신경 쓰이지 않았다. 내가 어떤 머리를 하든, 무슨 짓을 하든, 자기에게 피해를 주지 않는 이상 파리 사람들은 전혀 상관하지 않았다. 처음에는 이상했으나 지나고 보니 그것은 내 쪽에서도 다른 사람의 눈을 신경 쓸 필요가 없는 커다란 자유를 의미했다.

물론 한국에서도 남의 눈을 신경 쓰지 않고 살 수 있을 것이다. 그러나 온 사회가 하나같이 남의 시선보다 자신의 욕망에 더 신경을 쓰는 분위기에서는 그 자유의 수위가 한층 높게 느껴졌다. 백화점 앞 계단에 셋이 앉아서 동요를 불러도, 아이를 태운 유모차를 밀면서 담배를 피워도 남의 눈치가 보이지 않는다. 아내와 길을 걷다가 문득 사랑스러운 느낌에 끌어안고 키스를 해도 아무도 우리를 힐끗거리지 않는다. 한껏 신경 써서 머리부터 발끝까지 차려입어도, 자다 일어나 축 늘어진 추리닝에 잠바만 걸치고 나가도 아무도 나에게 관심이 없기는 마찬가지였다. 머릿속의 자기 검열 장치를 꺼놓고, 마음속의 어린아이를 불러내는 시간이 그 어느 때보다 길었다.

한국으로 돌아가기 며칠 전, 프랑스 남부 님에 사는 아내의 지인과 연락이 닿아 그곳을 방문했다. 렌터카로 열 시간 가까이 운전해서 도착한 그곳은 파리보다 공기도 따뜻하고 사람들의 표정도 훨씬 밝았다. 우리를 초청한 스물아홉 살의 한국인 여성은 프랑스 남자와 결혼해 아이를 낳고 시부모, 남편의 여동생과 함께 대가족 생활을 하고 있었는데, 덕분에 프랑스 보통 가정의 모습을 잠깐 구경할 수 있었다.

20년 전에 직접 지었고, 얼마 전에 확장하면서 다시 꾸몄다는 2층짜리 단독주택은 실내 공간이 꽤 넓었는데, 그림이나 공예품, 책 등으로 구석구석 채워져 있었고, 소파나 식탁, 베란다처럼 앉을 수 있는 곳마다 사진집들이 놓여 있었다. 퇴역 공군으로 항공서비스 회사에 다닌다는 아저씨와 동네 회사에서 파트타임 비서 일을 하는 아줌마, 막 고등학생이 된 딸, 아버지를 따라 공군이 되어 알제리에 파견을 나가 있다는 아들, 그리고 그의 한국인 아내와 세 살 난 손녀가 그곳에 살고 있었다.

막 열다섯 살이 된, 제법 처녀티가 나는 그 집 막내딸은 한국 아이들처럼 낯을 가리지 않는지 우리 부부의 양 볼에 스스럼없이 볼을 맞대는 인사를 하고, 남북한 관계에 대한 어른들 대화에 끼어들어 주저하는 기색 없이 자기 의견을 이야기했다. 엄마가 시키는 대로 식탁을 차리고 정리를 할 때는 어린 소녀 같았지만, 주말에는 남자친구가 자러 와서 같이 밤을 보낸다는 걸 보면 다 큰 아가씨 같기도 했다.

그런 프랑스 남부 사람들마저 파리 사람들의 무관심과 냉소에는 치를 떠는 것 같았다. 프랑스에 한 달 머문 느낌이 어떠냐는 질문에 파리에만 있어서 잘은 모르겠지만 친절보다는 자유가 강조되는 인상이었다고 대답했더니, 아저씨 아줌마는 자신들도 파리에 갔을 때 얼마나 외로운 느낌이었는지 성토하기 시작했다. 파리지앵은 차갑고 뻔뻔스럽고 자기만 아는 사람들이라고. 하지만 이 지역 분위기는 절대 그렇지 않다고 강조했다.

처음엔 그런 말을 가만히 듣고 있었는데, 저녁식사 전에 둘러앉아 마신 와인 몇 잔에 취했는지 어느새 나도 모르게 파리를 변호하기 시작했다.

"그렇지만 그런 차갑고 뻔뻔스러운 태도가 자유로운 느낌을 주기도 하더군요."

"그렇게 생각하세요? 자기들은 좋을지 모르지만 외부인은 역시 불편하죠."

"처음에는 불편한 느낌을 조금 감수하더라도 곧 커다란 자유를 느낄 수 있게 된다면 어떨까요?"

"어떤 식으로요?"

"저는 남의 눈을 무지 신경 쓰는 사회에서 나고 자라서 그런지 이번에 파리에서 전에 느껴본 적이 없는 종류의 자유로움을 느끼고 감탄했거든요. 사람들의 무관심과 냉소가 사실은 개인의 자유를 지키는 무기 같은 것일지도 모른다는 생각도 들었구요."

역시 취했다. 의도하지 않은 말이 줄줄 흘러나왔다. 술이 웬수라는 말이 괜히 있는 게 아니었다. 내 주정 섞인 주장에 아저씨는 노골적인 비웃음을 띠우며 입을 닫았고, 그 집 아줌마는 어이없다는 듯, 약간 눈을 굴리며 대꾸했다.

"파리지앵들은 그렇게들 얘기하는 것 같더군요."

한 달 만에 파리지앵이 된 나는 헤벌쭉 웃으며 와인 잔을 들어 올렸다.

"파리에 건배."

다른 사람의 감정은 내가 책임질 수 없는 일이다. 그럴 에너지가 있으면 나 자신의 감정과 욕구를 들여다보는 데 사용하는 편이 낫다. 최소한 그때 기분은 그랬다.

여행을 마치고 한국에 돌아와 한동안 싸가지가 없다는 말을 몇 번이고 들었다. 그전에도 들었던 말이지만 더 자주 들었다. 마흔이 다 된 사람이 듣고서 신날 말은 아니지만 상관하지 않으니 그리 불편하지도 않았다. 3년이 지난 요즘은 좀처럼 그런 말을 듣지 않게 되었다. 둘째가 좀 더 크면 파리의 아파트를 다시 한 번 알아봐야겠다.

# 사뿐하게 친구로

_캐내디언 로키, 밴프

막판에 결국 실패한 나와는 달리 같이 개표방송을 지켜보았던 친구 박태현은 박근혜가 당선되자 미련 없이 캐나다로 이민을 떠났다. 고등학교 때부터 친구인 그는 동탄에서 조용히 초등학교 교사를 하고 있는 줄 알았는데, 갑자기 떠난다고 해서 친구들이 모두 놀랐다. 박태현의 가족이 정착한 곳은 캐나다 중부 매니토바 주의 '위니펙'(Winnipeg)이라는 도시였는데 현지인들이 자조적으로 '위너펙'(Winterpeg)이라고 부를 정도로 춥고 눈이 많이 오는 곳이었다(일 년 중 5개월이 겨울이다).

그로부터 2년쯤 지난 어느 여름, 우리 부부는 네 살 난 딸을 데리고 미국에 있는 가족을 방문했다가 돌아오는 길에 캐나다로 친구 가족을 만나러 갔다. 그토록 자랑하는 경쾌하고 시원한 여름 날씨가 궁금했고, 이민 초기의 생활이란 게 어떤 건지 알고 싶었기 때문이다.

겉핥기로 보는 캐나다 이민 생활은 여러 모로 편안하고 여유 있어 보였다. 물리치료사인 그의 아내는 새 직장과 동네에 만족하고 있다고 했고, 초등학교 4학년 아들도 새로운 학교에 잘 적응한 듯, 밝고 똘똘하게 자라고 있었다. 친구는 한국의 소형 아파트를 처분한 돈으로 벌써 그럴듯한 집을 하나 장만했고, 천천히 현지 적응을 하면서 한국 학교 교사 일을 해볼까, 장사를 시작할까 재보고 있다고 했다.

그 집에서 묵은 일주일은 낮이면 테니스와 골프, 수영으로 땀을 흘리고, 밤이면 한국에서 못 다한 이야기를 안주로 위스키를 마시는 동안 훌쩍 지나가버렸다.

최소한 누군가에게 기죽어 살 필요는 없는 곳이라고, 돈이 많건 적건, 영어가 유창하건 아니건, 그냥 인간으로서 당당하게 사는 것을 이곳 사람들은 추구하고, 또 추구하게 부추기는 것 같다고, 이민 생활의 감상을 술자리에서 흘리며 친구는 이렇게 말했다.

"땅이 넓으면 통이 커지나 봐."

그러나 편안하고 여유 있는 생활이라는 건 한국의 기준으로 보면 꽤나 심심한 생활이기도 했는데, 철 따라 찾아다닐 만한 맛집도, 여럿이 모이는 떠들썩한 술자리도, 후끈한 노래방 열창도, 한심한 정치인을 씹는 재미도 여간해선 찾기 힘들 것 같았기 때문이다. 낮의 운동과 밤의 음주가 생활의 두 기둥이라는 것은 알겠는데, 이대로 시간이 흘러 길고 긴 겨울이 오면 결국 음주만 남게 되는 것은 아닌지, 캐나다에는 위스키가 싸다고 신이 난 친구가 조금 걱정되었다. 하긴 한국에서 내 생활을 보면 지금 친구를 걱정하고 있을 때는 아니었다.

기껏 캐나디에 갔는데 술만 마시다 오기도 좀 그래서, 친구 가족이 입을 모아 추천하는 캐내디언 로키 가족 캠핑에 도전해 보기로 했다. 렌트한 흰색 소나타의 뒷좌석에 커다란 가방 두 개와 카시트를 밀어 넣고, 월마트에서 텐트와 캠핑의자, 버너, 코펠 등등 꼭 필요한 캠핑 용품들을 골라 트렁크를 채웠다. 2주 간 캠핑을 하고 돌아갈 때는 버리고 갈 생각으로 제일 싼 것들을 샀는데, 나중에는 정이 들어 거의 다 가져오고 말았다.

로키의 관문 도시 밴프까지는 위니펙에서 약 1700킬로미터, 도중에 하룻밤 자면서 이틀 내내 운전을 해야 하는 거리였다. 거리는 멀지만 가는 길은 단순해서 일단 세계에서 제일 긴 도로 라는 트랜스 캐나다 하이웨이에 오른 다음, 그저 서쪽으로 서쪽 으로 계속 달리면 된다고 했다. 그래도 초행길인데 하고 긴장 하여 내비게이션을 켰더니, "1273킬로미터 이후에 우회전 하세 요" 하는 친절한 안내가 나오기에 꺼버렸다. 차 값을 올리려는 자동차 메이커의 수작이겠지 의심했던 크루즈 기능은 견문이 짧은 나의 오해였을 뿐 반드시 있어야 하는 자동차의 필수 기능 임을 나는 곧 알게 된다. 그토록 길고 단조로운 길을 달려본 것 은 처음이었다. 크루즈가 없었다면 다리에 쥐가 나서 밀밭 한구 석에 처박히는 것으로 여행이 끝났을지도 모른다. 내비가 필수 이고, 크루즈는 있으나 마나인 한국과는 정반대다.

들어서 알고는 있었지만, 역시 캐나다는 드넓은 곳이었다. 고 속도로 양옆으로는 노란 유채밭이 지평선 끝까지 펼쳐져 나중 에 파주 우리 집에서도 먹게 될 카놀라유를 만들고 있었고, 밀밭은 설사 유에프오가 나타나 기상천외한 미스터리 서클을 그려놓고 갔대도, 어디서부터 그것을 찾아야 할지 알 수 없을 만큼 또 다른 지평선을 향해 끝없이 뻗어 있었다.

좁은 차내에서 이틀을 부대끼니 몸도 마음도 지쳐, 괜히 서로 짜증을 내고 쓸데없이 아이를 혼내고 스스로를 괴롭히게 되었을 무렵, 우리는 캘거리를 지나쳐 밴프로 넘어가는 산길에 들어섰다. 아내와 아이는 자고, 나 혼자 굳은 표정으로 운전대를 잡고 있는데 '이렇게 싸울 거면 캠핑이고 뭐고 다 때려치우고 한국으로 가버릴까' 하는 생각이 불쑥 치밀어 올랐다. 그러다 긴 커브 길을 스윽 돌아 나서는데, 모든 잡생각이 단번에 사라지고 머릿속이 텅 비는 순간이 찾아왔다. 너무 놀라 나도 모르게 속도를 줄이며 창밖을 올려다보다가 뒤차의 클랙슨 소리에 간신히 정신이 들 정도였다.

엄청난 풍경이었다. 맑고 푸른 하늘 아래로 신의 손가락들이 저마다 어딘가를 가리키고 있었다. 인간이 할 수 있는 것은 그저 멍하니 그곳을 바라보는 것뿐. 깨울 생각도 미처 하지 못하고 있었는데, 어떤 느낌이 들었는지 아내도 일어났다. 우리는 눈앞의 광경에 마음을 빼앗겼고, 신비로운 분위기에 압도당하여 말없이 몸을 움츠렸다.

더욱 대단한 것은 이후로 모퉁이를 돌 때마다 그 못지않은 풍경들이 계속해서 나타났다는 점이다. 얼마 전까지 마음을 잔뜩 움켜쥐고 있던 상대에 대한 원망, '당신이 이러저러하게 행동하니까 내 기분이 이러저러하게 엉망이 됐잖아', '그러면 나도 이제부터 가만있지만은 않겠어' 어쩌고저쩌고 히는 마음의 쓰레기들은 이미 너무도 사소하게 느껴졌다.

밴프의 호텔에서 하루를 묵으며 손도끼와 버너, 프로판 가스 같은 캠핑 장비를 몇 가지 더 마련하고 식료품도 구입했다. 대형 슈퍼마켓에는 한국 라면도 세 종류나 있었고, 유리병에 담긴 김치도 팔고 있었다. 밴프의 거리는 관광객들로 가득 차 연말의 서울 거리처럼 붐볐다.

일본식 라면과 돈가스를 사 먹은 후 우리는 거리로 나섰다. 아이는 아이스크림을 하나 물고 신이 나서 폴짝폴짝 뛰었고, 아내와 나는 뒤에서 손을 잡고 말없이 걸었다. 아름다운 산들이 밴프를 둘러싸고 있어 어디에 눈을 돌려도 엄청난 경치가 펼쳐졌고, 거기에서부터 불어오는 바람은 믿기 힘들 만큼 향기롭고 시원했다. 빙하가 녹은 물이 신비로운 초록빛 강물로 흘러 산속 마을을 휘돌아 나가며 경쾌한 소리를 사방에 퍼뜨리고 있었다.


다음 날 아침, 드디어 캐내디언 로키에서의 캠핑이 시작되었다. 밴프 시내에서 얼마 떨어지지 않은 '터널 마운틴 빌리지1'이라는 캠핑장은 하룻밤에 27.4달러를 받았고, 거기에 8.8달러를 더 내면 장작을 무한정 쓸 수 있다고 했다. 캠프 사이트는 입구에 차를 대고도 텐트를 서너 개는 더 칠 수 있을 만큼 넓었고, 한쪽에 붙박이 테이블과 화로대가 마련되어 있었다. 사이트들은 서로 방해되지 않을 만큼 떨어져 있었고, 커다란 나무들이 경계선 역할을 하여 어느 정도 독립적인 느낌을 주었다.

장작을 잔뜩 가져다가 모닥불을 피워놓고, 그 옆에 밥을 올리고, 고기를 굽고, 와인을 마시는 동안 로키의 밤이 찾아왔다. 우리의 싸구려 소형 텐트는 근처의 캠핑카나 대형 럭셔리 텐트에 비하면 촌스럽고 초라했지만, 긴 여행 끝에 우리 힘으로 찾아낸 쉴 곳이었고, 아내와 나는 모닥불을 끄고 텐트에 들어와서도 한동안 아무래도 좋은 이야기들을 도란거리다가 아이처럼 스르르 잠에 빠져들었다.

다음 날 아침, 모닥불에 빵을 구워 커피와 함께 먹고, 장작을 가져와서 패놓고, 아이와 캠핑장의 산책 코스를 걸었다. 곰을 조심하라는 경고가 붙어 있었다. 아이는 곰돌이를 상상하는지 만나보고 싶다고, 더 가보자고 졸랐다. 한국에선 상상 속 동물에 가까운 야생 곰은, 그러나 가끔 캠핑장을 습격하여 먹이를 구하려다 사람을 해치기도 하는 현실적 위협이었기에 우리는 멀리 가지 못하고 돌아섰다.

점심을 먹고 아이가 낮잠을 자는 동안 테이블에 앉아 책을 읽다 졸다 하고 있으니, 어느새 저녁을 준비할 시간이 되었고, 아내와 나는 다시 불을 피우고 먹을 것을 구웠다. 그러는 동안 벌써 몇 개째 맥주를 땄다.

저녁 식사 후에는 샤워를 하고 모닥불 앞에 앉아 한국에서 가져온 노래를 들으며, 아이와 간단한 게임을 했고, 아이가 자러 간 다음에는 아내와 위스키를 마셨다. 술김에 좀 더 떠들다가 졸려서 불을 끄고 텐트로 들어갔다. 가끔씩 나를 찾아오던 불면증은 간데없이, 침낭의 지퍼를 올렸는가 싶었는데 어느새 잠에 빠져들었다.


밴프에서 레이크 루이스를 거쳐 재스퍼로 올라가는 2주 동안
그런 나날이 이어졌다. 길에서는 눈을 비비고 다시 보게 되는
아름다운 풍경들을 수없이 마주쳤고, 곰과 사슴을 자주 보았으
며, 여러 캠핑장에서 다양한 사람들도 만났다. 로키에서 마주친
캐나다 사람들은 미국 사람들보다 대체로 순박하고 친절한 인
상이었는데 그것은 그저 내 기분 탓인지도 모르지만, 장대하고
아름다운 자연환경의 영향일 거라고 생각하고 싶었다.

도끼를 빌려주며 로키 국립공원의 역사 강의까지 덤으로 들
려주던 영문학 교수 할아버지. 아예 집을 옮겨놓은 듯 엄청난
장비에다 아이스박스 세 개에 채워놓은 맥주를 끊임없이 마셔
대던 근육질 남녀. 일가친척 모임인지 비슷하게 생긴 사람들 스
무 명 정도가 모여 돼지 한 마리를 통째로 캠핑 테이블에 올려
놓고 해체 작업을 하던 동유럽 출신 대가족. 50년 전에 신혼여
행으로 왔던 곳이라며 감격에 젖어 서로 손을 맞잡던 칠십대 커
플. 아이들을 같이 놀게 하고 넷이서 둘러앉아 맥주를 마실 때,
캐나다로 이민 오라고 꼬드기던 또래의 부부. 그래도 가장 기억
에 남는 이들은 캐나다 동부에서부터 히치하이킹으로 여기까지
왔다는 한국 청년 두 명이다.


어렸을 때 몬트리올로 이민을 왔다는, 작고 단단한 몸집의 스
무 살 제이와 한국에서 제대하자마자 여행을 떠나 일 년째라는,

큰 키에 긴 머리를 한 스물여섯 살 선동이라는 친구였는데, 그들은 농장에서 체리 따는 일을 하다가 만나서 몇 주째 같이 여행 중이라고 했다. 우리들은 캠핑장의 이웃으로 마주쳤고, 어느 날 저녁 된장찌개를 넉넉히 끓이고 햄을 구워 식사 초대를 한 것이 계기가 되어 나흘 동안 밤마다 맥주를 마시면서 함께 놀았다.

커다란 배낭을 메고 걷다가 누군가 태워주면 태워주는 데까지 가고, 밤이 오면 메고 있던 1인용 텐트를 길가에 치고 곯아떨어지기를 두 달째, 여행 중에 로맨스를 경험하기는커녕 못 먹어 비쩍 마른 얼굴에 행색은 거지꼴이었지만, 눈빛만은 자기 자신과 세상에 대한 믿음으로 빛나고 있었다.

나도 그 나이엔 꽤나 고생하면서 돌아다녔다고 생각했는데, 한술 더 뜨는 친구들이었다. 그래도 시간이 지나면 고생한 일은 잘 생각나지 않고, 즐겁고 재미있었던 기억만 남는 걸 보면, 기억이라는 것은 꽤나 자기 선택적인 구조로 되어 있는 것 같다. 굳이 '젊어서 고생'을 들먹이지 않더라도, 과거에 있었던 일을 자기 좋을 대로 선택해서 기억하는 것은 매우 긍정적인 삶의 자세라고 마흔이 넘은 지금은 생각하게 되었다. 그 겁 없는 친구들도 배는 나오고, 힘은 떨어지는데, 애까지 딸린 20년쯤 후에는 어느 리조트에서 젊은 애들에게 밥을 사주면서 나와 똑같은 이야기를 할지도 모른다.

그런데 그해 여름 여행에서 그들을 만난 것은 나에게도 최고의 행운이었고 수확이었다는 생각이 든다. 그들은 몇백 년을 내려왔을 한국인의 나이와 서열을 보는 관점에 대해 전혀 다른 해석을 내리고 있었던 것이다.

나를 비롯해 한국 사람들은 처음 만나면 서로 나이를 물어 형, 누나, 동생 또는 친구라는 식의 서열을 정하고 나서야, 다음 단계로 나아가는 독특한 문화를 고수하고 있다. 서로 그것을 확실히 할 수 없는 관계는 얼마 가지 않아 더 이상 나아갈 수 없는 어떤 벽에 부딪힌다고 단언해도 좋다. 나이 문제로 멱살잡이를 하고, 나이 때문에 급격히 친해지기도 한다. 학교, 군대, 직장, 동호회 할 것 없이 나이를 기준으로 줄을 세운다. 심지어는 미국에서 태어난 한국계 아이들도 한두 살 차이를 가지고 형이라고 부르라느니 존댓말을 쓰라느니 하면서 다투는 모습을 수없이 보았다. 평소에 자주 건방지다는 말을 듣는 나도 몇 살 많은 지인에게 존댓말은 생략할지언정 형이라는 호칭은 생략해본 적이 없다. 그런데 제이와 선동이는 그냥 사뿐하게 친구로 지내고 있었다.

비가 오고 나서 힘겹게 피운 모닥불 앞에 둘러앉은 어느 저녁, 둘이 매일 붙어 다니면서 싸우지는 않는지 묻자 스무 살 제이는 이렇게 대답했다.

"글쎄요. 선동이가 마음이 착해서 그런지 별로 싸울 일은 없었어요."

스물여섯 살 선동이는 옆에서 씩 웃을 뿐이었다. 그 후에도 선동이는 "제이야" 하고, 제이는 "선동아"라고 서로를 부르는 모습을 여러 번 보았다. 호칭뿐 아니라 모든 면에서 그들은 동등한 친구로 지내고 있었다. 텐트를 칠 때도, 음식을 할 때도,

술을 마실 때도 자기 일은 자기가 알아서 했고, 도울 일은 알아서 도왔다. 중학교 때 한국에서 이민을 왔다는 제이가 한국 문화를 전혀 모르는 것도 아니었고, 선동이는 서열 문화의 근원지인 군대를 막 제대한 터였는데도, 그들을 보고 있으면 이제 그런 사소한 것은 더 이상 신경 쓰지 않기로 했다는 느낌이었다. 나이 어린 동생한테 반말을 듣는 것이 어색하지 않은지 묻자 선동이는 형, 동생보다 친구가 더 편하다고 말했다.

그들의 관계는 단순히 건방진 동생이 마음씨 좋은 형에게 함부로 구는 모습과는 달랐다. 그보다 한 인간이 다른 인간과 수평적인 관계를 맺는 것이 전통적인 서열 관계보다 더 중요하다고 믿는 새로운 세대의 출현으로 보였다. 어쩌면 이것은 한국에서 나고 자란 사십대 아저씨의 고리타분한 계몽적 시각일 뿐, 그들에게는 숨 쉬듯 자연스러운 일인지도 모른다. 그렇다면 내가 알지 못하는 사이 젊은이들 사이에 그러한 수평적인 사고가 이미 스며들고 있다는 것인데, 그것은 더 대단한 일이다. 평소에 나이와 상관없이 친해지면 열 살 이상 많은 형에게도 말을 편하게 하다가 욕을 얻어먹곤 하는 나도 그들의 높은 레벨에는 깜짝 놀랐고, 사실 약간 감동을 받기까지 했던 것이다.

친구로서가 아니면 들어갈 수 없는 관계의 깊이가 있다. 그것은 아무리 친해도 '형은 형이다'라는 기존의 사고로는 넘어설 수 없는 장벽 너머 어딘가에 숨어 있는 보석이다. 학교 다닐 때 가끔 했던 야자타임이라는 것도 그런 장벽 너머를 잠깐 들여다보는 놀이였을 것이다. 사람이 사람을 만나 서로 교감하고 친해진다는 것, 그리고 그것을 가로막는 어떤 제한도 인정하지 않겠다는 것, 나는 제이와 선동이에게서 그런 가능성을 보았다. 아직 어린 나이에 그런 통찰은 도대체 어디에서 얻은 것일까 생각하다가 고개를 들었을 때, 멀지 않은 곳에서 눈 덮인 거대한 로키산맥이 나를 가만히 내려다보고 있었다.

한국에 돌아와서 얼마 지나지 않아 나보다 두 살 어린 친구에게 술김에 "우리 말 놓고, 서로 친구로 지내자" 하고 들이대보았다. 그와 나는 서로 어딘가 통하는 면은 있었지만 형 동생으로 지낼 정도는 아니어서 그때까지는 존댓말을 나누던 사이였다. 한사코 고사하던 그 친구가 어느 순간 술김에 반말을 술술 하기 시작하더니 급기야는 "야, 그러면 술값은 나눠서 내자" 했을 때, 나는 이런 변화가 결코 쉽지 않을 것임을 직감했다. 내 속에서 '야, 라고?' 하면서 나도 모르게 욱하는 마음이 치고 올라왔던 것이다.

이후에도 우리는 서로 친구처럼 지냈는데, 그렇다고 해서 우리가 더욱 깊이 교감하는 관계가 되었는지는 잘 모르겠다. 사실 괜히 주변 사람들만 더 불편하게 만든 것 같다는 생각도 든다. 사람 사이의 관계라는 것이 서로 이름을 부르고 말을 놓는다고 갑자기 깊어질 정도로 간단하지 않다는 것은 당연한 이야기다. 다만 아주 작은 걸림돌이라도 치워버리면 더 편할 것이라는 기대일 뿐이다.

아마 연령 서열이라는 것은 이제껏 우리 사회의 문화적 질서를 유지하는 데 실제적 도움이 되었을 것이다. 모두가 각자의 위치를 알고, 그에 걸맞게 행동하는 집단은 그렇지 못한 집단보다 주어진 일을 단시간에 능률적으로 해낼지도 모른다. 그러나 그런 집단성이 혁신적인 제품이나 시스템, 또는 예술을 창작하는 데에도 능률적일까? 아니, 애초에 혁신이나 예술이란 것은 능률을 뛰어넘은 개인의 일인 것이다.

어쨌거나 우리는 늘 해오던 대로 살아갈 것이다. 나는 나의 방식대로, 제이와 선동이는 그들의 방식대로. 다만 서열상의 질서보다는 인간관계의 깊이를 조금 더 중요시하면서 살아가는 사회가 내 딸들이 살아갈 이곳에 펼쳐졌으면 좋겠다. 캐내디언 로키는 그것이 가능하다고 말하고 있었다.

## 알로하 같은 그리고 메리 같은

_빅아일랜드, 하와이

언젠가 살아보고 싶은 곳을 하나 고르라면 단연 하와이다. 가장 좋은 것은 날씨다. 연평균 기온은 섭씨 24도. 하와이의 해변에서는 겨울에도 좀처럼 22도 이하로 내려가지 않고, 여름에는 27~29도를 오간다고 하는데, 덕분에 언제 어디에나 아름다운 꽃과 나무가 자라고, 그 사이로 새와 벌레들이 우쭐대며 날아다니는 모습을 볼 수 있다.

온화한 기후는 동식물뿐 아니라 인간의 마음에도 따스한 기운을 비추어, 사소한 일에 안달하지 않고 서로 도우며 삶을 즐길 줄 아는 사람들을 길러냈다. 하와이 문화를 대표하는 한마디 '알로하'는 말하지 않아도 보이지 않아도 서로의 마음을 알고 사랑한다는 뜻을 담았다고 한다.

그래서일까? 오래 거기에 살아온 폴리네시아계 원주민들뿐 아니라 세계 여러 곳에서 온 이주민들도 그 기후와 문화에 동화되어 해변의 햇살처럼 여유롭고 당당해 보인다. 거칠게 운전하는 차를 보면 하와이 사람들은 '또 미국 본토에서 촌놈이 하나 왔나 보구만' 하면서 웃어버린다. 공연 도중에 객석의 친구를 불러올려 같이 춤을 추는 훌라 댄서와 그 어설픔에 환호를 보내는 해변의 관객들. 하지만 한국에서 나서 자란 나는 그런 여유로움을 대하고 있자면 이유 없이 화가 치밀기도 했다. 여유를 빼앗긴 자의 입장에서는 빼앗은 자보다 만끽하는 자 쪽이 더 눈꼴시다.

물론 하와이에 신선들만 살고 있는 것은 아니다. 차선을 이리저리 바꾸고 급하게 끼어드는 운전자도, 돈인지 지식인지를 움켜쥔 채 남을 무시하는 속물도, 이유 모를 분노와 우울증에 시달리는 사람도 있을 것이다. 단지 그런 마음이 예외적인 상태라는 걸 인식할 기회가 충분하고, 다친 마음을 치유해주는 자연의 힘이 넉넉하다는 것이다.

또 하나 훌륭한 점은 하와이가 인종차별이라는 구시대적 괴물을 처리하는 데 어느 정도 성공한 사회라는 사실이다. 알로하 정신의 영향과 주민들이 오래 노력한 결과일 텐데, 나에게는 이 점이 현실적으로 중요하게 다가왔다.

인종차별을 금지하는 제도적, 문화적 장치에도 불구하고, 서양인이 주류인 나라에 가면 마음이 편치 않을 때가 있다. 레스토랑에서 화장실 앞자리를 배정받거나 빈자리가 많은 바에서 자리가 없으니 기다리라는 안내를 받을 때, 인적이 뜸한 거리에서 날 보고 낄낄거리는 덩치 큰 패거리와 마주칠 때, 나는 불편했다. 다른 모든 것에 관심 없이 피부색만으로 내려지는 평가는 한국에선 몰랐는데 굉장히 피곤한 일이었다.

하와이는 인종 구성부터 차별의 가능성을 상당히 배제하고 있다. 최근의 미국 통계청 자료를 보면 동양계 39퍼센트, 서양계 25퍼센트, 혼혈 24퍼센트, 폴리네시아계 10퍼센트, 아프리카와 히스패닉계 2퍼센트라고 한다. 어느 인종도 압도적인 주류가 아니기 때문에 매일의 생활 속에서 서로 양보하고 협력하지 않고는 살아가기 힘든 구조가 만들어진 것이다. 우리끼리 얘긴데, 굳이 따지자면 하와이에서는 서양인보다는 동양인 쪽이 레스토랑에서 조금 더 나은 자리로 안내받을 때가 많은 것 같다.

하와이 제도는 태평양 가운데 모여 있는 178개의 섬으로 이루어져 있다. 그중 카우아이, 오아후, 몰로카이, 마우이, 빅아일랜드, 이 다섯 섬이 대표적이지만, 호놀룰루가 있는 오아후섬에 거주자와 관광객의 80퍼센트가 집중돼 있다고 한다. 와이키키 해변이나 호놀룰루 도심 관광지에서는 알로하 문화를 맛보는 것이 쉽지 않을 수 있다는 얘기다. 줄 서서 먹는 냉면집은 그 국물만큼이나 차가운 서비스를 제공하곤 하니까. 그러나 관광지 탐방이나 쇼핑 투어를 벗어나 작은 마을이나 조용한 해변 또는 이웃 섬을 찾아가본다면 하와이의 지리와 기후가 사람들의 문화에 끼친 영향을 누구나 알아볼 수 있으리라 생각한다. 아니면 말고, 알로하.

어느 여름, 아내와 세 살 난 딸과 함께 가장 넓고 현지색이 강하다는 빅아일랜드에 갔다. 사실은 그 섬의 원래 이름이 하와이지만 하와이 제도와 헷갈리기 때문에 다들 빅아일랜드라고 부른다. '큰 섬'이라니 센스가 전혀 느껴지지 않는 이름이다.

하와이에 갈 때는 호텔보다 현지인들이 '배케이션 렌탈'이라고 부르는 민박을 찾게 된다. 더 좋은 시설을 더 싼 값에 즐길 수 있기도 하고 무엇보다 그 편이 재미있기 때문이다. 적당한 민박 집을 구하는 것도 미리 준비하면 그다지 어렵지 않다. 현지인들의 주택에는 대개 손님용 사랑채 같은 것이 딸려 있어서 그걸 빌려주는 경우도 있고, 하와이에 묻지마 투자를 한 미국 본토 사람들이 집을 일 년 내내 부동산 렌트 회사에 맡기는 경우도 많다. VRBO나 HOME AWAY 같은 미국 사이트에서 집을 소개한 글과 사진을 꼼꼼히 살펴보고 선택할 수 있다. 다만 일주일 이상의 계약이 보통이다.

이렇게 생각해보자. 만약 당신의 친한 친구가 하와이에 사는데, 이번에 한 달 정도 집을 비우게 되었으니 와서 마음대로 이용하고 자기 차도 쓰라고 하면 어떨까? 나라면 한번 비행기 표를 뒤져볼 것이다. 배케이션 렌탈은 그와 비슷하다. 친구 집보다 돈이 좀 더 들 뿐이다.

내비게이션으로 마을 어딘가에 있는 집을 찾아가 렌터카를 세우고, 번호 키로 문을 연 다음 트렁크의 짐을 꺼내 현관에 들어선다. 집 안에는 생활에 필요한 부엌, 침실, 욕실 살림이 모두 갖춰져 있고, 가까운 마트나 동네 맛집 정보가 담긴 정보지도 준비되어 있다. 케이블 TV와 오디오 시스템, 음반과 소설책이 있다. 해변용 의자와 파라솔, 아이들 장난감, 레저용 자전거와 보드게임, 때로는 어디에 쓰는 물건인지 잘 알 수 없는 것까지 구비되어 있다. 산책을 나가면 마을 사람들이 "아, 그 폴네 집에 놀러 오신 분이구먼" 하면서 반기고 내 아이는 어느새 동네 꼬마들과의 소꿉장난에 빠져 돌아가자고 불러도 들은 체 만 체다.

　이런 '새로 이사 온 느낌'을 나는 즐거워하고, 아내는 집주인의 인테리어 감각이나 살림 솜씨를 평가하거나 한국 집에 적용할 만한 아이디어를 찾아내는 일을 좋아한다. 그래서 이번에도 우리는 빅아일랜드 동부의 작은 마을에 메리라는 사람이 빌려주는 사랑채를 하나 구했다. 방값은 일주일에 400달러였다.

　저녁 7시쯤 빅아일랜드에 도착할 예정이었으나 연결편 비행기가 연착하여 힐로 공항에 내렸을 때는 밤 10시가 훌쩍 지나 있었다. 내가 예약한 렌터카 회사의 직원은 비행기가 연착했다는 걸 몰랐는지, 스스로에게 알로하를 적용하려는 것인지 이미 퇴근하고 없었다. 작은 공항인 데다가 밤에 내리는 비행기가 거의 없기 때문에 택시도 보이지 않았다. 택시가 있었다 해도 아마 일주일 방값만큼 요금을 내야 했을 것이다.

　공항 앞 벤치에 앉자마자 굶주린 모기들이 달려들었고, 어린 딸은 피곤하다고 울며 내 점퍼를 덮고 누웠다. 하와이 사람들이라면 이런 상황에서도 분명 통 크게 아하하 하고 웃을 수 있겠지만 내게 그런 내공은 없었다.

　렌터카 본사로 전화를 해 손님이 연착으로 아직 오지 않았는데 퇴근하면 어떻게 하느냐, 빨리 차를 빌려 내라고 항의를 했다. 그러나 한국과는 달리 그곳에선 그런 손님 따위 별로 신경 쓰지 않았다. "죄송하지만 어쩔 방법이 없네요. 행운을 빌어요." 한 시간 정도를 허비하다가 포기한 나는 할 수 없이 메리에게 전화를 걸었다. 메리는 왜 이렇게 늦느냐고, 걱정하고 있었다고 전화를 받았다. 사정을 설명하자 그녀는 잠깐 기다리면 자기가 곧 공항으로 데리러 오겠다고 말해주었다. 이런 게 알로하라는 것이다! 이 빌어먹을 렌터카 회사여.

아내와 나는 자동판매기에서 음료수를 뽑아다가 어쨌거나 빅아일랜드에 도착한 것을 축하했다. 향긋하고 따스하며 실체를 가진 듯 묵직한 하와이의 밤공기가 부드럽게 우리를 감싸주고 있었다. 개구리들은 소리 높여 환영 인사를 외치고, 그러거나 말거나 딸아이는 쿨쿨 자고, '뭐 이런 것도 나쁘지 않잖아' 하면서 나에게도 너그러운 마음이 찾아왔다.

낡은 스바루 포레스터를 타고 우리를 데리러 온 메리는 알고 보니 '누구더러 할머니래?' 하는 느낌의 67세 여성이었다. 마르고 키가 작고 웃는 얼굴을 하고 있었다. 나는 막연히 젊은 아줌마를 상상하고 있었기 때문에 다시 한 번 미안해졌다. 하지만 그녀는 그런 것은 신경 쓰지 않는 듯, 우리가 준비해간 아이의 카시트가 충분히 안전해 보이지 않는다는 것만을 걱정했다.

메리가 혼자 살고 있는 집은 공항에서 40분 정도 걸렸는데, 조그만 마을에서도 한참 떨어진 언덕배기 외딴 곳에 있었다. 그녀는 우리에게 사랑채를 보여주고 간단한 안내를 한 다음, 내일 보자고 자러 갔고 우리도 금세 잠에 빠져들었다.

아침 일찍 일어나 주변을 둘러보았다. 멀리 바다가 보이는 언덕 꼭대기에 본채와 사랑채, 넓은 정원이 딸린 메리의 집이 있었고, 그 아래로 경사지에 3천 평 정도 되는 목장이 눈에 들어왔다. 울타리 안에는 젖소 한 쌍과 스무 마리가 넘는 하얀 염소 그리고 튼튼해 보이는 말이 한 마리 보였다. 암탉들은 병아리를 몰고 울타리 안팎을 넘나들며 먹이를 찾고 있었다. 염소들은 딸아이와 내가 다가가도 무서워하지 않고 오물거리며 풀을 받아먹었다.

집 앞에는 금빛 물고기들이 헤엄치는 작은 연못이 있었고 연못가 한편에는 가제보라고 부르는 서양식 정자가 지어지고 있었다. 정원 끝의 텃밭에는 양배추니 상추니 샐러리 같은 채소가 자랐고, 그 앞으로 드문드문 대나무 군체가 있었는데, 죽순이 여러 개 올라왔기에 나중에 메리에게 허락을 받고 몇 개 따 된장국을 끓여 먹었다. 커다란 개 두 마리 중 한 마리는 온 마당을 헤집고 다녔고, 다른 한 마리는 나무 데크에 누워 하루 종일 잠을 잤다.

우리의 사랑채는 부엌이 딸린 스무 평 정도의 원룸이었는데, 밤하늘을 보며 씻을 수 있도록 샤워실은 야외에 꾸며져 있었다. 방 한가운데에는 커다란 침대에 깔끔한 침구가 덮여 있었고, 대나무 칸막이 너머로 아이 침대가 따로 있었다. 식탁과 소파가 놓인 거실 공간에는 어린이 그림책과 장난감이 담긴 바구니가 있어 아이는 그것을 가지고 놀았다. 자갈이 깔려 있는 사랑채 앞마당을 보니 야외 식탁과 의자, 숯불 그릴 등이 준비되어 있었다.

목장, 정원, 집, 텃밭 할 것 없이 깔끔하게 정리되어 제자리에서 자기 역할을 다하고 있는데, 이 많은 것들을 어떻게 관리하는 것일까 나는 궁금해졌다. 아파트에 살다가 전원주택으로 이사를 간 사람들이 손바닥만 한 정원과 집을 가꾸는 게 이토록 힘들 줄 몰랐다고 한다는 이야기를 들었는데, 일의 분량으로 치면 메리의 집은 그 열 배가 넘을 것 같았기 때문이다.

67세의 독신여성 메리는 이 외진 곳에서 아침부터 저녁까지 이리 뛰고 저리 뛰며 끝없이 계속 되는 일로 자신의 여생을 보내고 있는 것일까? 사실은 메리가 마녀이고 밤이면 백 명이 넘는 정리의 요정들이 나타나 집을 정리하고 텃밭을 가꾸고 동물들을 돌보고 정원의 잔디를 깎는 것일까?

어느 쪽이건 우리는 일주일 동안 큰 불편함 없이 잘 지냈다. 차분하고 아기자기한 소도시 힐로가 가까이에 있었고, 식물원, 해변 공원, 활화산과 같은 구경거리가 많아서 낮에는 거의 나가 있었다. 저녁에는 집 주변을 산책하고 앞마당에서 고기를 구워 맥주를 마시는 한가로운 날들이 계속되었다. 메리와 자주 마주치지는 못했지만, 밖에 나갔다가 와보면 텃밭에서 재배한 채소나 과일, 직접 구운 비스킷 등이 사랑채 문 앞에 놓여 있곤 했다.

하루 종일 장대비가 쏟아진 어느 날이었다. 나는 감자와 호박, 양파를 채 썰어 부침개를 부쳤고, 아내는 한국에서 가져온 블록으로 카레를 만들었다. 동네 마트에서 사온 싸구려 전기밥솥으로 밥을 짓고 두부와 호박을 넣어 된장국도 끓였다. 햄버거와 스테이크에 지쳐 있던 보수적인 위장이 그리운 냄새를 맡고, 신이 나서 꿈틀꿈틀 춤을 추기 시작했다.

음식을 하고 보니 우리끼리 먹기엔 많아서 부침개 두 소당에 카레와 막 지은 밥 그리고 된장국을 쟁반에 담아 메리의 집 초인종을 눌렀다. 메리는 놀란 눈을 했다.

"한국 음식을 좀 했는데 드셔보시라고 가져 왔어요."

"와, 이럴 거 없는데. 정말 고마워요."

"카레가 좀 매울지도 몰라요. 한국에서는 매운 음식을 즐기거든요."

　그런데 어쩐지 메리는 한동안 말없이 음식이 담긴 쟁반을 바라보았다.

"카레는 안 드셔도 돼요. 매운 거 못 드시면."

"그게 아니라, 누군가가 음식을 차려다 준 게 오랜만이라…."

"아…."

"옛날에 인도네시아에 살았을 때는 이런 일이 자주 있었죠. 옛날 생각이 나네요."

"인도네시아에 사셨어요?"

"발리에 살았어요. 젊었을 때요. 20년은 된 거 같네요."

"발리 어디요?"

"우붓 근처에 뜨갈랄랑이라는 마을이 있어요."

"거기 가본 적 있어요."

　우붓과 뜨갈랄랑은 전통문화가 일상생활 속에 상당히 남아 있고, 예술가들을 비롯해 자부심 강한 사람들이 살고 있는 아름다운 마을이다. 공예품 가게와 그림을 그려 파는 갤러리가 많고, 저녁이면 공터마다 사람들이 대여섯씩 모여 수다를 떤다.

메리는 캘리포니아에서 태어나 자랐고, 커서는 초등학교 교사를 했다. 남편과 함께 발리에 여행을 갔다가 뜨갈랄랑을 찾아냈는데, 결국 거기에 정착해서 한동안 살았다고 한다. 비슷한 사람들이 모여들어 나중에는 공동체 같은 걸 만들기도 했다고. 그러고 보니 히피 세대다. 아이들이 성장해서 독립하고 남편마저 세상을 떠나자 메리는 캘리포니아로 돌아가 다시 학교에 나갔다. 그러나 왠지 마음 둘 곳을 찾지 못하다가 여행 도중 우연히 이곳에 좋은 땅을 발견해 은퇴하고 옮겨 와 집을 짓고 살게 되었다는 것이다.

"그럼 혼자서 이걸 다 지으신 거예요? 짓는 건 그렇다고 치고 이 넓은 곳을 이렇게 잘 관리하시다니 대단해요. 힘들지 않으세요?"

"그야 마음먹기에 달렸죠. 일이 있어서 좋은 것도 있으니까. 그리고 혼자만 하는 것도 아니고 도움도 좀 받아요."

"그렇군요. 음식이 식겠어요. 맛있게 드시고 나중에 또 얘기해주세요."

여행을 다니다가 마음에 드는 곳이 있으면 슥 옮겨가 정착하고, 그러다가 마음이 내키면 또다시 옮겨보는 생활. 이 하와이 시골 구석에서 나의 오랜 꿈을 구현한 인물을 만나게 될 줄은 몰랐는데. 그렇다 해도 나이 들어 홀로된 여성의 은퇴 후 삶이 이런 것이라니, 한 사회의 문화적 소양과 대담함을 엿본 것 같아 마음이 흐뭇했다.

그녀의 집을 떠나기 전날, 우리는 바다가 보이는 베란다에 앉아 이야기를 나눴다. 하루 종일 자던 늙은 개가 그녀 발치에 다가와 눕더니, 가끔 생각났다는 듯이 발을 핥았다.

나도 이런 곳에서, 사람들이 너그럽게 웃고, 햇살이 따뜻하고, 마음이 내키면 바다에 뛰어들 수 있는 곳에서 살고 싶다는 이야기를 꺼냈다. 그녀는 너무나 쉽게, 그러면 와서 살면 되지 않느냐고 했다. 그런데 사실은 돈벌이가 문제라고 했더니(하와이의 평균 물가는 미국 본토의 두 배에 육박한다) 대뜸 한국에서 무슨 일을 하는지 물은 그녀는 약사라는 대답을 듣자 자기 친구가 하와이대학 힐로 캠퍼스의 약대 학장이니 소개해주겠다고 나섰다. 대학에 편입한 후 미국 약사 자격증을 취득해서 이곳에 직장을 잡으면 된다는 것이다.

그녀에게는 그런 일들이 아주 간단하게 느껴지는 것 같았다. 또 그런 영향을 쉽게 받는 인간인 나는 '하긴, 못할 건 또 뭐겠어? 메리도 했는데' 하면서 학장 친구의 이메일과 전화번호를 받아 왔다.

한국으로 돌아와 밀린 일들을 처리하고 일상에 적응하려 애쓰면서도, 나는 부적처럼 이메일과 전화번호가 적힌 쪽지를 하와이 가이드북 책갈피에 간직해두었다.

메리와는 가끔 이메일을 나눈다. 그녀는 자기 친구에게 연락은 해보았는지, 언제 하와이로 올 생각인지 묻는다. 내가 사서 쓰다가 선물로 주고 온 싸구려 밥솥을 칭찬하며 하와이로 이주하면 밥솥을 돌려주겠다고 한다.

사실은 돌아오자마자 비자 문제와 일 년 학비를 비롯해 빅아일랜드에서의 생활비까지 인터넷으로 모두 조사해놓았지만, 한국에서의 안정된 생활을 버리고 낯선 곳에서 배고픈 학창 시절로 돌아갈 결심이 좀처럼 서지 않았다. 손에 쥔 것을 놓지 못해 항아리 덫에 걸린 원숭이 같다. 그러나 그 달의 수익보다 제약회사에 결제할 금액이 더 많을 때, 손님에게 클레임이 걸리거나 같은 건물에서 의원을 하는 의사와 대립이 있을 때, 아파트 아랫집에서 발소리가 시끄럽다고 전화가 올 때, 나는 가이드북을 열어 'John M. pezzuto'라는 이름으로 시작하는 그 노란색 쪽지를 꺼내어 바라본다. 그것이 나를 어딘가로 데려다줄 보딩패스이기라도 한 것처럼.

　그러다 보면 메리에 대해 생각하게 된다. 늘 다시 시작할 수 있는 그녀의 용기와 무심한 듯 그것을 나눠주는 넓은 마음에 대해. 그리고 일과 일상에 툴툴대면서도 항아리를 지키고 매달리려 하는 나를 생각한다. 지금부터 스물몇 해가 흐르고 내가 육십대 후반이 되었을 때, 나는 그곳에 갈 수 있을까? 그것은 인위적인 계획이나 결심이라기보다 오히려 마음의 문제일지 모른다. 예를 들면, '알로하' 같은 그리고 '메리' 같은.

# 모리셔스의 두부왕

_모리셔스

프랑스의 모든 것을 경멸한다는 프랑스인 스테판을 만난 곳은 동남아시아의 한 정글이었다. 우연히 한 팀이 되어 트레킹을 했지만 내내 말없이 걷던 그와 나는 점심시간이 되어서야 옆에 앉아 이야기를 나누게 되었다.

우리는 지쳐 있었다. 정글의 뜨겁고 축축한 공기가 땀과 범벅이 되어 흘러내려 모기마저 미끄러질 지경이었다. 바나나 잎에 싼 볶음밥과 파파야, 파인애플을 점심으로 먹고 나서 담배를 한 대 피우다 마침내 둘이서 의기투합할 수 있는 얘깃거리를 하나 찾아냈는데, 그것은 정글에 어울리지 않게도 비즈니스 이야기였다.

3년 전, 사업이라는 새로운 가능성에 눈뜨기 시작한 나는 혼자서 손에 잡히는 대로 책을 보고 여러 분야의 사업에 성공한 사람들을 찾아가 배우고 있었다. 하지만 대체로 혼자만의 작업이었고, 주변에는 그런 일에 진정한 관심을 가진 사람이 극히 드물어 이에 관한 이야기를 흥미롭게 나눈 적은 별로 없었다. 스테판은 마흔두 살의 백인 남자로 프랑스 요리를 메인으로 하는 셰프라고 자신을 소개했다. 그는 자신이 속한 호텔과 요식업계의 판도를 뒤집는 혁신적인 사업을 꿈꾸고 있다고 했다.

사실 우리는 둘 다 아직 제대로 된 일을 벌여보지는 못한 견습생들이었지만 바로 그 점 때문에 대화는 더욱 흥미진진했다. 빈 수레가 요란하고, 미국에서 박사학위를 받고 온 사람보다 6개월 영어연수를 받고 온 사람의 한국말 발음이 더 꼬이는 것처럼 어찌 보면 우스운 일이다. 그러나 외국에 살던 때의 이야기를 들어보면 박사보다는 빈 수레 쪽이 더 재미있을 때가 많다. 그것은 새로운 경험에 대한 애정이 누구에게 더 많이 남아 있느냐의 차이일 것이다.

1박 2일의 트레킹이 끝나고 다음 여행지로 향할 때에도 우리는 같은 차에 타고 각자 아는 사업 이야기들을 신나게 떠들었다. 우리들만의 대사건이 있고, 우리들만의 영웅과 악당이 있었지만 그런 것을 관심 없는 사람들에게 늘어놓지 않을 만큼의 분별을 가진 것이 우리들만의 외로움이었다.

그는 십몇 년 전에 레스토랑 사업과 결혼 생활의 실패를 경험하고 프랑스를 떠났다. 스위스, 독일, 체코 등을 떠돌다가 3년 전부터 과거 프랑스령이었던 모리셔스 공화국에 정착해 살고 있다고 했다. 그는 프랑스인의 번지르르한 과장과 허풍, 타인을 대하는 냉담한 태도, 상대의 결점을 끝까지 물어뜯는 공격성 같은 것들이 지긋지긋하다며 다시는 돌아가고 싶지 않다고 손사래를 쳤다. 그런데 구체적인 사항을 지적하기보다 이렇게 감정적이며 주관적인 인상을 기준으로 평가하는 것이야말로 내게는 무엇보다 프랑스인다운 태도로 보였다. 독일인이라면 환경부

신실안 제37항의 규세로 사업이 힘들고, 종합소득세가 지난해보다 7.2퍼센트 더 올랐으며, 수조 달러의 부실파생상품에 노출된 도이체방크의 파산이 불가피하다든가 하는 좀 더 구체적인 이유를 댔을 것이다.

거대한 화산호수 토바에 사모시르라는 섬이 있다. 그 섬 남부의 툭툭이라는 마을에 도착한 우리는 오토바이를 한 대씩 빌렸다. 기동성을 확보하니 할 수 있는 일이 많아졌다. 맛있는 식당을 찾아다니고, 호수 사진을 찍기 위해 산에 오르고, 먼 온천을 찾아가 몸을 담근 채 해가 저무는 정경을 지켜보았다.

긴 하루가 끝나고 돌아와 숙소 근처 식당에서 적당히 음식을 시켜 맥주와 함께 저녁식사를 하는데, 어느 정도 취한 스테판이 다시 한 번 프랑스에 대한 불평을 시작했다. 조금 듣고 있다가 나도 그때껏 묻어두었던 한국 이야기를 꺼내보았다. 사실 어떤 기준으로 보아도 한국이 프랑스보다 불평거리가 적을 만한 나라는 아니다.

일단 자동차 운전이 힘들다. 차들이 의미도 없이 차선을 자주 바꾼다. 양보는 운전이 서툴다는 증거로 여겨진다. 최고 시속이 100킬로미터인 고속도로에서 80킬로미터로 추월선을 차지하고 나 몰라라 달리는 차, 그 앞을 꼭 칼치기로 끼어들어야 직성이 풀리는 차, 매번 막히는데도 누구도 어떤 대책도 내놓지 않는 나들목, 거기를 빠져나가려고 길게 늘어선 줄에 뻔뻔스레 끼어드는 차. 차를 운전하는 것은 결국 사람이다. 나는 운전이 서툴

러서인지 차를 몰고 나갈 때마다 한 번씩 이민을 생각하게 된다.

선거가 없을 때는 인식하지 못하고 살았던 세대 간 현실 인식의 격차는 검푸른 태평양처럼 깊고도 넓다. 이명박이 대통령을 하는 동안 참고 버텼더니 다음 대통령이 박근혜다. 최근 몇 년 동안 국가 운영 수준이 90년대를 거쳐 80년대, 70년대로 역주행하는 모습을 지켜보며 살고 있다. 그때 떠났어야 했는데, 뉴스를 볼 때마다 우울해진다. 사회의 중요한 시스템 대부분은 갑과 을의 권력 관계를 기본으로 돌아가고 있으며, 그런 비인간적이며 후진적인 경향은 개선보다 악화 속도가 빠른 것처럼 느껴진다. 그 어느 분야를 둘러보아도 기회는 적고 경쟁은 심하다. 어른들의 꿈을 짊어진 어린아이들이 처진 어깨를 하고 학원에서 학원으로 떠돈다. 네 살 난 딸에게 나는 무엇을 보여줘야 할까.

스테판은 내 이야기를 듣더니 뭔가 더 말하려다가 그만두었다. 우리는 한동안 침울하게 앉아 남은 술을 마셨다.

그때 식당 주인이 끼어들었다. 좋은 블랙머시룸이 들어왔는데 안주로 머시룸 오믈렛을 들지 않겠느냐고. 스테판은 블랙머시룸에 대해 잘 알고 있었다. 맛과 향도 좋지만 먹고 나면 기분이 좋아진다는 작은 버섯이라나. 그가 2인분을 주문했다. 프랑스의 트뤼프 같은 것일까. 버섯을 좋아하는 나는 내심 기대하며 기다렸으나 막상 나온 오믈렛은 지독하게 짜 맛을 잘 알 수 없었다.

스테판이 물었다.

"그렇게 불평거리가 많은데 왜 떠나지 않지?"

"그러게 말이야. 나도 모르겠어."

왜일까? 그래도 역시 우리나라를 좋아하기 때문일까? 내가 말로만 지껄이는 소심한 겁쟁이라서?

"모리셔스로 와. 덥지도 춥지도 않은 날씨에 사람들도 친절해. 곳곳에 아름다운 해변이 널려 있고, 차도 별로 없지."

"내가 모리셔스에 가서 뭘 할 수 있겠어? 너네 식당에서 접시라도 닦을까?"

"그것도 나쁘지 않지만 더 좋은 생각이 있지."

이어 설명한 것은 언젠가 그가 구상한 사업 아이템이었다. 모리셔스 공화국은 아프리카 마다가스카르 동쪽에 위치한 작은 섬나라로 서울의 세 배 정도 되는 면적에 인구는 150만 정도, 주산업은 관광업과 어업이라고 한다. 유럽의 중산층이 즐겨 찾는 열대 해변 휴양지로서 경쟁 지역인 몰디브나 세이셸에 비해 물가가 싸고 볼거리가 좀 더 다양하다는 장점이 있다. 작은 나라이지만 2천 개 가까이 되는 여행자 숙소가 있고 중대형 리조트 호텔만도 2백 개가 넘게 성업 중인데, 스테판은 현재 그런 대형 부속 식당에 식자재를 공급하는 사업을 구상 중이라고 했다.

리조트마다 부속 식당이 서너 개씩 있지만 그중 뷔페식 레스토랑의 식자재 수요가 가장 크다. 그런데 유럽에 채식주의자가 늘어나면서 최근 대부분의 리조트 뷔페에서 두부 요리를 제공하게 되었다. 두부 스테이크니 두부 탕수육이니 두부 샐러드니 하는 것들. 모리셔스는 아프리카 외곽에 있는 섬나라이고 두부라는 음식은 유통기한이 길지 않으므로 외국에서 두부를 구해

올 수는 없는 일이다. 그래서 현재는 각 리조트마다 시내에 있는 자그마한 차이나타운에서 각자 두부를 구입하는데 현지의 두부 생산은 아직 영세한 가내수공업 형태로 위생 상태나 품질이 의심스럽고 그나마 늘 공급이 부족한 실정이라는 것이다.

이런 상황을 기반으로 한 그의 사업 구상은 이러했다. 먼저 한국이나 일본에서 전자동 두부제조기를 들여와 작은 공장을 차린다. 모리셔스 정부의 '식품 위해요소 관리인증(HACCP)'을 취득하여 위생과 품질의 신뢰성을 확보한다(그는 모리셔스 식약청에 친구들이 있다고 하며 한쪽 눈을 찡긋했다). 가까운 마다가스카르에서 대두를 대량 수입하여 두부를 만들고 패키지 디자인에 신경을 쓴 제품을 생산한다. 그다음 대형 부속 식당을 운영하는 리조트에 매일 아침 두부를 납품하는 냉장배달 시스템을 구축한다. 나라가 작기 때문에 냉장차 한두 대로 일단 가능할 것이다. 거래처가 많아질 때까지 저가 정책을 펴다가 차츰 가격을 합리화한다. 사업이 안정되면 유사한 생산 과정을 가진 두유 쪽으로 사업을 확장할 수 있다. 자신은 제품 생산보다는 식자재 유통 사업으로 사업 방향을 고쳐 잡았고, 아무래도 프랑스인의 두부보다는 한국인이 만드는 두부가 경쟁력이 있을 테니 두부 생산 사업은 일단 나에게 양보하겠다. 나중에 자신의 유통사업과 연계도 가능하지 않겠느냐. 대략 이런 내용이었다. 나쁘지 않다. 어디로 봐도 나쁘지 않고 생각할수록 나쁘지 않은 이야기였다. 참으려 해도 피식피식 웃음이 번져왔다. 좋은 사업거리를 잡았기 때문인지 버섯 때문인지는 알 수 없었다.

열대 해변이 펼쳐진 아름다운 섬나라 모리셔스. 까맣게 그을은 아이들을 키우며 느릿느릿 살아가는 꿈을 꾼다. 그 희미한 꿈이 사업과 결합하는 순간 조금씩 선명한 색채를 띠기 시작한다. 창고를 임대해 공장으로 꾸미고, 정부의 허가를 받고, 성실한 직원을 채용하고, 리조트들과 하나하나 거래를 트고…. 차차 모리셔스에서 제일가는 두부와 두유 생산업체로 사업을 성장시켜간다. 돈을 버는 것뿐 아니라 사람들이 필요로 하는 것을 적절한 시점에 가장 좋은 형태로 제공한다는 보람도 있을 것이다. 그러나 그 과정에서 성공만을 위해 무리하지는 않는다. 열대 해변의 삶을 누린다. 아이들과 함께 수영과 서핑을 하고 저녁이 되면 신선한 해산물 요리를 와인과 함께 즐긴다. 이런 식으로 서로 관련된 여러 가지 꿈을 구체화시켜가는 것이 사업의 매력이다.

생각해보면 우리나라에도 성분과 유통기한이 표시된 예쁜 포장용기에 그럴듯한 이름을 붙여 유통되는 두부가 등장한 것은 불과 몇 년의 일이다. 그 전에는 커다란 노란 플라스틱 통에 담긴 두부를 적당히 한 모씩 잘라 판매했는데 가끔 쉰 맛이나 종이 같은 맛이 나는 두부를 사게 되는 경우도 있었다. 그 무렵 누군가 두부의 생산과 유통을 개선하는 꿈을 꾸었을 것이고, 사람들이 그 꿈을 받아들이면서 이제는 두부라는 식재료의 존재 양식이 달라진 것이다. 한국에 이미 존재하는 시스템을 모리셔스에 그대로 이식하는 것은 간단할 것 같았다.

고맙다고, 깊이 생각해보겠다고 하고 스테판과 헤어져 방으로 돌아왔다. 돌아오는 길에도 자꾸만 웃음이 났다. 어릴 때의 내 모습이 떠올랐다.

맨날 반찬이 이게 뭐냐고, 맛있는 것 좀 해달라고 떼를 쓰면 엄마는 500원을 주면서 두부를 한 모 사 오라고 하신다. 나는 고작 두부냐고 뾰로통하여 마지못해 사 온다. 엄마는 그걸 뚝뚝 썰어 잘 달궈진 프라이팬에 기름을 두르고 굽는다. 하얀 배를 드러낸 두부들이 치이익 저항하는 가운데 고소한 냄새가 부엌을 가득 채운다. 양면이 노릇노릇 바삭하게 구워져 밥상 가운데 오른 두부 한 접시. 나는 어느새 토라졌던 것을 잊고, 입 안 가득 밥을 퍼 넣는다. 참기름 띄운 간장을 살짝 찍어 도톰한 두부를 입에 넣는다. 행복하다.

언제나 두부를 좋아했다. 강원도에 살던 가족과 헤어져 자취를 시작했던 고교 시절, 그리고 미국으로 이민 가는 가족과 떨어져 독립했던 대학 시절, 친구들과 뒷골목 술집들을 누비고 다닐 때, 누군가에게 마음을 준 대가로 상처를 돌려받았을 때, 두부는 반찬이 되고 술안주가 되어 여러 번 나를 위로했다.

밤이 깊어가는데도 잠이 오지 않아 현지 아이들이 게임을 즐기는 인터넷 카페에 가서 컴퓨터 하나를 차지했다. 모리셔스 공화국에 대한 기본 정보와 중대형 리조트의 분포를 검색하고, 한국의 두부 제조기 생산업체들을 찾아 비교해보고, 현지 부동산 임대와 외국인 학교에 대한 정보를 조사하고 나니 한밤이 되었다.

매사에 경쟁이 심한 우리나라에서 좁은 틈새에 머리를 들이밀어 자신을 조금씩 성장시키며 살아가는 것과 설렁설렁한 섬나라에서 적당히 일하고 적당히 벌어 여유롭게 살아가는 것, 나름의 장단점이 있는 선택지로 보였다. 사람의 생각은 기후를 포함한 지리의 영향에서 자유롭지 않다. 그때 내가 발을 딛고 있던 곳은 더운 여름의 땅이었고, 나는 여름의 땅에 사는 사람처럼 긍정적인 결론을 내리며 속으로 웃었다.

한국으로 돌아가는 날, 아침식사 자리에서 스테판에게 내 결정을 알렸다. 스테판과 나는 이미 친구이며 사업 파트너인 것처럼 서로를 대하고 있었다.

"스테판, 나 한번 해볼게. 모리셔스의 두부왕이 되겠어."

"그래, 잘 생각했어. 내가 힘닿는 데까지 도와주지."

"고마워. 일단 한국에 돌아가서 몇 가지 일을 정리하고, 아내와 모리셔스로 답사를 갈 생각이야."

"좋아. 내 집에서 멀지 않은 곳에 유럽에 사는 친구가 소유한 집이 한 채 있어. 한 달에 천 달러 정도면 빌릴 수 있을 거야. 그리고 답사하러 오면 낡았지만 내 마쯔다 세단을 사용해. 나는 주로 자전거를 타고 다니거든."

"여러 가지로 고마워. 사양하지는 않을게."

페리 터미널에서 우리는 서로를 힘차게 포옹하고 헤어졌다. 그는 그 길로 스쿠버다이빙을 하러 발리로 간다고 했다. 나는 아내와 딸아이와 친구들이 기다리는 한국으로 가기 위해 공항으로 향했다.

일상에서건 여행에서건 나는 친구 사귀는 것을 좋아한다. 이번엔 그 계기가 사업이었지만 계기야 아무래도 좋다. 사람과 사람이 만나 친구가 되는 순간순간이 삶의 가장 빛나는 보석이라는 것을 여행을 통해 알았다.

결국 나는 모리셔스 두부왕이 되지는 못했다. 사실은 답사조차 가지 않았다. 한국에 돌아오자 다른 사업 기회들이 나타났고, 모리셔스의 두부 공장은 그곳에서 생각했던 것보다 덜 매력적으로 느껴졌던 것이다.

스테판은 실망하여 한동안 연락이 없었는데 요즘은 가끔 이메일을 주고받는다. 둘째가 태어났고 두 아이들이 잘 크고 있다는 나의 소식, 온라인 MBA 코스를 드디어 통과했다는 그의 소식, 담배를 끊었다가 결국 또 다시 피우고 있다는 나의 소식, 얼마 전에 마리화나 파티에서 인생 최고의 샷을 경험했다는 그의 소식. 사업 이야기는 더 이상 하지 않게 되었고 그래서인지 우리의 대화는 점점 짧고 시큰둥해지고 있다. 우리는 다 큰 어른들이고 어른들은 알아서 자신의 길을 간다. 좋은 친구관계를 위해 모리셔스에 가서 두부 공장을 차릴 수는 없는 일이다.

그러나 나는 때로 새벽에 잠이 덜 깬 채 멍한 상태로 눈을 들어 침실 커튼을 본다. 저 두꺼운 회색 천을 젖히면 하얀 모래밭과 그 위에 짙게 드리운 야자수 그늘, 그리고 햇빛을 받아 보석처럼 반짝이는 파란 바다가 펼쳐져 있는 것은 아닐까, 이제 일어나 아침 서핑을 하고 두부 공장을 둘러본 다음, 바이어와 점심을 먹으러 가야 하는 게 아닐까, 하는 생각을 할 때가 있다. 그렇게 한참을 바라보다가 일어나 커튼을 젖히러 간다.

## 책을 훔친 소년

_구리

서울올림픽이 끝나고 2년 후, 내가 고등학교 1학년이었을 때 경기도 구리시에서 제일 큰 서점은 동원서적이었다. 부모님과 떨어져 살던 나는 학교가 끝나면 만화방에서 시간을 보내는 걸 좋아했는데, 돈이 없을 때는 할 수 없이 서점을 찾았다.

나는 동원서적 사장님이 내 얼굴을 기억할 정도로 돈이 없을 때가 많았다. 요즘처럼 앉아서 책을 읽으라고 책상과 의자를 준비해주는 세련된 마케팅은 아직 등장하지 않았기 때문에, 서점에 들어가면 카운터에서 잘 보이지 않는 대각선 끝 쪽 기둥 뒤에 서서 마침내 직원이 찌푸린 얼굴로 먼지를 털러 올 때까지 책을 읽었다.

서점은 고등학교 교실 서너 개만 한 크기였지만, 가을이 다가올 무렵에는 어느 섹션에 어떤 책이 꽂혀 있는지 당장 알바를 시켜도 할 수 있을 정도로 전체상을 파악하게 되었다. 참고서와 문제집을 모아놓은 섹션이 가장 크고 건실한 수입원인 듯 출입구 정면 벽에 배치되어 있었고, 문학, 사회과학, 역사, 자기계발, 잡지, 건강, 취미 등의 섹션이 나머지 벽에 자리 잡고 있었다. 거기에 그때그때의 트렌드에 따라 베스트셀러라든가 육아

나 요리, 외국어 같은 꼭지의 작은 매대가 중간중간에 놓여, 좀처럼 오지 않는 손님을 기다리고 있는 것이 구리시 동원서적의 풍경이었다.

대개 서점 안은 전날 밤 다툰 부부의 아침식사처럼 조용했고, 오래된 책과 먼지 냄새가 섞인 무거운 공기가 떠돌았다. 주인아저씨는 숨어 사는 운동권 대부같이 생긴 분으로 후줄근한 와이셔츠의 팔을 걷어붙이고, 입고된 문제집들을 풀어놓거나 책 더미를 옮기거나 거래처랑 통화를 하느라 늘 바빴다. 알바생은 사장의 사정이야 내 알 바 아니라는 듯 끝없이 돌을 밀어 올리는 시시포스처럼 불행한 얼굴로 먼지떨이와 걸레를 들고, 숙명처럼 책 위로 쌓이는 먼지를 털며 마지못해 돌아다녔다.

만화방에서 돈을 다 썼지만 아직 자취방으로 돌아가고 싶지는 않은 어느 토요일 저녁, 나는 동원서적에 들렀다가 한구석에 처음 보는 매대가 차려져 있는 것을 발견했다. 부드럽게 좌우로 흔들리는 철사 대롱 위로 지구본과 배낭을 그린 그림이 붙어 있고, 그림 밑에는 '세계여행'이라고 쓰여 있었다.

오랜만에 구리시의 서적 애호가들에게 던져진 문화적 도전장을 받아든 나는 얼른 그쪽으로 다가갔다. 거기로 향하는 손님을 보고 주인아저씨도(아마도 자신의 기획이었을 것이다) 흐뭇하게 웃는 것 같았다.

우리나라 사람들이 자유롭게 해외여행을 할 수 있게 된 것은 올림픽 다음 해인 1989년의 일이다. 이전에 외국에 가는 것은 반드시 필요한 경우 정부를 상대로 국익에 도움이 된다는 증명을 해야만 가능했고, 만 30세 이상이라든가 200만 원 예치라든가 친척의 귀국보증 같은 황당한 제한들이 있었기 때문에 놀기 위해 외국에 나가는 일은 드물었다. 최소한 내 주변에 그런 사람은 없었다. 여권을 가지고 있다는 것 자체가 특권으로 생각되던 시절이었다.

압축 성장을 거치며 우리 사회가 겪은 다른 모든 변화들과 마찬가지로 '여행의 자유'에 대한 인식 변화도 너무나 갑작스럽게 다가왔다. 여행 자유화가 깜짝 선물처럼 주어지고 나서도 대부분의 사람들은 별 관심이 없거나 외화 유출 등의 이유를 들며 적대적인 태도를 보였다. 그런 분위기를 뚫고 젊은이들이 여행을 다닌 지 일 년, 드디어 이런 책들이 변두리의 서점에까지 등장하게 된 것이다.

갑작스러운 기획이라선지 책이 많지는 않았다. 기존 취미 섹션에 있던 지리학 교수의 책이나 번역판 여행기도 함께 놓여 있었지만, 내 눈에 처음 들어온 것은 『홀로 떠나는 세계여행』이라는 책이었다. 지은이는 손효원, 스물네 살. 80일간의 여행 루트가 그려진 책 앞장의 지도와 목차에 있는 생소한 도시의 이름만으로도 나는 설레기 시작했다. 그 옆에는 김정미가 쓴 『배낭 하나 달랑 메고』, 『3천 원의 인도 여행』이라는 시조 같은 제목의 책들이 보였다. 다음으로 원담 스님이 쓴 『절망 속에 세계를 담고』라는 책이 한자리를 차지했고, 일찍이 가격 대비 성능을 마케팅 포인트로 내세운 『동남아 14개국을 한 권에』라는 책이 있었으며, 여대생 이경이 남자친구와 다녀와서 쓴 『배낭여행』이라는 단순하고 호기로운 제목의 책도 보였다.

모두가 나보다 몇 살 많지 않은 사람들의 이야기였다. 게다가 그 사람들도 이제 막 무언가가 시작되고 있다고 느끼고, 그게 뭔지 정확히는 몰라도 그에 대한 자신의 경험과 의견을 기꺼이 전해주려 하는 것 같았다. 마치 서울에 유학 간 동네 형이나 언니가 방학을 맞아 집에 돌아와서 골방에 아이들을 불러놓고 "내가 가보니까 말이지, 어휴 말도 마" 어쩌고저쩌고 하는 옛날 드라마 같은 정겨움이 그 책들에 묻어 있었다.

일단 한 권을 집어 들고 읽기 시작했다. 30세 이하라면 누구나 유럽 구석구석까지 연결된 철도를 저렴한 가격에 무한정 이용할 수 있다는 유레일패스, 호텔 대신 장거리 기차를 잠자리로 이용하는 법, 노숙하기에 좋은 기차역이나 공원 같은 정보가 있었고, 도둑을 맞거나 사기를 당해 말라빠진 바게트로 식사를 때우다가도 문득 아름다운 순간을 만나 그 모든 고생을 잊게 되었다는 감상도 가슴을 뛰게 하였다. 다른 책을 집어 들었다. 동남아의 싸구려 게스트하우스에서 빈대에 뜯기고, 매일 가장 싼 것만을 먹으며 돌아다녔다는 한 저자는 불과 28일을 여행하고서 260페이지의 책을 출간하는 기염을 토하고 있었다.

다들 정보고 뭐고 없이 여권과 약간의 돈을 들고 어떻게든 되겠지 하는 마음으로 떠났다가 기대 이상의 경험을 하고 돌아왔다는 이야기들이었다. '이 게스트하우스에 가면 누구누구를 찾아서 자기 친구라고 하라'는 자랑, '여행 중 이런 것을 먹고 이렇게 놀았다'는 일기, '나가서 고생해보니까 역시 우리나라가 제일이더라' 하는 갑작스러운 애국심의 토로. 어떤 잣대로 보아도 결코 수준이 높다고는 볼 수 없는 책들이었지만 나는 그래도 좋았고, 한 구절이라도 놓칠세라 조심스럽게 책장을 넘기며 탐욕스럽게 책을 빨아들였다.

어느새 10시 20분, 문을 닫을 시간이었다. 알바생은 이미 보이지 않았고, 주인아저씨만이 카운터에서 장부를 정리하고 있었다. 읽고 있던 책의 뒷면을 보니 가격은 2700원. 돈은 없지만 너무나 절박하게 책의 뒷부분 이야기를 읽고 싶었다. 나는 수상하게 카운터 쪽을 힐끔거리다가 주인아저씨가 다른 데를 볼 때, 잠바 안쪽 옆구리에 책을 슬며시 찔러 넣었다.

잠시 다른 책을 뒤적이는 척하다가 그대로 몸을 돌려 서점을 빠져나오려는 순간. "어이 학생, 잠깐만" 하면서 아저씨가 따라나왔다. 숨찬 듯한 붉은 얼굴, 슬슬 벗겨지기 시작한 이마를 덮은 긴 앞머리, 피곤해 보이지만 여전히 타오르는 충혈된 두 눈은 역시나 TV에서 본 데모 지도자의 풍모였다. '빨간 머리띠만 두른다면 완벽한 노조위원장인데' 하고 생각하다가 튈 기회를 놓치고 말았다.

"학생 좋은 옷을 입었네. 어디 좀 볼까?"

주인아저씨는 옷을 툭툭 쳐보더니 이내 옆구리에서 책을 찾아냈고, 내 뒷덜미를 잡고 어디론가 끌고 가기 시작했다. 그는 너무나 분한지 뒤편에 있는 창고까지 끌고 가기도 전에 보기 좋게 내 왼쪽 볼에 주먹을 꽂아 넣었다.

"너 같은 놈은 바로 경찰서에 처넣어야 돼. 단 한 권도 사는 꼴을 본 적이 없는데 이젠 책까지 훔쳐?"

책을 훔친 것이 더 화가 나는 걸까 책을 잘 사지 않은 것이 더 화가 나는 걸까 궁금해하면서 나는 말없이 창고로 끌려갔다. 끌려가면서 사실은 문제집을 산 적이 몇 번 있다고 말하려다가 그만두었다.

창고에는 노란 끈으로 허리 높이만큼 묶인 책 꾸러미들과 무거워 보이는 상자들이 가득 차 있었다. 작은 책상 위쪽으로 노란 백열등 하나가 희미한 빛을 내며 매달려 있었다. 책 도둑을 대하는 매뉴얼이 있는지 그곳에서 나는 이름과 어느 학교 몇 학년 몇 반이라는 소속, 담임선생님 이름, 부모님 연락처 같은 것을 종이에 적고, 반성문 비슷한 경위서라는 것을 쓰게 되었다. 그다음으로 장황한 설교가 이어졌다. 너무나 창피한 상황인 데다 얻어맞은 입 안쪽이 까졌는지 쓰라리고 어이가 없어서 도중에 나도 모르게 피식 웃었다가 흥분한 노조위원장에게 더 욕을 얻어먹느라 시간이 오래 걸렸다.

"정말 죄송합니다. 그 책이 꼭 갖고 싶었는데, 돈이 없어서 충동적으로 집어넣었습니다. 다시는 이런 일 없을 테니 부모님께 만은… 흐흑."

나도 모르게 청승까지 떨었다.

11시가 넘어 고개 숙인 모습으로 서점을 빠져나오는데 아저씨가 나를 다시 불렀다.

"야, 이리 와. 이거 가져가."

"아니에요."

"『홀로 떠나는 세계여행』이라, 너 여행 가고 싶냐?"

"네."

"그래, 좋은 세상이다. 대학 가면 배낭여행도 하고 그래라. 쓸데없이 책이나 훔치고 다니지 말고."

"네."

"어렸을 때 뜻을 세워야 돼. 안 그러면 나중에 내 꼴 난다."

"…."

"아까 때려서 미안하고, 이 책은 가져가서 봐."

"…."

"빨리 가. 이제 문 닫아야겠다."

책을 얻어가지고 나와서 자취방 이불 속에 들어가 새벽까지 단숨에 읽어버렸다. 그날 밤 아마도 배낭여행의 달콤한 그림과 절도 미수자의 자기혐오가 뒤섞인 묘한 꿈을 꾸었을 것이다.

한동안 얼굴을 내밀지 못하다가 용돈이 생긴 어느 날, 나는 보란 듯이 여행책 코너에서 두 권을 집어 들고 카운터에 있던 알바생에게 내밀었다. 근처에서 책을 정리하고 있던 주인아저씨는 나를 기억하지 못하는 척해주었다.

그렇게 한 권 한 권 없는 돈을 쪼개어 동원서적 여행책 코너에 신간이 나올 때마다 책을 사 모은 것이 일 년 후에는 서른 권쯤 되었다. 아마 당시 우리나라에 출판된 배낭여행 관련 책들은 거의 다 갖고 있었을 것이다.

몇 년 후 일본의 여행 가이드북을 번역한 『세계를 간다』 시리

즈가 수많은 지역을 커버하며 서점마다 깔리고 나서야 나는 여행책 수집을 그만두었다.

마이 올드 트래블 북 컬렉션. 대개는 여행 정보, 여행 일기, 자기 감상이 계통 없이 뒤섞인 이도저도 아닌 책들이었지만, 열일곱 소년의 소중한 세계였고, 그 책들 구석구석에서 수많은 보물들을 건졌다. 그 책들을 읽으며 머릿속으로 끝도 없는 상상을 했고, 그렇게 형성된 감각을 기반으로 그동안 나는 여행을 하고, 삶을 살아왔다.

사실 이제는 한 소년이 수집하기에는 너무 많은 책들이 세상에 나와 있다. 나조차 책을 쓰고 있는 것이다. 하지만 장래 희망을 물어도 뭘 하고 싶은지 도대체 알 수가 없던 (나 같은) 소년은 그런 책들을 읽고 나서 조용히 상상할 수 있게 될 것이다. 그 책이 곁에 있는 한 그는 계속해서 상상할 것이고, 그것은 언젠가-꼭 여행을 가지 않더라도-그에게 삶이라는 형태로 반드시 실현될 것이다. 나는 그렇게 믿고 있다.

## 닫는 글
## 그게 꼭 그런 것만은 아닌

매일 아침 9시, 일곱 살 난 큰아이가 다니는 파주 공동육아 어린이집 '반딧불이'는 알고 보니 단순한 어린이집이 아니었습니다. 아이들에게도 물론 좋은 곳이지만, 그보다 마흔 위아래의 부모들이 아이들처럼 놀 게 되는 희한한 공간이더군요. 어른집이라고 부르고 싶을 정도입니다.

서른이 넘고부터 이런저런 이유로 친구를 하나하나 잃어갔습니다. 그것이 성인으로서 살아가기 위해 받아들여야 할 당연한 과정이라고 생각하며 살았습니다. 그런 순간들은 가슴 아프게 다가오기보다 철들며 겪게 되는 성장통처럼, 참으려면 참을 만하게 다가오고 흘러갔습니다. 그러나 너무 이른 포기였는지 마흔이 넘은 요즘 어린이집에서 새로운 친구들을 만나 매일 어린이처럼 즐겁게 지내고 있습니다. 곧 다가올 졸업이 서운한 것은 큰아이보다도 오히려 저와 아내일 겁니다.

이렇게 저렇게 일만 하다가 돈이 모이면 여행을 떠나고, 여행만이 일상을 버티게 하는 유일한 숨통이라고 여기며 살던 시절도 있었습니다. 그런데 마흔이 넘도록 살다 보니 그게 꼭 그런 것만은 아니더군요. 여전히 여행은 큰 즐거움이지만 일상이 여행이 되는 것도 불가능한 일만은 아니라고 이제는 생각합니다. 일상을 떠나는 것보다 중요한 일은, 여행이든 일상이든 재미있게 지내기 위해서 매일 사소한 노력을 기울이는 것인지도 모르겠습니다. 마음을 준비하고 있으면 기회는 반드시 오니까요(아이를 낳아 어린이집에 보내세요). 다만 그런 간단한 것을 알기 위해 수많은 여행이 필요했다는 것이 나름의 역설이겠죠.

그토록 답답해하던 일상 속에 저는 여전히 살아가고 있습니다. 직장에 나가서 일을 하고, 아이를 돌보고, 주변의 사소한 이해관계를 조정하면서 사십대 초반의 소중한 시간은 흘러갑니다. 음식을 만들고, 책을 읽고, 아이와 놀다가 가끔 새로운 여행도 그려봅니다. 물론 가슴이 답답한 순간도 찾아옵니다. 일과 인간관계는 결코 만만한 상대가 아니니까요. 다만 늦은 밤 소파에 누워 여행의 일을 생각하듯이 여행길의 낯선 숙소에서 두고 온 한국의 내 방을 생각할 것을 이제 저는 알고 있습니다.

늘 책과 여행을 좋아했지만 혼자서 끄적이던 이야기를 책으로 펴낼 생각은 하지 못하고 살아왔습니다. 이런 얕은 글을 굳이 누군가에게 보일 필요가 있겠나 생각했죠. 그러나 얕든 깊든 우리는 서로 이야기를 나누며 살아갑니다. 글 쓰는 일은 사랑하는 일처럼 꼭 안 해도 살 수 있지만, 하면 세상이 달라지는 삶의 가능성이라는 걸 알게 되었습니다. 이 책에 어떤 의미가 있다면 이야기를 따라가던 당신이 문득 여행을 떠나고 싶어지는 순간일 것입니다. 그러면 당신은 떠나고 또 돌아와 당신의 이야기를 해주실 수도 있겠죠.

한 줄 한 줄 제 이야기를 써나가는 동안, 어린 시절 세상을 발견하던 놀라운 순간을 다시 만날 수 있어서 기뻤습니다. 그동안 어떻게 이것을 포기하고 살았는지 알 수 없을 만큼 행복했습니다.

저를 포함해 누구도 제가 책을 쓸 거라고 생각하지 않게 되었을 때에도, 가끔 '네 책은 언제 나오냐?'며 당연히 정해진 일의 어떤 시점을 묻는 것처럼 물어주시던 어머니께 감사드립니다. 일상과 여행을 함께하고 좋은 영감을 전해준 사랑스런 아내 태희와 두 딸 아리솔, 아리영에게 감사드립니다. 재미있는 그림을 그려준 임진아 님과 글을 쓸 용기를 준 위고의 조소정, 이재현 님에게 감사드립니다. 저를 웃고 울게 만들었던 그 모든 책의 등장인물과 여행길에서 만난 못나고 아름다운 사람들에게 감사드립니다.

2016. 한여름

장성민

## 이렇게 일만 하다가는

초판 1쇄   2016년  8월 15일
초판 2쇄   2016년 10월 25일

지은이    장성민
펴낸이    이재현, 조소정
펴낸곳    위고
출판등록  2012년 10월 29일 제406-2012-000115호
주소     10882 경기도 파주시 산남로 157번길 203-36
전화     031-946-9276
팩스     031-946-9277

© 장성민, 2016

ISBN 979-11-86602-16-4  03810

hugo@hugobooks.co.kr
hugobooks.co.kr